Simone Elkeles • Herz verloren

Foto: © Paul Barnett

DIE AUTORIN

Simone Elkeles wuchs in der Gegend von Chicago auf, hat dort Psychologie studiert und lebt dort auch heute mit ihrer Familie und ihren zwei Hunden. Ihre »Du oder das ganze Leben«-Trilogie, für die sie zum »Illinois Author of the Year« gewählt wurde, wurde zum weltweiten Bestseller.

Weitere Titel von Simone Elkeles bei cbt:

Du oder das ganze Leben (30718)
Du oder der Rest der Welt (30771)
Du oder die große Liebe (30808)

Leaving Paradise (30793)
Back to Paradise (30794)

Nur ein kleiner Sommerflirt (30861)
Zwischen uns die halbe Welt (30864)
Kann das auch für immer sein? (30870)

Herz verspielt (30904)

Simone Elkeles

Herz verloren

Aus dem Englischen
von Christiane Wagler

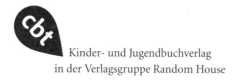 Kinder- und Jugendbuchverlag
in der Verlagsgruppe Random House

Verlagsgruppe Random House FSC® N001967
Das für dieses Buch verwendete
FSC®-zertifizierte Papier *Super Snowbright*
liefert Hellefoss AS, Hokksund, Norwegen.

2. Auflage
Deutsche Erstausgabe Oktober 2015
© 2015 by Simone Elkeles
© 2015 für die deutschsprachige Ausgabe by cbt Verlag
in der Verlagsgruppe Random House GmbH, München
Die amerikanische Originalausgabe erschien 2015
unter dem Titel »Wild Crush«
Alle deutschsprachigen Rechte vorbehalten
Aus dem Englischen von Christiane Wagler
Lektorat: Kerstin Kipker
Umschlaggestaltung: init | Kommunikationsdesign, Bad Oeynhausen,
unter Verwendung eines Motivs von Corbis / Oliver Rossi;
Thinkstock / CreativeNature_nl
he · Herstellung: kw
Satz: KompetenzCenter, Mönchengladbach
Druck und Bindung: CPI books GmbH, Leck
ISBN: 978-3-570-30930-8
Printed in Germany

www.cbt-buecher.de

1

Victor

Ein Junge in einer Latino-*Familia* zu sein, ist nicht einfach, besonders dann nicht, wenn dein *papá* dich für einen Versager hält und dich ständig an deine Schwächen erinnert.

Als ich aufwache, schreit *mi papá* herum. Ich weiß nicht, ob er mich oder eine meiner Schwestern anschnauzt. *Mi'ama* ist vor sechs Monaten zurück nach Mexiko, um sich um meine kranken Großeltern zu kümmern, und er hat immer noch nicht kapiert, dass er unsere Probleme nicht löst, indem er bei jeder Kleinigkeit aus der Haut fährt. Inzwischen höre ich schon gar nicht mehr hin.

An diesem Morgen ist es nicht anders.

Ich bin aufgekratzt, weil heute mein Senior-Jahr beginnt. Rein theoretisch werde ich die Schule im Juni hinter mir haben, aber ich bin mir nicht hundertprozentig sicher, ob das auch klappt. Mein Dreier-Durchschnitt in den Hauptfächern ist nicht gerade berauschend, doch ich kann mit Stolz behaupten, in keinem Fach je durchgerasselt zu sein. Allerdings habe ich in Spanisch im letzten Halbjahr eine Vier kassiert. Señora Suarez dachte, ihr Unterricht sei für mich ein Klacks, weil ich Mexikaner bin. Sie hatte keine Ahnung, dass ich zwar ganz gut sprechen kann, doch im

Victor 5

Schreiben weder auf Englisch noch auf Spanisch ein Held bin.

Meine Schwester Marissa sitzt am Küchentisch und liest ein Buch, während sie Frühstücksflocken in sich hinein-schaufelt. Sie hat ihr braunes Haar zu einem breiten Zopf hochgebunden, und ich könnte schwören, dass sie ihr T-Shirt und die Jeans gebügelt hat. Marissa ist eine Strebe-rin … und das ist noch milde ausgedrückt. Sie ist die meiste Zeit darauf fixiert, es *papá* recht zu machen, und blendet alles andere aus. Marissa hat noch nicht begriffen, dass es sinnlos ist, ihn überzeugen zu wollen, dass sie seine Auf-merksamkeit verdient.

Man könnte darüber lachen, wenn es nicht so scheiß-erbärmlich wäre.

Papá stürmt in Schlips, Anzug und Bluetooth-Headset im Ohr in die Küche. »Wo warst du gestern Abend?«, fragt er mich.

Ich würde ja gern so tun, als hätte ich ihn nicht gehört, aber das würde ihn nur noch mehr in Rage bringen. Ich schlendere an ihm vorüber, mustere den Inhalt unseres Kühlschranks und antworte: »*A la playa.*«

»Am *Strand*? Victor, schau mich gefälligst an, wenn ich mit dir rede.« Seine Stimme ist wie Stahlwolle, die auf wun-der Haut scheuert.

Ich unterbreche meine Suche, drehe mich um und schaue ihn an, obwohl ich lieber Marissa dabei zuhören würde, wie sie stundenlang über mathematische Gleichungen oder ihre Theorie von Raum und Materie doziert, als mich in *papás* Gegenwart zu befinden.

Papá blickt mich mit zusammengekniffenen Augen an.

Als ich jünger war, hatte ich Angst vor ihm. Beim Little-

League-Baseball zog er mich vom Spiel ab, wenn ich den Ball verschlug oder einen Flugball nicht fing. Als ich mit Football begann, bekam er einen Wutanfall, wenn ich das Tackling vermasselte. Dann presste er mich gegen die Wand, sobald wir nach Hause kamen, um mich daran zu erinnern, was für ein peinlicher Loser ich war.

Mit ihm kann man nicht gewinnen.

Heute habe ich keine Angst mehr vor ihm und das weiß er auch. Ich glaube, das ärgert ihn am meisten. In meinem Freshman-Jahr hat irgendetwas bei mir Klick gemacht, nachdem er wieder einmal ausgerastet war. Ich ließ ihn einfach stehen, und er war nicht mehr stark genug, um mich zurückzuhalten.

Ich rieche Kaffee und den Gestank von Zigaretten in seinem Atem, als er auf mich losgeht. »Gestern Abend soll es am Strand eine Schlägerei gegeben haben. *¿Participó?* Bist du mit dabei gewesen?«

Offensichtlich hat er meine aufgeschürften Knöchel nicht bemerkt. »Nein«, lüge ich.

Er tritt einen Schritt zurück und streicht sich das Jackett glatt. »*Bueno.* Es fehlt mir noch, dass es im Büro heißt, mein Sohn sei ein Schläger. Am Küchentisch wird nicht gelesen«, schnauzt *papá* meine Schwester in lautem Befehlston an, während er sich mit einer Tasse dampfendem Kaffee niederlässt.

Marissa klappt schnell das Buch zu, legt es neben sich und isst dann schweigend weiter.

Papá kippt einen Rest Kaffee hinunter, während er die SMS und E-Mails auf seinem Handy studiert. Dann stellt er die Tasse in die Spüle und verlässt wortlos das Haus. Sobald er außer Sicht ist, löst sich die Spannung in meinem Nacken.

Victor 7

Dani, Marissas Zwillingsschwester und die Extrovertierte in unserer *familia*, betritt die Küche in Shorts, die ihren *culo* praktisch nicht bedecken, und einem Shirt, das ein paar Nummern zu klein ist. Ich schüttle den Kopf. Marissa ist ein Ass in der Schule, Dani ist ein Ass darin, Geld auszugeben und so viel Haut wie nur möglich zu zeigen.

Normalerweise lasse ich meine Autorität nicht spielen, aber … heute beginnt das Schuljahr, und ich musste *mi'ama* versprechen, mich um meine Schwestern zu kümmern. Mich mit der Hälfte der Jungs in der Schule anzulegen, weil sie scharf auf den Hintern meiner Freshman-Schwester sind, ist das Letzte, was ich brauche.

»Dani, willst du mich auf den Arm nehmen?«, frage ich.

Dani wirft ihr professionell mit Strähnchen gefärbtes Haar zurück und zuckt die Schultern. »Was?«

»So gehst du mir nicht in die Schule.«

Meine Schwester verdreht die Augen und atmet seufzend aus. »Echt, Vic, du mutierst langsam zum *culero*. Entspann dich mal.«

Ich schaue sie an wie ein großer Bruder, der sich nicht erweichen lassen wird. Ich bin kein Arschloch. Auch wenn Dani wie eine Achtzehnjährige aussehen und rüberkommen will, ist sie doch erst vierzehn. Dass sie sich so aufreizend anzieht, kommt nicht in die Tüte, solange ich hier das Sagen habe.

»Diese Fetzen trägst du nicht in der Schule«, sage ich. »Punkt. Ende der Diskussion.«

Sie starrt mich herausfordernd an, damit ich klein beigebe, doch sie sollte wissen, dass sie damit nicht durchkommt.

»Na schön«, schnaubt sie, rennt nach oben und erscheint

ein paar Minuten später in knallengen Jeans und einem weißen Trägerhemd, das zwar etwas weiter geschnitten ist, dafür aber quasi durchsichtig. Trotzdem besser als der Fummel, den sie vorher getragen hat.

»Bist du nun zufrieden?«, erkundigt sich Dani spöttisch und dreht sich wie ein Model auf dem Laufsteg.

»Meinetwegen. *Que está bien ...* das geht.«

Sie schnappt sich einen Müsliriegel aus der Speisekammer. »*Adiós*. Und falls du wissen willst, wie ich in die Schule komme – Cassidy Richards fährt mich.« Sie wirft mir einen Seitenblick zu. »Du erinnerst dich doch an sie, Vic, oder?«

Das kann nicht ihr Ernst sein. »Cassidy Richards?«

»Yep.«

Ach, du Scheiße. An ihrer hämischen Miene erkenne ich, *dass* sie es ernst meint.

»Warum lässt du dich von meiner Ex in die Schule bringen?«, frage ich.

Dani beißt in den Müsliriegel. »Erstens, weil sie schon ein Junior ist und zur Schule fahren darf. Zweitens, weil sie beliebt ist und mich allen coolen Leuten vorstellen kann. Drittens, weil sie es mir angeboten hat. Reicht das?«

Cassidy Richards und ich führen seit Anfang des letzten Schuljahres eine On-Off-Beziehung. Vor dem Sommer haben wir uns endgültig getrennt. Sie hat die nervige Angewohnheit, Blödsinn über mich im Internet zu verbreiten. Nicht, dass sie mich dabei namentlich erwähnt oder taggt, doch jeder in der Schule weiß, dass sich ihre »Trennungszitate« auf mich beziehen. Sätze wie:

WENN DU DICH NICHT BINDEN WILLST, HAST DU MICH NICHT VERDIENT.

Victor 9

KEIN MÄDCHEN WIRD JE SO GUT ZU DIR SEIN WIE ICH.

ICH HABE DIR ALLES GEGEBEN UND DU HAST MICH WIE DEN LETZTEN DRECK BEHANDELT.

MIR GEHT ES BESSER OHNE DICH ALS MIT DIR.

Und mein persönlicher Favorit …

MEIN EX IST EIN VOLLPFOSTEN.

Ja, das ist Cassidy, wie sie leibt und lebt. Wirft mit Beleidigungen um sich, bis ihr plötzlich einfällt, dass sie mich zurückwill. Dann bombardiert sie mich mit SMS, in denen steht, wie sehr sie mich vermisst. Bei unserer letzten Trennung habe ich mir geschworen, nie wieder etwas mit ihr anzufangen. Cassidy ist der Prototyp einer Dramaqueen. Und ich stehe nicht auf Theater. Jedenfalls nicht mehr.

»Was ist mit unserer Schwester eigentlich los?«, erkundige ich mich bei Marissa, nachdem Dani aus dem Haus stolziert ist.

Marissa zuckt die Schultern. »Frag nicht.«

Sie stellt ihre Schüssel in die Spüle und folgt mir nach draußen, wo gerade ein Auto hupt. Mein bester Freund Trey parkt in unserer Einfahrt und sitzt stolz in seinem alten, zerbeulten Honda Civic, der mehr als zweihunderttausend Meilen auf dem Buckel hat.

Er steckt den Kopf aus dem Fenster und ruft meiner Schwester zu: »Hey, Marissa! Soll ich dich auch mitnehmen?«

»Nein danke, Trey«, sagt sie und schiebt sich beim Davongehen die Brille auf die Nase. »Ich nehme lieber den Bus.«

Als ich ins Auto steige, wirft Trey mir einen fragenden Blick zu. »Verstehe ich das richtig? Deine Freshman-Schwester fährt *lieber* mit dem Bus?«

»Yep.«

»Sie ist superskurril, Vic.«

»Du meinst *sonderbar*?«

Trey schaut mich von der Seite an. Ständig lässt er hochtrabende Wörter in unsere Gespräche einfließen. Im Grunde genommen hört er sich an wie eine Mischung aus Ivy-League-Stipendiat und Ghetto-Kid. Ich mache mich immer über ihn lustig, weil er ein wandelndes Wörterbuch ist. Ich hingegen versuche, mit so wenigen, einfachen Begriffen wie möglich auszukommen.

»Sagen wir mal so: Marissa sieht die Busfahrt vermutlich als ein soziales Experiment, auf das man sich als Highschool-Schülerin einlassen sollte. Und sie wird im Soziologieunterricht einen Aufsatz darüber schreiben«, kläre ich ihn auf.

Treys Motor stottert zweimal, bevor wir rückwärts aus der Einfahrt rollen. »Sag ich doch, deine Schwester ist skurril.«

»Und was ist mit *deiner* Schwester?«, will ich wissen. »Sie läuft herum wie ein Hollywood-Star, seit Jet ihr den Model-Job verschafft hat.«

»Ich bestreite ja gar nicht, dass meine Schwester exzentrisch ist«, meint er belustigt. »Wo wir gerade bei exzentrisch sind – Cassidy Richards ist mit Dani davongefahren. Ich dachte schon, ich hätte mich in der Hausnummer geirrt. Was wollte sie hier?«

»Keine Ahnung, was Cassidy vorhat«, entgegne ich.

Trey lacht. »Sie möchte wieder deine Freundin sein. Das hat sie vor.«

Allein bei dem Gedanken daran schüttelt es mich. »Nur über meine Leiche.«

»Nächsten Monat ist Homecoming-Ball«, sagt er. »Vielleicht braucht sie einen Begleiter und hofft auf dich. Wenn du kein anderes Mädchen findest, kannst du ebenso gut konzedieren und mit ihr hingehen. Allein kannst du dort jedenfalls nicht aufkreuzen.«

Mist, den Ball hatte ich ganz verdrängt. »Lass uns das Thema wechseln, Mann. Ich möchte nicht über Cassidy oder Homecoming reden. Oder über *konzedieren*, was immer das heißt. Sprich doch endlich mal so, dass ein normaler Mensch dich versteht.«

»Möchtest du deinen Wortschatz nicht erweitern, Vic?«

»Nö.«

Er zuckt die Schultern. »Na schön. Dann reden wir eben über die Schlägerei, an der du gestern Abend beteiligt warst«, meint Trey. »Geht's dir gut? Es soll ja ganz schön zur Sache gegangen sein.«

»Ja. Ich meine, der Typ hat Heather voll eine reingehauen.« Ich schaue auf meine zerschundenen Knöchel hinunter. Ich habe gewusst, dass Heathers Freund sich für Boxen interessiert, aber ich hatte keine Ahnung, dass er seine Freundin als Sandsack benutzt, bis er sie gestern Abend am Strand vor meinen Augen geschlagen hat. Sie hat versucht, es herunterzuspielen, und behauptet, er sei ihr gegenüber das erste Mal handgreiflich geworden.

Doch es ist mir scheißegal, ob es das erste oder das fünfzigste Mal war. Dem Typen musste mal einer verklickern, dass man ein Mädchen nicht ungestraft schlägt.

»Ich wäre dir zur Seite gesprungen, wenn ich das gewusst hätte«, sagt Trey.

Trey wird vielleicht Jahrgangsbester und hat sich bisher nie etwas zuschulden kommen lassen. Er sorgt sich um seine Noten ebenso sehr wie um seinen Ruf, deshalb hätte ich ihn nie im Leben in eine Schlägerei verwickelt, die vielleicht damit geendet hätte, dass jemand die Polizei ruft.

»Ich habe die Sache in die Hand genommen«, beruhige ich ihn.

Das mache ich immer. Trey lässt Worte sprechen, ich meine Fäuste.

Im Gegensatz zu Trey mache ich mir keine Sorgen um meine Noten, denn ob ich nun lerne oder nicht, in Tests und Klausuren schneide ich immer mies ab. Mich durch die Schule quälen zu müssen, ist ein Fluch, mit dem ich geboren wurde.

Treys Handy piept dreimal.

»Eine SMS von Monica. Lies mal vor«, bittet er, weil er nicht Nachrichten checken und fahren will. Er wendet die Augen nicht von der Straße ab, und seine Hände ruhen so am Lenkrad, wie wir es in der zehnten Klasse im Fahrunterricht gelernt haben. »Was will sie denn?«, fragt er.

»Sie will, dass du dich von ihr trennst, damit sie mit mir gehen kann.«

Trey feixt. »Alles klar, Vic. Wenn du es schaffst, mir meine Freundin auszuspannen, schaffst du es auch auf die Liste der besten Schüler.«

Das ist ein wahrer, aber deprimierender Einwurf. »Na ja, das wird nicht passieren.«

»Genau.« Er deutet auf sein Telefon. »Also, was hat sie gesagt?«

»Sie sagt ›Hey‹.«

»Dann schreib ›hey‹ zurück.«

Ich verdrehe die Augen. »Ihr seid vielleicht zwei Langweiler.«

»Ach ja? Wenn du eine Freundin anvisieren würdest, was würdest du ihr dann schreiben?«

»Ich *visiere* keine Freundin an, Trey. Aber wenn ich eine hätte, dann würde ich ihr sehr viel mehr als ›hey‹ schreiben. Besonders, wenn ich so einen Wortschatz hätte wie du.« Vermutlich würde ich ihr sagen, dass ich die ganze Nacht an sie gedacht habe und sie nicht aus dem Kopf bekomme.

»Den Schweinskram schreibe ich meinen Nebenfrauen«, frotzelt er. »Das kaufst du mir doch ab?«

»Ja, klar.« Jeder weiß, dass Trey und seine Freundin Monica Fox unzertrennlich sind und wahrscheinlich eines Tages heiraten werden. Er würde sie nie betrügen.

Fakt ist, Trey hat keine Ahnung, dass ich seit Jahren in Monica verliebt bin.

Doch er ist mit ihr zusammen und daher ist sie aufgrund unseres stillschweigenden Bruderkodexes auf immer und ewig für mich tabu.

Auch wenn ich niemals im Leben von ihr loskommen werde.

2

Monica

Ich hasse das Aufstehen, selbst in den Sommermonaten, wenn ich bis Mittag schlafen kann. Heute beginnt mein Senior-Jahr. Mein Wecker hat mich um sechs aus dem Schlaf gerissen und mich daran erinnert, dass die Sommerferien vorüber sind.

Halb gebeugt schlurfe ich ins Bad. Nachdem ich mir die Zähne geputzt habe, starre ich auf die Medikamente auf der Ablage. Die Pillen erwidern meinen Blick und sagen: »Nimm mich!«

Ich werfe mir eine in den Mund und spüle sie mit einem Becher Wasser hinunter.

»Monica!«, ruft Mom aus der Diele. »Bist du aufgestanden?«

»Ja!«, antworte ich, bevor ich unter die Dusche gehe.

»Gut. Ich mache dir gleich Frühstück, also beeil dich! Ich will nicht, dass es kalt wird.«

Unter der Dusche schließe ich die Augen und lasse das heiße Wasser über meinen Körper rinnen. Als ich fertig bin, fühle ich mich hundertmal besser ... fast schon normal. Und als ich in der Uniform, die alle Cheerleaderinnen am ersten Schultag tragen, die Treppe hinunterlaufe, stehe ich unter Strom.

Adrenalin pumpt durch meine Adern. Ich bin bereit. Jetzt bin ich richtig gut drauf.

»Du siehst *so* süß aus«, meint Mom und küsst mich auf die Wange. Meine Mutter stellt einen Teller mit Pancakes in die Mitte des Tisches und einen mit zwei Eiern vor mich. »Hier«, sagt sie.

Ich lache. »Das reicht für die gesamte Schülerschaft der Fremont High, Mom.«

»Deine Mutter konnte sich nicht bremsen«, sagt Dad. Er steht in der Tür in Kakihosen und maßgeschneidertem Button-Down-Hemd, auf das der Name *Dr. Neal Fox* gestickt ist. Früher habe ich mir immer gewünscht, mein Vater wäre ein normaler Arzt und kein plastischer Chirurg, bis ich einen Patienten kennenlernte, dem ein Pitbull das Gesicht zerfleischt hatte. Er nannte meinen Dad einen Helden und sagte, er hätte nicht mehr leben wollen, wenn mein Dad ihm nicht geholfen hätte. Das hat meine Sicht verändert.

Dad küsst mich auf den Kopf. »Wie geht's dir, Süße?«

»Super«, antworte ich.

»Hast du deine Tabletten genommen?«

»Ja, Dad. Das fragst du mich jedes Mal und ich gebe dir immer die gleiche Antwort. Wann hörst du damit auf?«

»Nie.«

»Wahrscheinlich schickt er dir, selbst wenn du schon auf dem College bist, jeden Morgen eine SMS«, amüsiert sich Mom und gibt meinem Dad einen scherzhaften Stups.

Mein Dad grinst mich schuldbewusst an, während er den Arm um Moms Taille legt und sie küsst. »Du kennst mich eben in- und auswendig, Liebling.«

Ja, meine Eltern flirten miteinander. Manchmal geht mir

das auf den Senkel, aber die Eltern der meisten meiner Freunde sind geschieden oder leben nicht mehr zusammen. Es ist beruhigend zu wissen, dass meine Eltern sich tatsächlich lieben.

Mom, die leitende Angestellte in einer Werbeagentur ist, zückt ihr Handy und deutet damit auf mich.

Ich ziehe eine Augenbraue hoch. »Was wird das, Mom?«

»Ich mache ein Foto von dir am ersten Tag deines Senior-Jahres. Das ist ja so aufregend!« Ihr Grinsen ist so breit, dass ich lachen muss.

»Ähm … Mom, ich bin noch nicht *fertig* mit der Highschool«, kläre ich sie auf. »Das Schuljahr fängt heute erst an. Was ist, wenn ich ab jetzt nur Dreien nach Hause bringe? Oder Vieren? Fotografierst du mich dann auch noch?«

»Natürlich, Monica«, sagt Dad, während er einen Schluck von seinem Morgentee nimmt. »Aber wenn du Einsen kriegst, kannst du dir das College aussuchen. Und das ist von Vorteil.«

»Kein Druck, Dad«, scherze ich. Es ist kein Geheimnis, dass Dad Klassenbester war.

»Wir möchten nur, dass du dein Bestes gibst«, beruhigt mich Mom und macht noch ein Foto. »Und falls nicht, kommt Onkel Thomas her und bringt dich zur Vernunft.«

»Cool. Ich mag Onkel Thomas, auch wenn er ein Raubein ist.« Ich schaue meine Eltern fragend an. »Könntet ihr denn auch damit leben, wenn es nur ein Dreier-Durchschnitt wird?«

Meine Eltern wechseln einen Blick, dann sehen sie mich an.

»Du bist *keine* Dreier-Kandidatin, Monica«, sagt Mom.

»Und dein Freund auch nicht«, wirft Dad ein. »Soweit ich weiß, macht Trey Anstalten, Jahrgangsbester an der Fremont High zu werden.«

»Woher weißt du das?«

Er hebt die Tasse zum Salut. »Trey hat es mir erzählt. Der Junge ist ein Genie.«

Ich überlasse es meinem Freund, mit meinem Vater über das College und Zensuren zu reden. Das und Football sind seine Lieblingsthemen.

Mein Handy vibriert. Es ist eine Nachricht vom Wunderknaben höchstpersönlich.

TREY: Ich stehe draußen. Bist du fertig?
ICH: Ja. 1 Sekunde.

»Der Wunderknabe ist hier«, sage ich zu meinen Eltern und schiebe mir das letzte Stück von einem Pancake in den Mund.

»Will er nicht reinkommen?«, fragt Dad. »Sag ihm, dass noch jede Menge Pancakes und Eier übrig sind.«

ICH: Meine Eltern fragen, ob du Pancakes und Eier willst?
TREY: Ich habe schon gegessen. Aber dank ihnen trotzdem unbedingt für die Einladung!
ICH: Schleimer.
TREY: ☺

Ich nehme noch eine Gabel Ei, dann umarme ich meine Eltern zum Abschied, stelle mein Geschirr in die Spüle und laufe zur Tür hinaus.

Meine Mom folgt mir mit dem Handy in der Hand.

»Ich will ein Foto von euch beiden«, ruft sie und winkt Trey, während sie in High Heels hinter mir herstöckelt.

Sie merkt nicht, dass Victor Salazar in Treys Auto sitzt. Sobald sie ihn sieht, bleibt sie stehen.

»Oh«, macht sie verdattert.

Egal, was ich meinen Eltern sage, Vics Ruf eilt ihm voraus. Er ist schon öfter wegen Schlägereien verhaftet worden, und es passt ihnen nicht, dass er zu meinem Freundeskreis gehört. Außerdem guckt er immer so finster aus der Wäsche. Ich glaube, das dient als Abschreckung, damit keiner ihm zu nahe kommt und etwas von seinem vermurksten Familienleben erfährt.

»Okay, äh, na ja …«, ist alles, was meine Mom hervorbringt.

Trey steigt aus dem Auto. »Vic, komm. Mrs Fox möchte ein Foto von uns machen.«

»Ich glaube, sie möchte nur ein Foto von dir und Monica«, sagt Vic, und seine raue Stimme klingt, als wäre es ihm scheißegal, ob er mit auf dem Bild ist.

Ich öffne die Beifahrertür und ziehe Vic am Arm. »Na los«, sage ich. »Zeit für ein Foto.«

»Ich mache mir nichts aus Fotos«, brummt er.

»Mir zuliebe«, bitte ich ihn. »Bringen wir es schnell hinter uns, damit wir nicht zu spät kommen und nachsitzen müssen.«

Vic zuckt die Schultern. »Ich komme eigentlich *gern* zu spät.«

Mom räuspert sich, als Vic aus dem Wagen steigt. Ich habe ihn während der Sommerferien kaum gesehen und jetzt ist er ein einziges Muskelpaket. Trey und Vic haben viel trainiert, um sich auf die kommende Footballsaison vorzu-

Monica   19

bereiten. Vic trägt ein Footballtrikot wie Trey, doch dazu zerschlissene Jeans, Treys hingegen sind enganliegend und bringen seine schlanken, muskulösen Beine zur Geltung. Obwohl sie beste Freunde sind, sind sie in vielerlei Hinsicht grundverschieden.

Ich platziere mich zwischen die beiden und lächle, als Mom den Auslöser drückt.

»Schick mir das Bild doch bitte«, sagt Trey.

»Na klar«, erwidert Mom und sendet es ihm. Yep, meine Eltern haben die Telefonnummer meines Freundes auf dem Handy gespeichert.

Vic schüttelt fast unmerklich den Kopf, als könnte er nicht begreifen, dass Trey nach anfänglichen Schwierigkeiten inzwischen praktisch zur Familie seiner Freundin gehört. Vic ist ein Typ, der seine Eltern so weit wie möglich auf Abstand hält.

Zehn Minuten später sind wir in der Schule und versammeln uns im Gang der Seniors. All unsere Freunde sind hier. Derek und Ashtyn blicken sich so tief in die Augen, als wollten sie in die Seele des anderen eintauchen. Bree richtet sich das Haar, damit sie ja wie aus dem Ei gepellt aussieht. Jet zieht die Aufmerksamkeit aller weiblichen Singles auf sich. Er hat sich daran gewöhnt, erst recht, nachdem er angefangen hat zu modeln und sein Konterfei in Läden und Zeitschriften zu bewundern ist. Er ist an der Fremont High fast schon ein Star.

Trey ist die ganze Zeit nicht von meiner Seite gewichen. Jetzt piept sein Handy, und er zieht es heraus, um die eingegangene Nachricht zu lesen. Dabei dreht er das Telefon weg, damit ich nicht auf das Display schauen kann, und es kommt mir so vor, als würde er etwas vor mir verbergen.

»Bin gleich zurück«, sagt er.

»Warum? Was ist los? Wer war das?«

Bäh. Ich weiß, dass ich mich wie ein klammernder Kontrollfreak anhöre. Als wir uns letzte Woche getroffen haben, hat er die ganze Zeit mit jemandem gesimst. Er hat mir erzählt, er habe sich ein paarmal mit seinem Cousin geschrieben, dann habe ihn seine Schwester zugetextet. Damals habe ich nicht weiter nachgefragt, aber jetzt spüre ich, dass etwas zwischen uns steht.

»Das ist mein Dad«, klärt Trey mich auf. »Ich soll ihn anrufen. Ich bin gleich wieder da.« Er drückt mir einen flüchtigen Kuss auf die Lippen. »Lieb dich.«

»Ich dich auch«, antworte ich, und die Worte kommen mechanisch aus meinem Mund.

Ich schaue zu, wie er davonläuft, und in meinem Bauch macht sich ein mulmiges Gefühl breit.

Als ich mich umdrehe, sehe ich Cassidy Richards zu Vic hinübergehen, der seinen Spind neben meinem hat. Sie spielt mit den Spitzen ihrer langen blonden Locken und leckt sich über die Lippen. Ganz offensichtlich will sie seine Aufmerksamkeit erwecken, doch er beißt nicht an.

»Hey, Vic«, sagt Cassidy in flirtendem Tonfall.

»Is'n?«, fragt er.

Cassidy ist wie ich bei der Cheerleading-Truppe und quetscht mich bei jeder Gelegenheit über Vic aus. Ich schmücke meinen Spind und versuche, ihre Unterhaltung zu ignorieren. Das ist jedoch gar nicht so einfach, da sie direkt neben mir stattfindet.

»Du sollst dich gestern Abend geprügelt haben«, meint Cassidy vorwurfsvoll. »Wegen Heather Graves. Hast du's jetzt auf *sie* abgesehen?«

Monica

Vic schließt seinen Spind. »Soll das ein Witz sein?«, fragt er.

Cassidy stemmt die Hände in die Hüften. »Das ist eine legitime Frage.«

»Nee, ist es nicht.«

»Schön, dann eben nicht.« Sie schnaubt ein paarmal. »Ich wollte nur mit dir reden.«

»Du wolltest was zum Tratschen haben«, korrigiert er sie.

Cassidy rauscht davon und Vic schüttelt missmutig den Kopf.

Ich bringe einen Spiegel an, pinne Fotos von Freunden und Ausschnitte aus Zeitschriften in meinen Spind und bin mir wohl bewusst, dass Vic mich dabei beobachtet.

»Was?«, frage ich, als er wieder den Kopf schüttelt.

Er zeigt auf die Fotos. »Warum peppst du deinen Spind auf?«

»Weil ich gute Laune bekomme, wenn ich Bilder von Freunden und Dingen sehe, die ich mag.« Ich deute auf seinen immerwährend stoischen Gesichtsausdruck. »Solltest du auch mal versuchen. Lachen ist gesund, weißt du.«

Mit grimmigem Blick sieht er zu Cassidy hinüber, die auf der anderen Seite des Ganges mit ihren Freundinnen schnattert. »Vielleicht habe ich ja nichts zu lachen.«

»Ach komm schon, Vic. Jeder hat *etwas* zu lachen.«

»Du vielleicht, Monica. Ich nicht.«

Wenn er wüsste.

Er lehnt sich gegen den Spind, als Brandon Butter auf ihn zukommt. »Äh, Vic … äh, ich wollte es dir ja eigentlich gar nicht sagen, aber jemand hat deine Schwester mit Luke Handler in Gang H gesehen.«

Vic lässt ein paar Flüche vom Stapel, für die er wahrscheinlich bei der Direktorin antanzen dürfte, wenn ein Lehrer ihn gehört hätte.

Luke Handler ist dafür bekannt, dass er so viele Mädchen wie möglich abschleppt. Außerdem hat er die Gewohnheit, Bilder von den Mädchen zu posten, wie sie mit ihm herummachen. Das stärkt sein Ego und seinen Playboy-Status. Er versteht es mittlerweile perfekt, ein Mädchen davon zu überzeugen, dass – im Gegensatz zu all den anderen Mädchen vor ihr – sie allein es vermag, aus ihm einen treuen, monogamen Freund zu machen. Und während Luke dann wie ein toller Hecht dasteht, wenn die »Beziehung« kurz darauf in die Brüche geht, haben die Mädchen ihren Ruf weg.

Vics üblicherweise stoische Miene ist nun mordlüstern.

»Ich lache, wenn ich Luke Handler in den Arsch trete«, sagt er zu mir, dann stürmt er den Flur hinunter zu Gang H.

»Bring dich nicht in Schwierigkeiten«, rufe ich ihm nach, obwohl ich weiß, dass Vic so etwas egal ist.

Jemand muss Victor Salazar mal klarmachen, dass kämpfen und lachen nicht zusammengehören. Nie.

Monica

3

Victor

Dani ist Freshman und hat daher keine Ahnung, dass sie sich von Gang H lieber fernhält. Die Neuen brauchen ein paar Tage, bis sie begriffen haben, dass das der Ort ist, wo man hingeht, um jemanden – ohne von den Lehrern gesehen zu werden – aufzureißen.

Gang H ist auch das Jagdgebiet der Flittchen.

Ich höre die Schulglocke im selben Moment, in dem ich Luke Handler im Gespräch mit meiner Schwester erspähe. Sie lehnt gegen eine Wand und er ragt über sie. Sie schaut zu ihm auf, klimpert mit den Wimpern und kichert über etwas, das er gerade gesagt hat.

»Yo, Handler!«, rufe ich, als der Idiot gerade ihr Gesicht mit seinen schmuddeligen Pfoten begrapschen will. Ich packe ihn am Kragen und schaue ihm in die glänzenden Knopfaugen. »Was soll'n das werden?«

Der Typ hebt die Hände. »Äh ... nichts.«

»Sieht für mich nicht nach nichts aus, Mann.«

Handler blickt von Dani zu mir. »Ist sie deine Freundin oder so?«

Ich grinse ihn höhnisch an. »Nee. Sie ist meine Schwester, du Stück Scheiße. Wenn ich dich dabei erwische, wie du sie auch nur noch einmal anschaust oder mit ihr in Gang H gehst oder dich mit ihr fotografierst und das Bild dann ins Netz stellst, hast du meine Faust im Gesicht. Soweit kapiert?«

Der Typ schluckt heftig. »Klar doch. Ich … ich hab's begriffen.«

Als ich seinen Kragen loslasse und er den Gang hinunterhastet, um so weit wie möglich von mir wegzukommen, stöhnt meine Schwester übertrieben. »Oh mein Gott, Vic! Du bist so ein blöder Spielverderber! Ich wollte hier nur ein bisschen Spaß haben. Musst du *immer alles* ruinieren?«

»Ja.«

Sie verdreht die Augen. »Ich bin nicht die heilige Marissa. Wenn er etwas gegen meinen Willen versucht hätte, hätte ich ihm meine Knie in die Eier gerammt.«

Daran hege ich keinen Zweifel, doch Dani kennt sich mit Typen wie Bettgeschichten-Handler nicht aus.

Es klingelt zum letzten Mal. Verdammt.

»Marissa sitzt vermutlich schon im Unterricht«, sage ich zu Dani. »Was sehr viel klüger ist, als in Gang H mit dem größten Aufreißer von Fremont herumzulümmeln. Er wollte dich klarmachen, damit er herumprahlen kann, was für ein Oberchecker er ist, und damit er Blödsinn über dich im ganzen Netz verbreiten kann. Aber das wird nicht passieren, solange ich es verhindern kann. Jetzt geh zurück in deine Klasse, bevor dich die Aufsicht beim Schwänzen erwischt.«

Meine Schwester sammelt ihre Bücher auf. »Du bist so ein Klugscheißer, Vic«, schimpft sie. »Du tust so, als hättest du die Weisheit mit Löffeln gefressen, wo du doch der größte Loser der ganzen Schule bist. Es heißt, die Leute wetten schon, ob du am Ende des Schuljahres deinen Abschluss machst oder stattdessen in den Knast einfährst. Willst du wissen, wie die Wette steht?«

»Nein.«

Sie bedenkt mich mit einem zufriedenen, hämischen Grinsen, das mich an *papá* erinnert, bevor sie zu ihrem Unterrichtsraum stolziert.

Ich biege um die Ecke zu Gang M, wo mein Unterricht schon begonnen hat, und laufe direkt dem Mann in die Arme, der die Fremont vor Drogen, Gewalt und Störenfrieden bewahren soll.

Officer Jim.

»Stehen geblieben«, ruft Officer Jim. Der selbstgefällige Ausdruck auf seinem Gesicht zeugt davon, dass ihm seine Arbeit nur allzu gut gefällt. »Ich nehme mal an, Sie haben gerade keine Freistunde, mein Sohn.«

Ich schüttle den Kopf.

»Dann machen wir jetzt einen kleinen Ausflug zum Büro der Direktorin.«

Wenn ich Ärger bekomme, wird mir Coach Dieter die Hölle heißmachen. Extrarunden während des Footballtrainings werden dann meine geringste Sorge sein. »Darf ich einfach zum Unterricht gehen?«, bitte ich ihn. »Können Sie nicht ein Auge zudrücken?«

Officer Jim schüttelt den Kopf. »Es ist meine Pflicht, jedes Zuspätkommen und alle verdächtigen Aktivitäten zu melden, damit die Anzahl der Verstöße gegen die Schulordnung sinkt.«

»Verstöße? Das kann doch nicht Ihr Ernst sein. Heute ist der erste Schultag. Vielleicht habe ich mich ja verlaufen.«

Seine Miene bleibt unverändert. »Sie sind Senior, Salazar.

Wenn Sie sich hier verlaufen, bringe ich Sie in Gang B in die Förderklasse. Wollen Sie das?«

»Nein.«

»Das habe ich mir gedacht.« Er bedeutet mir, ihm zum Sekretariat zu folgen. Dort muss ich mich hinsetzen und warten, bis Direktorin Finnigan von meinem *Verstoß gegen die Schulordnung* erfährt. Das ist zum Totlachen.

Officer Jim steht neben dem Schreibtisch der Sekretärin mit stolzgeschwellter Brust und einem Ego, das zur Größe seines Bierbauchs passt.

»Victor Salazar, Dr. Finnigan hat jetzt Zeit für Sie«, verkündet die Sekretärin.

Ich laufe in Finnigans Büro und sie schaut von ihrem Schreibtisch auf. Sie trägt einen Männeranzug und kurzes braunes Haar. Ich glaube, sie versucht krampfhaft, als harter Knochen rüberzukommen. Oder als Kerl. Oder beides.

»Mr Salazar, setzen Sie sich«, befiehlt sie. Als ich dem nachkomme, verschränkt sie die Finger und seufzt. »Sie fangen das neue Schuljahr ja gleich gut an. Den Unterricht zu schwänzen, wird nicht toleriert.«

»Ich habe nicht geschwänzt, Doc.«

»Sie haben sich ohne Erlaubnis auf dem Gang aufgehalten, Victor. Während der ersten Stunde.« Sie beugt sich vor, als wollte sie mir gleich etwas ganz Wichtiges sagen. »Reden wir nicht um den heißen Brei herum. Sie sind fürs Schwänzen bekannt, junger Mann. Und Sie wissen sehr wohl, dass ich Verstöße und Unpünktlichkeit nicht dulde. Sie sind Footballspieler, Victor. Und Senior. Dieses Schuljahr dürfen Sie sich nichts zuschulden kommen lassen ... oder ich werde dafür sorgen, dass Coach Dieter Sie aus der Mannschaft wirft. Vielleicht wachen Sie dann auf.«

Victor 27

Nie im Leben. Das kann ich nicht zulassen. Football bedeutet mir alles. Es fällt mir nicht schwer, mir eine Ausrede auszudenken, um mich aus schwierigen Situationen zu manövrieren. Das ist wie ein Spiel, eins, das ich lieber gewinne, als verliere.

»Hören Sie, Doc«, sage ich. »Ich habe einer Freshman-Schülerin geholfen, die sich verlaufen hatte, und deshalb komme ich zu spät. Ehrlich gesagt sollte man mir lieber einen Orden für vorbildliches Benehmen oder gute Taten verleihen, anstatt mich hier vorzuladen.«

Ich sehe, dass sie sich ein Grinsen verkneift. »Einen Orden für vorbildliches Benehmen?«

Ich nicke unschuldig. »Glauben Sie wirklich, ich würde gleich am ersten Tag den Unterricht schwänzen?«

»Darauf will ich lieber nicht antworten.« Sie lehnt sich in ihrem Stuhl zurück, weil die Standpauke offensichtlich beendet ist. »Heute werde ich mal nett sein und es bei einer Verwarnung belassen. Und noch etwas, nennen Sie mich Dr. Finnigan oder Direktorin Finnigan ... *nicht Doc.*« Sie greift nach dem Telefon und fordert die Sekretärin auf, Officer Jim wieder hereinzuschicken. »Bringen Sie Mr Salazar bitte zu seiner ersten Stunde«, sagt sie zu ihm. »Und Victor ... sosehr mir unsere Unterhaltungen gefallen, wäre es mir lieber, wenn es sich dabei um akademische Fragen drehen würde als um Verstöße gegen die Schulordnung.«

Akademische Fragen? Das ist ein Witz.

Ich sage nichts. Doc soll einfach weiterträumen.

4

Monica

Als unser Soziologielehrer Mr Miller die Anwesenheit prüft, ruft er Victor Salazar dreimal auf, bevor er ihn in seinem Notizbuch als abwesend vermerkt.

»Hat jemand von Ihnen heute Morgen Mr Salazar gesehen?«

Ein paar heben die Hand. »Er war an seinem Spind«, sagt ein Typ.

Ein Mädchen erzählt, er soll sich vorm Schulgebäude geprügelt haben, eine andere will ihn kurz vor dem Unterricht im Gang erspäht haben.

Cassidy Richards sitzt in der ersten Reihe. Als sie Mr Miller Vics Namen rufen hört, schnaubt sie verächtlich und nennt ihn leise einen Idioten.

Mr Miller will gerade den Lehrplan durchgehen, als sich die Tür öffnet und Vic hereinspaziert. Officer Jim, der in den Gängen der Fremont für Recht und Ordnung sorgt, läuft hinter ihm. Der Wachmann unterhält sich kurz mit Mr Miller, bevor er den Unterrichtsraum verlässt.

»Schön, dass Sie uns Gesellschaft leisten, Mr Salazar.«

»Danke«, murmelt Vic und findet es ganz offensichtlich zum Kotzen, dass er im Zentrum der Aufmerksamkeit steht.

Monica 29

»Nehmen Sie doch vorn Platz«, ordnet der Lehrer an, als Vic sich anschickt, nach hinten zu gehen.

Vic macht kehrt und schielt auf den freien Platz neben Cassidy. »Vorn bekomme ich Angstzustände«, sagt er gedehnt.

»Zu dumm aber auch.« Mr Miller deutet auf den leeren Stuhl in der ersten Reihe. »Doch offenbar muss ich Sie im Auge behalten.«

Vic lässt sich widerwillig auf den Präsentierteller gleiten und nickt Cassidy gezwungen zu, als er neben ihr Platz nimmt.

Während der restlichen Stunde erklärt Mr Miller, dass Soziologie sich mit dem Zusammenleben von Menschen in Gruppen beschäftige.

»Wie wir als Einzelne reagieren, unterscheidet sich wesentlich davon, wie wir uns Altersgenossen gegenüber oder in Gemeinschaften benehmen«, doziert er. »Und was glauben Sie, was passiert, wenn wir soziale Normen brechen oder uns anders verhalten, als die Gesellschaft es von uns erwartet?«

Cassidys Hand schießt nach oben. »Dann fühlen wir uns unwohl.«

»Genau«, bestätigt unser Lehrer. »Es versetzt unserem System eine kleine Erschütterung. Denken Sie über Verhaltensnormen nach. Und dann möchte ich, dass Sie diese Regeln brechen und schauen, was passiert, wenn Sie sich außerhalb gesellschaftlicher Konventionen bewegen. Filmen Sie sich dabei und beobachten Sie die Reaktionen.« Mr Miller steht vor Vics Pult. »Für einige von Ihnen ist es ja wohl etwas ganz Alltägliches, gegen den Strom zu schwimmen.« Er trommelt mit den Fingern auf Vics Tisch und blickt dabei vielsagend.

Mr Miller schwadroniert noch eine halbe Stunde weiter, bis die Schulglocke läutet und wir alle nach draußen eilen.

»Das war heftig«, sagt Vic.

»Warum? Weil er auf dir herumgehackt hat?«, frage ich.

»Glaubst du, es interessiert mich die Bohne, ob Miller an mir herumnörgelt oder nicht?« Er schüttelt den Kopf. »Nein. Eigentlich bekommt man in diesem Fach ganz leicht eine Eins, aber bei Miller hört es sich nicht so an, als wäre sein Unterricht ein Durchmarsch.«

Vic ist nicht gerade als guter Schüler bekannt. Er gibt sich ja auch keine besondere Mühe, doch wahrscheinlich nur, weil er davon ausgeht, dass es bei ihm ohnehin nicht zu Bestnoten reicht. Er hatte mir bereits erzählt, er wolle in diesem Schuljahr nur einfache Kurse belegen. Ich habe mich für Soziologie entschieden, weil ich mich wirklich dafür interessiere und gern auf dem College Soziologie oder Psychologie studieren möchte, und nicht, weil ich gedacht habe, dass ich mich dabei nicht anstrengen muss.

»Ich helfe dir beim Lernen«, biete ich Vic an. Ich werfe einen Blick zu Cassidy, die vor uns läuft und mit dem Hintern wackelt, vermutlich um ihn anzumachen. Ich bedeute ihm, näher zu mir heranzukommen, und flüstere ihm ins Ohr: »Cassidy würde dir sicherlich auch gern zur Seite stehen.«

Er schaut nicht einmal in ihre Richtung. »No way.«

Als sie um die Ecke gebogen ist, sage ich: »Ich weiß nicht, warum du ihr nicht noch eine Chance gibst, Vic. Sie ist ganz offensichtlich noch in dich verliebt ... wenn sie dich nicht gerade als Idioten bezeichnet.«

»Ich *bin* ein Idiot.«

»Nein, bist du nicht«, widerspreche ich. Vic gehört seit

Monica 31

dem Freshman-Jahr zu meinem Freundeskreis. Ich kenne ihn gut, auch wenn er um sich herum eine dicke Mauer hochgezogen hat. Hin und wieder scheint sein wahres Ich durch die Fassade des harten Typen. »Manchmal bist du …«

»Ein Arschloch.«

»Nein. Ich wollte launisch oder hitzig sagen. Aufbrausend.« Als er sich anschickt, den Gang hinunterzulaufen, fasse ich ihn am Arm und ziehe ihn zurück. »Du bist kein Blender. Und du beschützt die, an denen dir etwas liegt. Das gefällt mir sehr an dir.«

Er schaut weg und das Kompliment bereitet ihm sichtlich Unbehagen.

Er ist nicht so schlecht, wie sein Vater ihn glauben macht. Eigentlich halte ich große Stücke auf Vic. Trey auch. Vic ist durch und durch loyal und das bedeutet mir viel.

Außerdem ist er supercharismatisch. Komischerweise hat er keinen blassen Schimmer davon, dass er beliebt ist und die Mädchen die ganze Zeit über ihn reden. Er hat sogar eine eigene Fankurve während der Footballspiele.

Vic ist den meisten Schülern bekannt, ob ihm das nun passt oder nicht. Ich blicke den Gang hinunter und sehe, wie eine Freshman-Schülerin aufgeregt kichernd auf ihn zeigt und ihn dann hinter seinem Rücken heimlich fotografiert.

»Was gibt's denn da zu sehen?«, fragt Trey, als er hinter mir auftaucht und meinen Nacken küsst.

Ich drehe mich um, umarme ihn und verdränge das Bild von Vics Körper aus meinen Gedanken.

»Nichts. Hey, wie war deine erste Stunde?«, will ich wissen.

»Ehrlich gesagt bin ich jetzt schon fix und fertig«, sagt er und löst sich aus der Umarmung. »Es wird eine Herkulesaufgabe, sämtliche AP-Kurse ohne Freistunde zu bewältigen. Zudem muss ich mich noch fürs College bewerben und Aufsätze schreiben. Von Football ganz zu schweigen. Ich bin völlig überfordert und heute fängt das Schuljahr erst an.«

»Aber warum belegst du auch so viele schwierige Fächer?«, entgegne ich, während wir den Flur hinuntergehen. Ich habe wohl bemerkt, dass Trey nicht nach meiner Hand greift. Früher haben wir immer Händchen gehalten, wenn wir durch die Schule gelaufen sind. Jetzt ist er zu aufgewühlt, und sein Stresspegel ist so hoch, dass er unsere Beziehung darüber vernachlässigt. Ich kann das schon verstehen. Man wird nicht Jahrgangsbester, indem man sich um seine Freundin kümmert. Das wird man, indem man Einsen in den Leistungskursen schreibt. »Lad dir doch etwas weniger auf den Teller, wenn du so überlastet bist.«

»Das geht nicht«, antwortet er. »Von diesem Jahr hängt so viel für mich ab. Und das weißt du auch.«

»Ja.«

Er sortiert seine Bücher und dabei fällt aus den Seiten eine durchsichtige Tüte mit Tabletten heraus. Er hebt sie rasch auf.

»Was ist das?«, will ich von ihm wissen.

»Tabletten gegen die Anspannung. Die hat mir der Arzt verschrieben«, erwidert Trey. »Sie beruhigen mich.«

Das ist seltsam. Er hat mir nie erzählt, dass er Medikamente nimmt. »Warum sind sie in einem Plastikbeutel?«

»Weil ich nicht die ganze Packung mit in die Schule schleppen wollte. Ist keine große Sache.«

Ich sage leise: »Ich möchte nicht, dass jemand denkt, du nimmst illegale Drogen, Trey. Plastiktüten werden von Dea-

Monica 33

lern benutzt. Lass dir von deinen Eltern ein Rezept für die Schulkrankenschwester ausfüllen und …«

»Reine Zeitverschwendung, Monica«, fällt er mir ins Wort. »Außerdem will ich nicht, dass die Schulschwester oder irgendein anderer seine Nase in meine Angelegenheiten steckt.« Er wirkt fast schon angepisst über meinen Vorschlag.

Wieder wird mir mulmig im Magen. »Okay.«

»Die Schulglocke läutet gleich zum letzten Mal. Bis dann«, sagt er eilig.

Ich werde das blöde Gefühl nicht los, dass irgendetwas mit Trey nicht stimmt. Ich rede mir ein, dass es an der Aufregung am ersten Schultag liegt, weil er gut abschneiden und der Beste in der Schule und beim Football sein will.

Aber wenn nun etwas anderes dahintersteckt?

5

Victor

Das Footballtraining mit Coach Dieter ist knallhart, besonders im Sommer, wenn es draußen höllisch heiß ist. Der offizielle Start der Footballsaison ist am Freitag und deshalb kennt Dieter keine Gnade mit uns.

Nach der Schule müssen wir eine Stunde in den Fitnessraum. Ich will mich gerade zu meinen Mannschaftskameraden gesellen, als ich Heather Graves am Eingang erblicke. Sie trägt eine Sonnenbrille und sieht nervös aus.

»Hi, Vic«, sagt sie. »Kann ich mit dir reden?«

»Klar«, antworte ich. »Worum geht's?«

Sie nimmt die Brille ab und entblößt einen krassen Bluterguss unter dem Auge. Kaum überraschend, so wie ihr Freund zugedroschen hat. »Ich, äh ... Es geht um gestern Abend. Joe gerät wirklich schnell auf die Palme, aber ich *schwöre*, das war das erste Mal, dass er grob zu mir geworden ist. Trotzdem wollte ich mich noch mal bei dir bedanken.«

Bei ihr klingt das, als wäre ich ein Superheld, doch es ist ja nicht so, dass ich darauf erpicht wäre, Leute zu retten. Ich habe nur getan, was jeder getan hätte, wenn er mitansehen müsste, wie jemand ein Mädchen verprügelt. »Mädchen schlägt man nicht«, antworte ich. »Niemals.«

Sie schaut zu Boden. »Ich weiß. Ich meine nur … Er ist bloß so, wenn er trinkt. Sein Vater behandelt ihn wie den letzten Dreck.«

»Das macht meiner auch und ich habe noch nie ein Mädchen geschlagen«, kläre ich sie auf.

Sie seufzt. Dann nickt sie.

»Wir haben uns getrennt.« Sie wischt sich eine Träne weg, dann richtet sie sich auf. »Ich muss los. Tut mir leid, dass ich dich aufgehalten habe.«

Sie schnellt vor und umarmt mich, dann rennt sie weg.

Als ich mich umdrehe, sehe ich Jet an der gegenüberliegenden Wand lehnen. Offensichtlich hat er die ganze Szene verfolgt.

»Es war cool, dass du ihr geholfen hast«, sagt er. »Wann hast du mitgekriegt, dass ihr Freund ein übler Kampfsportler ist? *Bevor* du ihm in den Arsch getreten hast oder danach?«

»Während«, antworte ich und ernte ein Lachen.

»Yo, Vic«, ruft Trey, als ich den Fitnessraum betrete und auf das Laufband springe. »Du wirst einen Zahn zulegen müssen, wenn du nur halb so schnell sein möchtest wie ich.«

Trey und ich wetteifern immer miteinander. Ich beobachte, wie er die Geschwindigkeit an seinem Laufband höher einstellt als meine.

»Ich war den ganzen Sommer über joggen, Bruder«, sage ich und behalte mein Tempo bei. »Du wirst nicht mehr lange der Schnellste im Team sein.« Dann wähle ich die gleiche Geschwindigkeit wie er.

Er lacht lauthals, während er die Geschwindigkeit noch höher dreht.

»Angeber«, ruft Ashtyn von der anderen Seite des Raumes, wo sie Bankdrücken macht und dabei von ihrem

Freund und unserem Quarterback Derek unterstützt wird. Sie ist unsere Kickerin und braucht eigentlich keine übermäßigen Armmuskeln, aber sie holt gern das Letzte aus sich heraus, so wie ich. Darum sind wir vermutlich befreundet. Wir verstehen uns … Na ja, abgesehen von ihrer Beziehung zu Derek Fitzpatrick, genannt »der Fitz«. Das verstehe ich überhaupt nicht. Sie streiten sich andauernd, und es treibt mich schier in den Wahnsinn, ihnen zuhören zu müssen, wenn die beiden sich ankeifen wie ein altes Ehepaar.

»Es heißt, Cassidy will mit dir zum Homecoming-Ball«, sagt Ashtyn zu mir, nachdem sie ihre Übungen beendet hat und sich den Schweiß mit einem pinkfarbenen Mädchenhandtuch von der Stirn wischt.

»Ohne mich.«

»Aber *jemanden* musst du fragen. Du kannst den Ball in unserem letzten Jahr nicht einfach ausfallen lassen, Vic.«

»Äh … doch, kann ich.«

Sie seufzt. »Hör mal, Salazar, du gehst zum Homecoming, ob es dir passt oder nicht.«

»Du wiegst sechzig Kilo, höchstens«, antworte ich. »Glaubst du, du kannst mich zu irgendetwas zwingen?«

»Ja.« Sie haut mir auf den Rücken. »Und ich möchte, dass du glücklich bist.«

Glücklich? Das ist lachhaft. Ich steige vom Laufband und trotte zum Wasserspender.

Sie folgt mir.

In einem schwachen Moment letztes Jahr erzählte ich Ashtyn, dass ich in Monica verliebt sei. Zuerst lachte sie und dachte, ich mache einen Witz. Doch dann sah sie den todernsten Ausdruck auf meinem Gesicht und wusste, dass ich die Wahrheit sage.

Sie und meine Cousine Isabel sind die Einzigen, die das wissen, und beide haben geschworen, es für sich zu behalten.

Ashtyn trinkt einen großen Schluck Wasser, dann schaut sie mich voller Mitgefühl an. »Frag *irgendeine*, ob sie mitkommt. Magst du denn keine andere auch nur ein bisschen?«

Abgesehen von dem Mädchen, das ich nicht haben kann? »Nö.«

»Okay, alle miteinander«, poltert Coach Dieter mit dröhnender Stimme. »Wir treffen uns *in voller Montur* in genau fünfzehn Minuten auf dem Spielfeld. Wer zu spät kommt, darf ein paar Runden extra drehen. Draußen sind über dreißig Grad, Sportsfreunde, also wenn euch nicht das Wasser im Sackschutz stehen soll, seid ihr besser pünktlich.«

Keiner hat Lust auf Extrarunden bei dieser Hitze, und so eilen wir alle in die Umkleide, um Trikot und Polster anzulegen. Ash verschwindet in der Mädchenumkleide.

Treys Spind ist neben meinem. Er steht davor und seufzt.

»Wie soll ich Monica bitten, mich zum Homecoming zu begleiten?«, fragt er uns. »Ich möchte etwas machen, das sie völlig umhaut.«

Oh Mann. Geht es schon wieder um den Ball? Ich würde mich momentan lieber über Schweiß im Sackschutz unterhalten. Oder mir Nadeln in die Augen stechen.

»Schreib mit Zuckerguss ›HC‹ auf einen Cookie und fertig«, sagt Jet.

»Das ist doch so abgegriffen«, mischt Derek sich ein. »Ich frage Ashtyn, indem ich es morgen Abend auf einen der Footbälle schreibe. Beim Aufwärmtraining wird sie ihn finden.«

»Und wenn nicht sie ihn findet?«, entgegnet Jet mit einem anzüglichen Grinsen. »Sondern unser Ersatzkicker Jose Herrejon? Wird er dann dein Begleiter?«

»Lass das mal meine Sorge sein. In Sachen Romantik kenne ich mich aus. Meine Pläne klappen immer.« Derek deutet auf Jet. »Welches bedauernswerte Geschöpf fragst du denn, Jet?«

Jet wackelt mit den Augenbrauen. »Ich habe an Bree gedacht. Zumindest weiß ich, dass sie leicht zu haben ist.«

Ich werfe meinen Stollenschuh nach ihm.

Jet wirft ihn zurück, dann prüft er im Spiegel das Einzige, woran ihm etwas liegt, mit Ausnahme seines Autos: seine Frisur. »Wen bittest du, Salazar?«, erkundigt er sich, während er sich im Spiegel begutachtet und dafür sorgt, dass sein Haar perfekt in Stacheln nach oben gegelt ist. Ich verkneife es mir, ihn daran zu erinnern, dass er sich in zwei Minuten einen Helm aufsetzen wird, der seine Frisur ruiniert.

»Niemanden«, kläre ich ihn auf. »Ich komme nicht mit.«

»Wir müssen alle hin«, sagt Trey. »Das ist so Brauch.«

»Du kannst nicht mit der Tradition brechen«, pflichtet Jet ihm bei.

Trey hebt die Hand. »Keine Bange, Jungs. Mir fällt schon etwas ein, wie ich unseren eingefleischten Junggesellen zum Ball kriege, aber ich brauche noch eine Idee für Monica. Ehrlich, ich habe so viel Scheiß um die Ohren, dass ich nicht mehr klar denken kann.«

»Vielleicht solltest du ein paar AP-Kurse abwählen und dich unters gewöhnliche Volk in den normalen Kursen mischen, Trey«, schlägt Jet vor. »Hat dir keiner den Tipp gegeben, dass man es sich im letzten Jahr möglichst einfach macht?«

Victor 39

»Nicht, wenn man Jahrgangsbester werden will, Dumpf-backe«, erwidert Trey.

»Sportskanonen werden *nicht* Jahrgangsbester«, sagt Jet. »Die Welt steht Kopf, wenn das passiert. Ich bin Sportler und daher per Definition ein Idiot.« Er zeigt auf mich. »Und schau dir Salazar an ... sein Gehirn ist noch nicht mal voll funktionsfähig.«

Ich stoße ihn weg. »Leck mich. Ich habe was im Kopf. Ich schalte nur mein Gehirn in deiner Gegenwart runter, um mich auf dein Niveau zu begeben.«

Jet lacht. »Na klar, Bruder.«

»Jet, es ist eine wissenschaftliche Tatsache, dass niemand seine Hirnleistung voll abrufen kann«, wirft Trey ein. »Sagt mir lieber, was ich mit Monica machen soll.«

Oh Mann, wenn ich ein Mädchen wie Monica zum Homecoming bitten wollte, würde ich mir etwas einfallen lassen, das sie nie vergessen wird. Ich tippe Trey auf die Schulter, um seine Aufmerksamkeit zu gewinnen. »Warum machst du nicht etwas auf dem Footballfeld? Du könntest unsere Marching Band bitten, ein romantisches Lied zu spielen, und Monica dann an der Fünfzig-Yard-Linie mit einem Picknick überraschen.«

Jet tut so, als müsste er kotzen. »Das ist eine bekloppte Idee, Vic. Mann, fahr mit ihr in den *Wild-Adventures*-Ver-gnügungspark und frag sie, wenn ihr auf der Achterbahn nach unten rast. Daran wird sie sich bestimmt erinnern!«

»Achterbahn! Das gefällt mir«, meint Trey, und seine Miene hellt sich bei dem Gedanken auf. »Danke, Jet. Das ist genial.«

Achterbahn? »Ich dachte, Monica kann Achterbahnen nicht ausstehen?«, sage ich und finde meine Picknick-aufdem-Spielfeld-Idee viel besser. Es … passt eher zu Monica. Sie ist schön und sensibel und redet ständig von Liebesfilmen.

»Ich halte ihre Hand dabei, dann ist es romantisch.« Trey zwinkert. »Ich mach das schon!«

»Noch zwei Minuten, Jungs!«, ruft Mr Huntsinger, der Assistenztrainer. »Schwingt euren Hintern sofort aufs Spielfeld oder Coach Dieter heizt euch richtig ein!«

Scheiße. Bei dem ganzen Homecoming-Gequatsche haben wir uns verbummelt. Die anderen Jungs im Team sind weg und machen sich vermutlich schon warm. Ich ziehe rasch meine Ausrüstung an und renne mit Jet, Trey und Derek nach draußen. Coach Dieter steht auf dem Feld und wendet den Blick nicht von der Uhr.

»Ihr vier seid eine Minute und elf Sekunden zu spät«, sagt er und funkelt uns dann wütend an. »Von einem Senior erwarte ich weitaus mehr. Ihr rennt vier Runden und macht nach jeder Runde am Wasserspender halt, damit ihr nicht dehydriert.«

Verdammt. Ich lasse meinen Helm fallen und laufe los. Wir vier schwitzen uns den Arsch ab, während die Sonne auf uns niederbrennt.

Um ehrlich zu sein, sind nur drei von uns klatschnass. Bei Trey zeigt sich nicht eine Schweißperle und er atmet nicht einmal schwer.

Trey ist wie eine Maschine, immer bereit zu laufen und jeden von uns herauszufordern, um zu beweisen, dass er schneller ist. Für ihn ist das ein Spiel – er weiß, dass er stets gewinnt. Doch eines Tages werde ich ihn schlagen. Das ist eine Sache des Egos.

»Erinnert mich daran, dass ich nie wieder zu spät komme«,

Victor 41

sagt Jet. »Dieter hat nicht untertrieben. Meine Eier sind so nass, dass sie am Sackschutz kleben.«

»Ich habe eine Idee«, japst Derek.

»Was feuchte Eier betrifft?«, fragt Jet, greift sich in den Schritt und richtet sich das Gehänge ohne Rücksicht darauf, dass ein paar Mädchen von der Tribüne aus zuschauen.

»Nein. Na ja, vielleicht«, sagt Derek. »Es geht um den Ball. Wir sollten die After-Show-Party im Haus meiner Großmutter feiern.«

Jet hebt die Hand. »Mit deiner Großmutter ist nicht gut Kirschen essen, Derek. Mann, sie würde wahrscheinlich sogar Coach Dieter einen Mordsschrecken einjagen, falls er ihr je begegnet.«

»Etwas habt ihr vergessen, Jungs«, meint Trey. Er ist der Einzige von uns, der in dieser verdammten Hitze nicht außer Atem und völlig groggy ist. Er ist ein anatomisches Rätsel.

Wir blicken ihn an, als Dieter abpfeift.

Mein bester Freund haut mir auf den Rücken und seine Hand landet klatschend auf meinem Schulterschutz. »Wir müssen eine Begleiterin für Vic finden, denn wenn er nicht hingeht, komme ich auch nicht mit.«

Ich sage nichts.

Das einzige Mädchen, was ich will, ist das einzige Mädchen, was ich nicht haben kann. *Sein* Mädchen.

Ein Glück, dass er keine Ahnung hat, in wen ich verknallt bin.

Vom Rest des Trainings bekommen wir nicht viel mit. Auf dem Heimweg schwadroniert Trey über Colleges und Bewerbungen. Ich habe noch nicht einmal daran gedacht, mich zu bewerben.

Trey parkt in meiner Einfahrt. Als ich aussteige, sehe ich ein Schild mit der Aufschrift FREMONT FOOTBALL #56 VICTOR SALAZAR auf dem Rasen vor dem Haus. Auf der Haustür stehen aufmunternde, kitschige Sprüche, wie DU SCHAFFST DAS!, WIR ♥ VIC! und BESTER LINE-BACKER IN ILLINOIS!

Ein Hoch auf die Cheerleaderinnen! Jede Cheerleaderin schreibt den Spielern, die sie gut findet, eine persönliche Nachricht, und diese Sammlung von Aufmunterungen wird dann an die Schulspinde oder an die Eingangstüren gepinnt. Meine Augen überfliegen die Nachricht von Monica.

An meinen Freund Vic!
Bitte hilf Trey, das erste Spiel zu gewinnen, damit er nach Harvard kann.
Kein Druck. LL
Deine Freundin Monica

Mist. Ashtyn hat recht. Ich muss mal damit abschließen. Ich weiß nur nicht, wie.

6

Monica

Das Beste daran, einen Freund zu haben, den deine Eltern mögen, ist, dass sie nichts dagegen haben, wenn er vorbeischaut. Das Schlimmste daran, einen Freund zu haben, den deine Eltern mögen, ist, dass sie ihn wie ihren Adoptivsohn behandeln.

Seit Trey nach dem Training vorbeigekommen ist, hat mein Dad uns nun schon zweimal gestört. Das erste Mal ist er in der Küche aufgetaucht, als ich Popcorn gemacht habe, bevor wir uns einen Film anschauen wollten. Er hat Trey gefragt, wie es beim Football laufe und ob er glaube, dass Fremont eine Chance habe, die Landesmeisterschaft zu gewinnen.

Das zweite Mal ist Dad aufgekreuzt, als wir den Film gerade starten wollten. Er wollte von Trey wissen, ob er sich einen Akkuschrauber mit oder ohne Drehmoment kaufen solle. Ich weiß nicht einmal, was ein Drehmoment ist, also habe ich einfach nur dagesessen und ein Handyspiel gemacht, bis sie fertig waren mit ihrer Unterhaltung.

Als wir uns auf dem Sofa aneinanderkuscheln, nimmt Trey meine Hand in seine. »Lieb dich.«

Ich schaue nach oben in sein schönes, dunkles, kantiges

Gesicht und lasse mich dann an seine warme Brust sinken. »Ich liebe dich auch.«

Eigentlich möchte ich mit ihm darüber reden, dass ich eine Distanz zwischen uns spüre. Selbst jetzt, da er seinen Arm um mich gelegt hat, fühlt es sich an, als stünde eine Wand zwischen uns.

Er war einmal der perfekte Freund. Nun scheint es so, als nutze er jede Gelegenheit, mich allein zu lassen.

Mein Dad steht plötzlich wieder im Zimmer. »Trey, kann ich dich mal ein paar Minuten stören?«, fragt er. »Ich will einen Sprinklerkopf auswechseln und breche mir dabei bald einen ab.«

»Klar, Dr. Fox«, antwortet Trey, ohne zu zögern.

»Dad, wir wollten uns gerade einen Film anschauen«, sage ich, und meine Stimme klingt weinerlich. »Kann er dir nicht später helfen?«

Trey tätschelt mir das Knie und springt dann förmlich auf. »Sei nicht despektierlich. Ich bin gleich zurück.«

Despektierlich?

Früher fand ich es süß, wie Trey Ausdrücke in seine Sätze einfließen ließ, die mein Lehrer in der zweiten Klasse als »geschraubt« bezeichnet hätte. Es machte Trey einzigartig und erinnerte mich daran, wie schlau er ist. Heute geht es mir einfach nur auf die Nerven.

Trey läuft mit meinem Vater aus dem Zimmer und überlässt es mir, den Vorspann zu überspulen und die Pausentaste an der Stelle zu drücken, wo der Film beginnt.

Ich weiß, dass es nicht nur ein paar Minuten dauert, meinem Dad zu helfen. Ich checke mein Handy, während die Zeit verstreicht. Fünf Minuten. Zehn Minuten. Fünfzehn Minuten.

Monica 45

Treys Telefon vibriert. Es muss ihm aus der Hosentasche gefallen sein, als er auf der Couch saß. Ich glaube, dass es eine Nachricht von einem unserer Freunde ist, doch da habe ich mich geirrt.

ZARA: Hey, Baby! Du fehlst mir, Einstein! Ruf an, wenn du allein bist. Küsschen

Danach folgt eine Reihe Herzen.

Mir stockt der Atem, als es mir langsam dämmert. Mein Freund betrügt mich. Obwohl mich das nicht völlig umhaut, wird mir übel, und ich bin wie betäubt.

Keine voreiligen Schlüsse, sage ich mir.

Ich lese die SMS noch zehnmal und *despektierlich* beschreibt meine Stimmung noch nicht einmal ansatzweise.

Bevor ich durchdrehe, gehe ich nach draußen und treffe meinen Dad an, wie er Trey stolz den neuen Rasenmäher präsentiert, den er sich vor ein paar Wochen gekauft hat. Trey kniet nieder und begutachtet das Gerät, während mein Dad aufgeregt dessen Funktionen erklärt. Ich sehe zu, wie sie die Köpfe zusammenstecken, um ein Problem zu lösen. Sie benehmen sich wie Vater und Sohn.

Trey bemerkt schließlich, dass ich die beiden beobachte.

»Trey, du hast eine SMS«, sage ich und strecke ihm das Handy entgegen. »Du hast dein Telefon auf dem Sofa liegen lassen.«

Er nimmt das Handy und schiebt es in seine Hosentasche. »Danke.«

»Willst du sie nicht lesen?«, frage ich und schaue prüfend, wie er reagiert.

Er meidet meinen Blick. »Später.«

46   *Monica*

»Geh doch mit Monica rein«, sagt Dad zu Trey. »Ich möchte eure Zweisamkeit nicht weiter stören.«

»Kein Problem, Dr. Fox. Stimmt doch, Monica?«, entgegnet mein Freund, bevor er mir zuzwinkert und mir sein einzigartiges Lächeln schenkt.

Ich erinnere mich daran, wie Trey mich das erste Mal angelächelt hat. Das war direkt nach dem Cheerleading-Training im Sommer vor dem Freshman-Jahr. Das Footballteam marschierte auf dem Weg zur Umkleide an uns vorüber. Trey und Vic liefen nebeneinander, als sie an mir vorbeikamen. Vic nickte mir einfach nur zu, doch Trey lächelte. Er hat ein Lächeln, das gleichzeitig Selbstvertrauen und Ernsthaftigkeit ausströmt. Eigentlich hätte ich ja Vic gern näher kennengelernt, aber im Gegensatz zu Trey beachtete er mich nicht. Am nächsten Tag suchte Trey mich an meinem Spind auf und bat um ein Date – und er lächelte wieder. Seitdem sind wir ein Paar.

»Trey«, sage ich zu ihm. »Wir müssen reden.«

»Das klingt ernst«, meint Dad. »Willst du den Rat eines alten Mannes hören, Trey? Wenn Frauen sagen, sie müssten reden, dann mach dich auf etwas gefasst«, scherzt er, während sich Lachfältchen um seine Augen bilden.

Trey schmunzelt. »Danke für die Warnung, Dr. Fox«, antwortet er, während er mir ins Fernsehzimmer folgt. »Was ist los, Baby?«

Ich muss heftig schlucken. »Wer ist Zara?«

Verwirrung macht sich auf Treys Gesicht breit. »Zara?«, wiederholt er, als hätte er den Namen noch nie gehört.

»Ja. Du kennst sie, denn du hast ihre Nummer auf deinem Handy gespeichert.«

»Hast du meine Kontakte durchgesehen?«

Monica 47

»Nein, habe ich nicht«, sage ich zurückweichend. »Auf dem Display war eine SMS von einem Mädchen namens Zara. Lies sie.«

Er zieht das Telefon aus der Hosentasche. Nachdem er die Nachricht gelesen hat, steckt er es wieder ein. »Die war ganz offensichtlich für einen anderen bestimmt.« Er zieht eine Augenbraue hoch. »Du glaubst doch nicht eine Sekunde, dass die für mich war, oder?«

Jetzt bin ich verwirrt.

In meinem Kopf geht es drunter und drüber.

»Ich weiß nicht, was ich davon halten soll. Es ist irgendwie dubios.«

»Das ist doch lächerlich, aber ehrlich mal. Wie kannst du das dubios finden?« Trey schüttelt verärgert den Kopf. »Glaubst du mir nicht?«

Früher hing ich an Treys Lippen. Er war immer so klug und ich suchte bei ihm Rat und Freundschaft. Doch heute erscheinen mir die Worte, die aus seinem Mund kommen, gezwungen und hohl.

»Ich weiß nicht«, sage ich. »Sie hat dich Einstein genannt, Trey. Das klingt schon *sehr* danach, dass sie dich meint.« Ich will ihm ja gern glauben, doch es fällt mir schwer.

»Mir ist die Lust auf den Film vergangen«, antwortet er. »Ich gehe jetzt. Ich meine, wenn du dem Jungen, mit dem du seit drei Jahren zusammen bist, nicht glaubst, dann vergiss es einfach.«

»Was vergessen?«, erwidere ich. »Willst du nicht darüber reden? Du hast mir noch nicht einmal erzählt, wer das Mädchen ist. Ihre Nummer ist auf deinem Handy gespeichert, also kennst du sie auch.«

»Entschuldige, aber ich möchte wirklich keine Zeit mit

meiner Freundin verbringen, wenn sie mir nicht vertraut.«
Er schickt sich an, aus dem Zimmer zu gehen. »Ich rufe dich
dann später an.«

Mein Herz schlägt schnell, und ich weiß nicht, was ich
sagen soll, um die Situation zu retten. »Trey …«

Er wendet sich um.

»Ich will dir ja vertrauen«, sage ich zu ihm.

»Doch das tust du nicht.«

»Ich weiß nicht. Erst die Tabletten und nun das …«

»Bringst du *das* auch noch auf den Tisch? Ich kann das
jetzt nicht gebrauchen«, schimpft er. »Ich habe schon so viel
um die Ohren, Monica. Danke, dass du mir noch ein bisschen mehr Druck machst.«

Seine Worte lassen meinen Körper erstarren. »Bei dir
klingt das so, als würde ich den ganzen Tag zu Hause sitzen
und Däumchen drehen. Ich muss mich auch fürs College
bewerben, Trey. Ich gehe zur Schule. Ich gehe zum Cheerleading. Ich habe auch Stress.«

»Du musst nicht jobben gehen oder dir Sorgen machen,
wo das Geld fürs College herkommt.« Er deutet auf die
Kunstwerke und die Dolby-Surround-Anlage in unserem
Fernsehzimmer. »Deine Eltern können es sich leisten, dir
das College und die Maniküren zu bezahlen, die du dir andauernd verpassen lässt. Meine nicht. Du wirst nie wissen,
wie es ist, zur Schule zu gehen und nebenbei arbeiten zu
müssen.«

Nun bin ich wie vor den Kopf geschlagen, als ob ich in
einem Paralleluniversum leben würde, in dem ich meine
Gedanken und Gefühle nicht ausdrücken kann, ohne dafür
Verachtung zu ernten. »Was soll das heißen?«

»Das heißt, dass du dich wie eine Diva benimmst und von

mir erwartest, der perfekte Freund zu sein, obwohl ich unmöglich deinen Ansprüchen genügen kann.« Er presst die Hände an die Schläfen und atmet langsam ein und aus. »Ich muss jetzt gehen. Ich brauche Zeit, um runterzufahren.«

Er läuft nach draußen, und ich spüre, wie sich eine unsichtbare Mauer in meinem Herzen errichtet. Das Gefühl, dass Trey sich in letzter Zeit von mir distanziert, ist keine Einbildung. Er sagt »lieb dich« wie ein Roboter, dem man die Worte einprogrammiert hat, und nicht, weil sie von Herzen kommen. Er ist ständig darauf bedacht, große Worte in seine Sätze einfließen zu lassen, doch er bringt es nicht einmal mehr zustande, »ich liebe dich« zu sagen wie früher.

»Wo ist Trey?«, erkundigt sich Mom, als ich kurz darauf in die Küche komme und mir einfach nur zum Heulen zumute ist. »Ich dachte, ihr wolltet euch im Fernsehzimmer einen Film anschauen.«

»Wollten wir auch.« Ich seufze. »Aber er ist gegangen.«

»Alles okay?«

Meine Eltern machen sich schon genug Sorgen um mich. Ich will ihnen nicht noch mehr aufbürden.

»Ja, alles gut«, beruhige ich sie.

»Er ist so ein netter Junge. Du hättest auch bei diesem Salazar landen können. Dann hätten wir wirklich ein Problem.«

»Vic ist in Ordnung, Mom.«

Sie wirft mir einen Seitenblick zu. »Da habe ich aber ganz andere Sachen gehört. Onkel Thomas hat mir von einer Schlägerei gestern Abend am Strand erzählt. Er hat angedeutet, dass Vic daran beteiligt war. Ich weiß, dass Trey mit ihm befreundet ist, aber du hältst dich von ihm fern. Jungs wie er bringen nur Ärger.«

Dem würde ich gern widersprechen, doch es hat keinen Zweck. Mom wird ihre Ansicht über Vic nicht ändern. Für sie ist er ein Unruhestifter, und sie wird von ihrer Meinung nicht abweichen, egal, was ich sage. Mal abgesehen davon, prügelt er sich ja wirklich. Aber keiner will wahrhaben, dass er meistens dazu provoziert wird oder versucht, jemandem zu helfen. Er hat eine leidenschaftliche Art, die zu beschützen, an denen ihm etwas liegt. Er redet nicht darüber, und er verteidigt sich nicht gegen die Anschuldigungen oder Kommentare der anderen, gerade so, als hätte er die Vorwürfe verdient.

Ein kleiner Teil von mir wünscht, Trey hätte etwas mehr von Vic und würde sich eher um die sorgen, die er liebt, als um seinen Notendurchschnitt.

Trey hat mir vorgeworfen, dass ich niemals herausfinden würde, wie es sei, neben der Schule arbeiten gehen zu müssen.

»Mom, kann ich nachmittags jobben gehen?«, entfährt es mir.

»Das wäre mir nicht so recht. Konzentrier dich lieber auf die Schule.« Sie reibt meinen Arm. »Außerdem musst du dich schonen. Du kannst es dir nicht leisten, dass sich dein Zustand verschlimmert und du womöglich irgendwann körperlich so eingeschränkt bist, dass du nicht mehr zur Schule gehen kannst.«

Ich bin immer die brave Tochter gewesen, die sich an Anweisungen hält und keine Aufregung verursacht. Und dafür habe ich mir den Status einer Diva eingehandelt und werde von meinen Eltern als »körperlich eingeschränkt« bezeichnet.

Ich habe es so satt, das nette Mädchen zu sein und mir

nichts zuzutrauen aufgrund der Grenzen, die meine Eltern, meine Ärzte und ich selbst mir auferlegen.

Höchste Zeit, dass ich mal anfange zu rebellieren, denn ein derart behütetes Leben bekommt mir gar nicht.

7

Victor

Senior an der Fremont zu sein, hat so seine Vorteile. Es bedeutet unter anderem, dafür zuständig zu sein, den rivalisierenden Schulen Streiche zu spielen. Glücklicherweise haben wir das im Griff. Unser Quarterback Derek »der Fitz« Fitzpatrick ist ebenso heiß darauf wie ich, dieses Jahr mit einem Streich zu beginnen, über den man noch jahrelang sprechen wird.

Wir hocken im Keller des Hauses von Dereks Großmutter und verspeisen Leckerbissen, die sie für uns bestellt hat. Sie hat keine Ahnung, dass Derek, Trey, Jet und ich Großes planen.

»Wir könnten ihre Häuser mit Toilettenpapier einwickeln«, schlägt Trey vor, bevor er eine SMS bekommt und daraufhin geschäftig auf seinem Handy herumzutippen beginnt.

Derek tut so, als müsste er gähnen. »Alles schon mal da gewesen.«

Jet zeigt sich auch nicht beeindruckt. »Wir brauchen etwas Originelles, das noch nie jemand gemacht hat.«

Ich versuche, mir einen Streich auszudenken, für den wir nicht im Knast landen.

Victor 53

»Wie wäre es, wenn wir ihre Trikots in den Farben der Fremont High gold oder schwarz färben?«, meint Derek.

Die Konkurrenz in unseren Farben auflaufen zu sehen, wäre ein Heidenspaß. »Wie bekommen wir ihre Trikots in die Finger?«, frage ich.

Derek, mit seiner großspurigen Art und seinem Ego von der Größe von Texas, grinst von einem Ohr zum anderen. »Da kannst du dich ganz auf mich verlassen. Ich breche in ein Hochsicherheitsgefängnis ein, wenn es sein muss.«

»Vielleicht geht es auch eine Nummer kleiner«, sage ich. Da kommt mir ein Gedanke. »Warum sprayen wir nicht REBELS auf ihr Spielfeld?«

Wir schauen uns an. Derek hat die praktischen Fähigkeiten, um das durchzuziehen. Trey das Köpfchen. Jet ist zu allem bereit, das Abwechslung in sein Leben bringt. Und ich? Ich habe keine Angst davor, mir die Hände schmutzig zu machen, und obwohl ich keine künstlerische Ader habe, sind mir Spraydosen nicht unbekannt.

»Ich bin dabei«, sage ich.

Jet nickt. »Ich auch.«

Derek erhebt sich. Ich spüre, dass der Stein nun ins Rollen kommt. »Geniale Idee. Das wird sensationell.«

Wir blicken alle zu Trey, der immer noch mit seinen Nachrichten zugange ist.

»Trey, leg das Scheißtelefon weg«, sagt Jet und versucht, es ihm wegzunehmen.

Ich werfe ein Kissen nach Trey. »Na los, mach mit.«

Trey sieht so beschäftigt aus, dass ich mich frage, ob er überhaupt ein Wort von unserem Plan mitbekommen hat.

»Ja«, meint er und schaut hoch. »Was immer ihr plant, ich bin einverstanden.«

Plötzlich taucht Dereks Großmutter Mrs Wentworth auf. Sie ist gerade aus Texas hergezogen, um näher bei ihrem Enkelsohn zu sein, weil Dereks Mom gestorben und sein Dad auf See ist. Sie steht unten an der Kellertreppe mit einem albernen, großen roten Hut auf dem Kopf.

Jet eilt mit weit ausgebreiteten Armen auf sie zu. »Granny Wentworth!«, ruft er, bevor er sie in einer dicken, ungestümen Umarmung umschlingt.

Mrs Wentworth tätschelt Jet höflich den Rücken. »Jacob, mein Lieber«, sagt sie und nennt ihn bei seinem richtigen Vornamen, anstelle seiner Initialen wie alle anderen. »Bitte sag nicht Granny zu mir. Mrs Wentworth reicht völlig.«

Jet lacht. »Sicher? Mrs Wentworth klingt so … förmlich.«

»Das nennt man Manieren, Jacob. Schon mal davon gehört?« Die alte Dame räuspert sich und richtet sich den Hut, der ihr durch Jets Umarmung halb vom Kopf gerutscht ist.

Als Mrs Wentworths Blick auf mich fällt, sage ich: »Danke für das Essen, Mrs Wentworth.«

Sie lächelt. »Gern geschehen, Victor.« Sie zieht eine Augenbraue hoch, als sie das einsame Stück Brot auf dem Boden erblickt. »Was führt ihr Gauner denn heute Abend im Schilde? Morgen ist Schule, vergesst das nicht.«

Derek hebt die Hand. »Das willst du gar nicht wissen, Grams. Männerangelegenheiten.«

»Dann viel Spaß … aber übertreibt's nicht«, fügt sie hinzu und droht uns mit dem Finger. »Und keine verbotenen Sachen, verstanden?«

Dann lässt sie uns allein, doch erst, nachdem Jet ihr eröffnet hat, dass sie eine heiße, alte Lady sei, die einen jungen Kerl wie ihn verdiene. Weil die Frau fast achtzig ist, brechen wir alle in Gelächter aus. Ich bin mir nicht einmal sicher, ob

Jet das als Scherz meint. Er ist ein Typ, dem es Spaß macht, Grenzen zu überschreiten. Meine Freunde sind alle dafür bekannt, Regeln zu brechen, so viel steht fest.

»Lasst uns Donnerstag um Mitternacht bei Jet treffen«, fordere ich die Jungs auf. »Die Sensationellheit kann ihren Lauf nehmen.«

Trey schaut auf. »Das Wort *Sensationellheit* gibt es nicht, Vic.«

»Yo, Trey.« Ich grinse breit und öffne die Arme. »Aber das ist mir doch scheißegal.«

8

Monica

Abends, wenn mein Körper schlappmacht und ich völlig fertig bin, lege ich mich gewöhnlich einfach ins Bett, starre an die Decke und denke nach.

Heute kreisen meine Gedanken um Zara, und ich möchte herauskriegen, wer dieses geheimnisvolle Mädchen ist.

Ich gehe ins Netz und schaue, ob ich etwas über sie finde. Sie ist nicht an meiner Schule, das weiß ich genau. Ich überprüfe die Schüler der Fairfield High, unsere Rivalen. Ich beginne mit der Seite des größten Idioten von Fairfield, Matthew Bonk, denn er ist beliebt und kennt fast jeden.

Ich checke sein Profil und komme mir dabei wie eine Spionin vor. Er postet viele Bilder von seinen Bauchmuskeln. Der Typ ist definitiv ein Egomane und will bewundert werden. Ich schaue mir jeden seiner viertausend Freunde an und suche nach einem Mädchen namens Zara.

Ich brauche nicht lange, um sie zu finden.

»Das ist sie also«, flüstere ich vor mich hin, als ich auf ein Foto stoße, auf dem Bonk mit ein paar Cheerleaderinnen posiert.

Wow. Pinkfarbenes Haar, das mich an Zuckerwatte erin-

Monica 57

nert. Große blaue Augen. Schneeweiße Haut. Sie ist das Gegenteil von mir. Zara Hughes heißt sie.

Ich habe sie noch nie gesehen, aber als ich ihr Profil anklicke, werde ich mit Informationen überschüttet. Sie veröffentlicht jeden Tag etwas auf ihrer Seite, entweder ein Foto, ein Zitat oder einen Kommentar über ihren Tag.

Trey erwähnt sie nicht, und es gibt keine Bilder, auf denen beide gemeinsam zu sehen sind. Doch dann entdecke ich einen Beitrag aus dem Juni, als ich im vier Stunden entfernten Door County mit meiner Familie im Urlaub war.

Die schönste Nacht meines Lebens. Heimliche Beziehungen sind die besten. Kein Drama, kein Scheiß.

Mein Herz beginnt zu hämmern. So gern ich die Augen vor der Wahrheit verschließen würde, fügt sich das Puzzle doch langsam zusammen.

✳ ✳ ✳

Am Morgen darauf steht mein Freund vor meinem Spind mit einer roten Rose in der Hand.

»Tut mir leid wegen gestern Abend«, sagt er und überreicht mir die Blume. »Ich war mit den Nerven runter.«

»Ist schon gut«, antworte ich, nehme die Rose und bemerke, dass sie noch Dornen am Stiel hat. Ich warte darauf, dass er Zaras Nachricht erklärt. Das macht er aber nicht. »War's das, Trey? Ist das *alles*, was du zu sagen hast?«

»Nein.« Er schaut mir in die Augen. »Um ehrlich zu sein, Zara ist ein Mädchen, das ich auf dem Lollapalooza getroffen habe. Die Nachricht war nicht ernst gemeint.«

»*Magst* du sie?«, frage ich zögernd und weiß nicht so recht, ob ich die Antwort hören will.

»Als Bekannte, ja.« Er hebt die Hände, als wäre ihm meine Frage lästig. »Darf ich nicht mit Mädchen befreundet sein?«

»Doch«, erwidere ich. »Darfst du. Doch ich finde es nicht gut, wenn sie mit dir flirten. Will sie was von dir?« Und noch etwas anderes liegt mir auf der Zunge, das ich nicht ausspreche ... *Willst du etwas von ihr?*

»Weiß ich nicht«, entgegnet er rasch.

Ich glaube, damit hat sich die Sache für ihn erledigt. Für mich aber nicht.

Nicht einmal annähernd.

Als unsere Freunde im Gang auftauchen, legt Trey den Arm um mich. Das ist eine Show für die anderen, damit sie nicht merken, dass es in unserer Beziehung kriselt. Ich hasse diese Schmierenkomödie, doch ich weiß, er will nicht, dass die anderen etwas von unseren Problemen mitkriegen.

»Lass uns heute Abend bloß nicht hängen, Mann«, meint Vic zu Trey. »Oder ich trete dir in den Arsch, das schwöre ich dir.«

»Wobei hängen lassen?«, erkundige ich mich neugierig. Trey hat nichts davon erzählt, dass er heute Abend mit den Jungs etwas vorhat. Andererseits hält er mich in letzter Zeit kaum noch auf dem Laufenden, daher sollte mich das nicht überraschen.

»Wir spielen der Rolling Meadows High einen Streich«, klärt Derek mich auf. Er schaut sich um, um sicherzugehen, dass kein Lehrer in Hörweite ist. »Das wird ein Riesenkracher.«

»Was habt ihr vor?«, will ich wissen.

»Das ist eine Männerangelegenheit«, sagt Trey und gibt mir das Gefühl, außen vor zu sein.

Ich schnaube verächtlich, weil ich mich getroffen fühle,

Monica 59

und schüttle seinen Arm ab. »Eine *Männer*angelegenheit? Echt?«

»Ja, so wie Vics Job in Enriques Autowerkstatt«, ergänzt er. »Der ist auch nur was für Jungs.«

Ich stemme die Arme in die Hüften. »Ich könnte das auch machen.«

Jet, Derek und Trey lachen. Vic schaut entsetzt, er findet offenbar schon den Gedanken daran total abwegig.

»Ihr seid solche Machos«, springt Ashtyn mir bei. »Monica kann machen, was sie will. Natürlich *auch* bei Enriques arbeiten.«

»Ja«, stimme ich zu. »Ich kann das, wenn ich möchte.«

Vic nimmt das Mathebuch aus seinem Spind. »Nein, kannst du nicht.«

»Warum nicht?«

Trey schlingt wieder den Arm um meine Schulter. »Weil du nicht an Arbeiten gewöhnt bist, bei denen man sich die Fingernägel ruiniert.« Er nickt den Jungs zu. »Wie war das noch mal mit heute Abend?«

Mein Mund steht fassungslos offen. Ich kann nicht glauben, dass er das gesagt hat, auch wenn ich gerade auf meine frisch manikürten Nägel schaue.

»Bei Jet«, ordnet Vic an. »Punkt halb zwölf. Ich beschaffe die Ausrüstung, ihr kümmert euch um die Logistik.«

Ash schüttelt den Kopf. »Lasst euch bloß nicht erwischen.«

»Werden wir nicht«, meint Jet selbstbewusst. »Wir tragen Masken.«

»Ach ja, natürlich«, sagt Ash sarkastisch. »Als ob eine blöde Maske euch davor bewahrt, in Schwierigkeiten zu geraten.«

60   *Monica*

Derek küsst sie. »Keine Bange, Zuckerschnecke. Das ist nicht mein erster Streich und wird auch nicht der letzte sein. Ihr Mädchen seid für so etwas nicht geschaffen.«

Ash und ich tauschen einen vielsagenden Blick.

Das glaubt aber auch bloß er.

9

Victor

Ich fahre mit meinem Truck zu Jet und bin bereit für den Streich, mit dem wir das Senior-Jahr einläuten werden. Derek und Jet warten auf mich in Jets Einfahrt. Wir alle tragen schwarze T-Shirts und Jogginghosen.

»Wir dürfen unser Gesicht nicht zeigen, falls sie Kameras haben«, sagt Derek und zieht stolz vier schwarze Strickmützen hervor. Er hat Löcher für die Augen reingeschnitten, damit wir die Mützen übers Gesicht stülpen können.

»Wo ist Trey?«, frage ich.

»Ja, der …« Jet hebt die Hand. »Ich habe eine Nachricht von ihm bekommen. Er kann nicht. Er sitzt an einer Bewerbung fürs College oder so.«

Scheiße.

»Wie dem auch sei«, sagt Derek sauer. »Wir ziehen das auch ohne ihn durch.«

Doch ich möchte das nicht ohne Trey machen. Ich versuche, ihn anzurufen, aber der Anrufbeantworter geht sofort ran. Ich schreibe ihm eine SMS, die unbeantwortet bleibt.

»Was ist eigentlich in letzter Zeit mit Trey los?«, will Derek wissen. »Er ist nur noch mit sich beschäftigt.«

Jet springt auf den Rücksitz meines Wagens. »Es macht

auch keinen Spaß mehr, mit ihm zu chillen. Gestern Abend hat er die ganze Zeit SMS auf seinem Scheißhandy geschrieben, echt mal.«

»Er hat viel um die Ohren«, verteidige ich meinen besten Freund, obwohl ich auch angepisst bin. »Bringen wir's einfach hinter uns.«

Das Grundstück der Rolling Meadows High auszukundschaften, versetzt mir einen Adrenalinkick. Zum Glück wird die Schule nicht rund um die Uhr bewacht. Aber um auf Nummer sicher zu gehen, parken wir einen Block entfernt.

»Wir sehen total behämmert aus«, meint Jet und versucht, die Augenschlitze in der Strickmütze zurechtzurücken. »Die Löcher sind nicht auf einer Höhe«, jammert er, als wir mit Spraydosen bewaffnet aus dem Auto steigen. »Ich kann nur auf einem Auge sehen.«

Die Schlitze sind so weit auseinander, dass er wie ein Zyklop ausschaut, doch wir haben keine Zeit, uns darum zu kümmern, denn je länger wir hierbleiben, umso riskanter wird es. Ich habe nicht vor, mich erwischen zu lassen.

Wir nehmen jeder ein paar Spraydosen und machen uns auf den Weg zum Footballfeld unserer Rivalen.

»Ich kann mit der beschissenen Mütze nichts sehen«, beschwert sich Jet.

»Ich habe mir wirklich alle Mühe gegeben«, entgegnet Derek. »Komm einfach mal klar, Bruder.«

Wir biegen um die Ecke und wollen gerade über den Zaun klettern, als ich zwei Silhouetten bemerke, die sich im Schatten verbergen. Ich bleibe stehen und will mich vom Acker machen, als die beiden Gestalten ins Licht treten.

Das darf doch nicht wahr sein!

»Was, zum Teufel, wollt ihr denn hier?«, frage ich entsetzt,

Victor 63

als ich Monica und Ashtyn vor dem Zaun ausmache. Mein Blick fällt sofort auf Monica. Sie trägt ein gelbes Oberteil und enge Jeans, die sich an ihren kurvenreichen Körper schmiegen.

Mist. Sie sieht umwerfend aus.

»Wir wollen euch helfen, Jungs«, antwortet Monica.

Jet fummelt immer noch an der Mütze herum. »Monica? Ashtyn?«, fragt er und versucht, etwas durch den einen Augenschlitz zu erspähen.

»Ihr könnt uns *nicht* helfen«, sage ich zu den Mädchen. »Geht nach Hause.«

»Ja, geht heim«, wirft Derek ein und nimmt Ash beiseite. »Wenn du Ärger bekommst, wird sich dein Dad ins Hemd machen.«

»Ist mir doch egal«, erwidert Ash starrköpfig.

Monica stemmt die Hände in die Hüften und schiebt den Unterkiefer vor. Dadurch wirkt sie eher sexy als einschüchternd. »Wir helfen euch, ob es euch passt oder nicht. Ihr könnt hier noch eine Weile mit uns rumdiskutieren und Zeit verschwenden oder wir machen einfach mit und sind alle schnell fertig. Was wollt ihr?«

Derek verdreht die Augen. »Ihr gebt mir echt den Rest.«

Monica schaut hinter mich. »Wo ist Trey?«

»Er hat uns hängen lassen«, sage ich.

Sie schlägt die Wimpern ihrer wunderschönen meergrünen Augen nieder. »Oh.«

»Na los«, lenkt Derek ein und hilft Ash über den Zaun, nachdem er ihr seine Maske übergestülpt hat.

»Ich komme gleich nach«, sage ich, fasse Monica am Arm und ziehe sie zur Seite.

»Was ist denn?«, fragt Monica und schaut mich mit einer

solchen Entschlossenheit und Leidenschaft an, dass ich sie direkt küssen möchte. »Ich *will* mitmachen. Und du wirst mich nicht davon abhalten.«

Ich nehme meine fünf Sinne zusammen und tue so, als wäre ich nicht hin und weg von ihren funkelnden Augen und ihrem Schmollmund. »Geh nach Hause, Monica«, fordere ich sie auf. »Du bist nicht für so etwas geschaffen.«

Eigentlich möchte ich ihr gern sagen, dass ich um sie besorgt bin. Ich würde es mir nie verzeihen, wenn sie in Schwierigkeiten gerät. Oder sich verletzt.

»Nicht dafür geschaffen? Das ist so gemein«, zischt sie. Sie schiebt mich weg und schickt sich an, über den Zaun zu klettern. Ihre Füße sind klein, und sie ist zu zart für das, was sie da vorhat.

»Monica, komm runter«, flüstere ich so laut wie eben möglich. Mist, wenn uns jemand hört, wird er mit Sicherheit die Polizei rufen. Das hat mir gerade noch gefehlt.

»Nein. Wenn Ash das kann, kann ich das auch«, widerspricht sie.

Oh Mann. »Dann lass mich dir wenigstens helfen.«

»Nein.«

»Sei doch nicht so stur.«

»Ich kann so stur sein, wie ich will, Vic. Das ist mein Leben. Und wenn ich über einen *beschissenen* Zaun klettern will, dann klettere ich über einen *beschissenen* Zaun.«

Ich steige rasch hinterher und hoffe, sie gelangt irgendwann zu der Einsicht, dass das eine blöde Idee war. Sie ist schon fast oben.

»Fall bloß nicht runter«, sage ich.

»Mach ich nicht.«

Aber auf ihrem Weg nach unten rutscht sie ab. Sie fällt die

letzten anderthalb Meter und prallt mit einem dumpfen Schlag auf den Boden. Mir bleibt das Herz stehen.

»Alles in Ordnung?«, rufe ich panisch, während ich vom Zaun springe und mich neben sie knie.

Sie setzt sich langsam auf. »Lass mich in Ruhe«, entgegnet sie schwach. »Ich glaube, mir geht es gut, also geh einfach weiter.«

»Du *glaubst*, dass es dir gut geht?«, frage ich.

Sie klopft sich den Staub von den Knien. »Ich kehre nicht um, falls du das denkst. Ich bin gestürzt. Kein großes Ding, Vic. Hör auf, mich zu behandeln, als wäre ich plötzlich behindert. Das will und brauche ich nicht.«

Ich schüttle den Kopf, dann gebe ich auf und hebe die Hände. »Ist ja gut, ist ja gut. Mach doch, was du willst, Monica.«

Jet kommt zu uns gelaufen, er torkelt von links nach rechts und stolpert fast über eine Bank, die im Weg steht, weil er immer noch nur aus einem Augenschlitz etwas sieht. »Ihr T-Shirt leuchtet wie ein verdammter gelber Markierstift, Vic. Wenn sie nicht endlich abhaut, gib ihr wenigstens dein Shirt, damit sie das Scheißtop verdecken kann.«

»Hier«, sage ich, ziehe mir mein schwarzes T-Shirt über den Kopf und drücke es ihr in die Hand. »Zieh das über und warte hier. Ich bin gleich zurück.«

Ich renne zu meinem Truck, schnappe mir die vierte Wollmütze, die eigentlich für Trey gedacht war, haste dann zurück auf das Footballfeld und stülpe die Mütze über Monicas Gesicht.

»Ich kann nichts sehen«, beschwert sie sich, während sie sich am Metallzaun aufrappelt und langsam aufsteht.

»Das ist die geringste deiner Sorgen. Du hast dich verletzt«, sage ich zu ihr, als ich sie kurz hinken sehe, bevor sie sich aufrichtet.

»Mir fehlt *nichts*.« Sie nimmt mir eine Spraydose aus der Hand und läuft davon. Sie denkt vielleicht, dass sie ihr leichtes Humpeln überspielen kann, doch ich bemerke es sehr wohl.

Als wir auf die Mitte des Feldes kommen, führen Derek und Ashtyn eine Diskussion in einer Lautstärke, die bei einer verdeckten Operation völlig unangebracht ist.

»Du hast dich verschrieben«, klärt Ash Derek auf. »Rebels sind die Numer 1? Baby, du hast bei Nummer das zweite ›m‹ vergessen.«

Jet lacht. »Wenn ich durch die scheißjuckende Mütze etwas sehen könnte, hätte ich dafür gesorgt, dass er es richtig schreibt. Derek, wenn du ›Sportlertrottel‹ in die Suchmaschine eingibst, erscheint dann ein Foto von dir?«

Ich laufe zu dem Wort und spraye ein »o« nach dem »r«, sodass es *Numero* heißt.

»Gut hingekriegt, *amigo*«, lobt mich Jet und klopft mir auf die Schulter.

»Scheiße!«, ruft Derek. »Die Bullen!«

Ich drehe mich um und sehe, wie eine Streife auf den Schulparkplatz auffährt und einen großen Scheinwerfer auf das Spielfeld richtet.

»Verschwinden wir!«, schreit Jet, während er und Derek mit Ashtyn im Schlepptau auf den Zaun zurennen.

Ich schaue zu Monica, die völlig panisch ist. Sie schafft es auf keinen Fall zum Auto, ohne erwischt zu werden.

Ich eile zu ihr und packe ihre Hand. »Los«, sage ich und zerre sie zur Tribüne. »Leg dich unter eine der Bänke.«

Wortlos quetschen wir uns Nase an Nase unter eine Bank.

Victor 67

Adrenalin pumpt durch meine Adern. Mit Monica Fox und Spraydosen in der Hand auf der Tribüne erwischt zu werden, ist keine schöne Vorstellung. Ich möchte sie so gern beschützen, aber wenn wir nun geschnappt werden?

Um mich mache ich mir keine Sorgen, Monica jedoch muss ich sicher nach Hause bringen.

»Hast du dir bei deinem Sturz den Knöchel gebrochen?«, flüstere ich. »Denn selbst wenn wir unbemerkt von hier verschwinden können, schaffst du es im ganzen Leben nicht zurück über den Zaun.«

»Ich habe mir nichts gebrochen, Vic«, erwidert sie, und ihre Stimme ist so leise, als forme sie die Worte nur mit den Lippen. »Es geht mir gut. Ich muss schließlich jeden Tag mit Schmerzen fertigwerden.«

Augenblick mal. Wie bitte? »Was soll das heißen?«

Sie schaut weg. »Nichts. Zerbrich dir nicht den Kopf über mich und konzentrier dich lieber darauf, wie wir hier rauskommen.«

10

Monica

Wir beobachten, wie die Polizei das Footballfeld absucht.

»Noch ist ihnen der Spruch nicht aufgefallen, aber bald«, raunt Vic, während er über die Bänke hinweg nach den Polizisten linst. »Wir müssen hier weg.«

Meine Gelenke schmerzen mehr als gewöhnlich. Der Sturz hat meinem Knie übel mitgespielt. »Ich weiß nicht, ob ich mich bewegen kann.«

»Ich trage dich.« Er deutet auf einen Seitenausgang. »Ich sehe eine Öffnung im Zaun. Kannst du springen?«

»Glaub schon.«

»Sicher?« Seine Miene ist durch und durch besorgt. »Ich trage dich, keine Bange. Okay?«

Er schaut so ernst aus, als wäre es seine oberste Priorität, mich vor der Polizei zu beschützen.

»Sei nicht böse, dass ich mitgekommen bin.« Ich wende den Blick ab. »Es tut mir leid.«

»Ist schon okay.«

»Ich habe gedacht, ich schaffe das.« Ich könnte mich ohrfeigen, weil ich geglaubt habe, ich könnte an meine Grenzen gehen und allen beweisen, dass ich auch mal über die Stränge schlagen kann.

Monica 69

»Du *schaffst* das auch. Los«, sagt Vic, während er von der Tribüne klettert. Er streckt seine Hände nach mir aus. »Spring.«

Ich schaue auf ihn herab. »Ich trau mich nicht.«

»Ich fange dich auf«, flüstert er und bedeutet mir, in seine Arme zu springen. »Vertrau mir.«

Ich hole tief Luft und zucke vor Schmerz zusammen, als ich mich durch die Öffnung zwänge und in seinen ausgebreiteten Armen lande. Er hält mich eng an sich und ich schlinge die Arme um seinen Hals.

»Und jetzt?«, frage ich und lehne mich an seine nackte, muskulöse Brust.

»Halt dich fest«, sagt er und läuft zu einem von Büschen verdeckten Zaun am anderen Ende des Spielfeldes, auf dem die Polizei immer noch patrouilliert.

Wenn wir erwischt werden, stecken wir beide in der Klemme. Doch Vic hat Übung in solchen Dingen, er bewegt sich unauffällig zum Zaun und findet eine kaputte Stelle, an der wir durchkriechen können.

Vic hält mich in den Armen und rennt durch die Straßen, bis die Schule in weiter Entfernung liegt.

»Danke«, sage ich und seufze erleichtert. »Du hast mich gerade gerettet.«

Sein Blick begegnet meinem, und als ich in unserer Umarmung seine nackte Brust an meiner Haut spüre, fühle ich eine solche Vertrautheit, wie ich sie lange nicht oder vielleicht auch noch nie empfunden habe. Mein Adrenalinpegel ist wohl auf Rekordniveau, denn ich muss mich zusammenreißen, um mich nicht noch enger anzuschmiegen.

Meine Lippen sind auf einmal trocken. Ich fahre mit der Zunge darüber. »Vic?«

Er starrt auf meine nunmehr feuchten Lippen. »Ja?«

Es ist still und wir blicken uns tief in die Augen.

Keiner von uns sagt ein Wort, aber ich schwöre, dass ich in der Tiefe seiner schokoladenbraunen Augen etwas Sanftes und Weiches entdecke. Es ist mir noch nie aufgefallen, doch sein Blick ist hypnotisierend.

Betörend.

In diesem Augenblick fühle ich mich körperlich und seelisch so verletzlich. Das ist intensiv. Zu intensiv.

»Ähm ... du kannst mich jetzt herunterlassen«, sage ich, um unsere Nähe zu beenden.

»Oh. Sorry«, murmelt er und stellt mich dann langsam auf den Boden.

Ich trete einen Schritt von ihm weg und anstelle seines warmen Körpers spüre ich nun die kühle Nachtluft. Ich bin immer noch aus dem Gleichgewicht und völlig durcheinander. Weil ich nicht weiß, was ich sagen soll, ohne mich lächerlich zu machen, zücke ich mein Handy und rufe Ashtyn an.

»Alles okay?«, fragt Vic, nachdem ich das Gespräch beendet habe. Er schiebt die Hände in die Taschen, als wäre er nervös und wüsste nicht, wohin mit ihnen.

»Ja. Ash und die Jungs kommen uns abholen.«

Er nickt. Nach einer Minute entfährt es ihm: »Was sollen wir Trey sagen?«

Meint er damit, dass ich heute Abend mitgekommen bin oder die Tatsache, dass zwischen uns etwas passiert ist, das nicht ganz harmlos war? Na ja, es war harmlos, doch es hat sich sehr intim angefühlt. »Von mir erfährt er nichts«, sage ich.

»Geheimnisse vor seinem Freund zu haben, ist vermutlich keine gute Idee.«

Ich grinse schief. »Schon klar, aber Sprüche auf das Footballfeld der Konkurrenz zu sprayen, ja wohl auch nicht.«

»Da ist was dran«, antwortet er in dem Moment, als unsere Komplizen vorfahren.

Wir steigen rasch ins Auto.

»Das war eine sensationelle Nacht«, meint Derek. »Habe ich recht, Leute?«

Ich sitze neben Vic und unsere Finger berühren sich beinahe. »Ja«, erwidere ich und frage mich, warum mir plötzlich wieder jede Menge verrückter Gedanken über Treys besten Freund durch den Kopf schießen.

Ich schiebe sie weg und konzentriere mich auf den pochenden Schmerz in meinem Knie. Es ist einfacher, sich darauf zu konzentrieren, als auf alles andere.

11

Victor

Gerade als Mr Miller uns in Gruppen einteilt und wir Ideen für Verhaltensexperimente sammeln sollen, klopft Officer Jim an die Tür des Unterrichtsraumes.

»Direktorin Finnigan möchte Victor Salazar sehen«, sagt er. Er zeigt auf mich und bedeutet mir aufzustehen.

»Mr Salazar, glauben Sie, Sie können eine Woche an meinem Unterricht teilnehmen, ohne ins Direktorat gerufen zu werden?«, erkundigt sich Miller. »Und das ist keine rhetorische Frage.«

Ich zucke die Schultern. »Ich weiß nicht, Mr Miller. Offenbar hat die Direktorin nichts Besseres zu tun, als mit mir zu plaudern.«

Miller lacht auf. »Das glaube ich gern. Aber bleiben Sie nicht zu lange, damit Sie die Hausaufgaben nicht verpassen.«

»Ja, Sir«, antworte ich.

Ich erhasche einen Blick auf Monica, die in der Ecke mit ihrer Gruppe sitzt. Sie schaut mich vielsagend an.

Wir wissen beide, dass ich wegen des Streichs von letzter Nacht zur Direktorin beordert werde. Ich forme die Worte »ich krieg das schon hin« mit den Lippen, damit sie nicht durchdreht. Ich kann an den Sorgenfalten auf ihrer Stirn erkennen, dass sie nervös ist.

Als ich ins Büro von Finnigan komme, warten Trey, Jet und Derek schon dort. Auch Coach Dieter ist anwesend. Er schaut nicht gerade glücklich aus. Der Arme hat wahrscheinlich schon einen Anschiss von Finnigan bekommen.

»Kommen wir zur Sache, Leute. Wer war das?«, fragt Finnigan ernst, während sie vor uns auf und ab schreitet.

»Wer war was?«, erkundigt sich Jet und tut so, als hätte er keine blasse Ahnung davon, dass das Footballfeld der Rolling Meadows High von oben bis unten mit Farbe verschandelt worden ist.

»Ich weiß nicht, wovon Sie reden, Ma'am«, fällt Derek mit einem übertrieben texanischen Akzent ein.

»Können Sie uns bitte mal aufklären, damit wir nicht dumm sterben müssen?«, fordert Trey und spielt mit.

»Ja«, sage ich. »Ich tappe auch völlig im Dunkeln.«

Finnigan steht nun vor mir. »Wissen Sie was, Victor. Coach Dieter und ich sind nicht blöd. Sie vier sind die Anführer des Footballteams – oder sollte ich besser ›Unruhestifter‹ sagen? Einer von Ihnen oder alle sind dafür verantwortlich. Wer meldet sich freiwillig?«

Keiner rührt sich.

»Ihr solltet es doch besser wissen«, meldet sich Dieter zu Wort. »Die mutwillige Beschädigung fremden Eigentums ist eine Straftat. Wer auch immer das getan hat, wird Arrest und vermutlich auch eine Spielsperre kassieren. Außerdem müssen wir die Polizei informieren.«

»Vielleicht wollten die Footballspieler der Rolling Meadows uns ja eins auswischen«, werfe ich ein und bin ganz beeindruckt, dass mir das aus dem Stegreif eingefallen ist.

Dieter geht auf mich los. »Oder vielleicht warst du es ja, Salazar, denn das Wort *numero* ist Spanisch.«

»Entschuldigung, Sir«, mischt Trey sich ein. »Aber mehr als die Hälfte der Schülerschaft lernt Spanisch.«

»Willst du vielleicht gestehen, Trey?«, zischt Dieter. »Nur heraus damit.«

»Er war es nicht«, verteidige ich ihn. »Ich habe gehört, wie ein paar Kirschen gesagt haben, sie wollten der Rolling Meadows einen Streich spielen. Wir waren es nicht.«

»Kirschen?«, fragt Finnigan. »Meinen Sie damit Mädchen?«

»Das ist mir auch zu Ohren gekommen«, pflichtet Jet mir bei. »Mädchen können richtig Ärger machen, wissen Sie.«

»Okay, Sie Klugscheißer, und um welche Mädchen soll es sich dabei handeln?«, will Finnigan wissen. »Dann können wir die Polizei rufen, damit sie sie verhören.«

»Das ist mir leider entfallen«, entschuldige ich mich.

»Hast du ein Problem mit deinem Gedächtnis, Salazar?«, erkundigt sich Dieter. »Vielleicht hast du zu viele Schläge auf den Kopf bekommen und leidest an einer Gehirnerschütterung. Dem Fitnesstrainer ist es sicher eine *Freude*, dich zu untersuchen.«

»Meinem Kopf geht's gut, Coach. In unserer Familie gibt es Alzheimer. Das ist erblich bedingt, wissen Sie.«

Finnigan klatscht zweimal, als wären wir im Kindergarten und das sei das Zeichen für Zuhören. »Herrschaften, sagen Sie mir nun, wer das Footballfeld der Rolling Meadows verwüstet hat?« Als wir nicht antworten, atmet sie seufzend aus. »Na schön, versuchen wir es noch einmal im Guten. Ich sage Ihnen eins, Gentlemen. Dieses Mal lasse ich noch Gnade vor Recht ergehen und biete demjenigen, der die Schuld auf sich nimmt, Schularrest an. Und wir informieren die Behörden,

Victor 75

dass wir uns selbst um die Angelegenheit kümmern. Wenn niemand es zugibt, verhänge ich über alle vier eine Sperre für das Spiel heute Abend.«

»Ich war's«, melde ich mich. Auf keinen Fall lasse ich zu, dass meine Freunde dafür geradestehen. Ist scheißegal, wenn der Schularrest in meinen Unterlagen vermerkt wird, denn dort wimmelt es schon von Verstößen, die ich begangen habe oder begangen haben soll.

»Du warst es doch gar nicht, Salazar«, widerspricht Jet. »Immer schön bei der Wahrheit bleiben. Ich war es.«

Derek verdreht die Augen. »Jet lügt, sobald er das Maul aufmacht. Ich war's.«

Wir schauen Trey an. »Ich war es nicht«, meint er abwehrend und hebt die Hände. »Ich muss meine Schulakte sauber halten.«

»Danke für deine Kameradschaft, Trey«, sage ich. Ich melde mich. »Ich übernehme den Arrest, Doc.«

»Gut.« Finnigan scheint zufrieden, dass ich mich für die anderen opfere. »Sie sind entlassen. Außer Ihnen, Mr Salazar. Ich bringe Sie persönlich in den Arrestraum.«

»Ich kann es kaum erwarten«, antworte ich und denke, dass ich lieber an jedem anderen Ort als in der Arrestzelle wäre.

12

Monica

Endlich findet das erste Footballspiel der Saison statt. Alle stehen unter Strom. Ich stehe am Spielfeldrand, feure die Mannschaft an und spüre die Woge der Aufregung von den Zuschauern, die auf einen Sieg hoffen. Ich habe blaue Flecke von meinem gestrigen Zaunsturz davongetragen, und mein Körper schmerzt mehr als gewöhnlich, doch das ist mir egal. Die Begeisterungsrufe der Fans und die Energie des Spiels nehmen all meine Aufmerksamkeit gefangen.

Zwischen unseren Cheers verfolge ich das Match. Meine Augen bleiben sofort an Trey hängen. Er ist entschlossen, sich von den anderen abzuheben. Er ist so konzentriert, dass ich glaube, er hat nicht einen Blick auf die Tribüne geworfen – nicht einmal, wenn die Defense auf dem Feld ist und er Pause hat.

Nicht einmal, um mich anzuschauen.

Ich sehe kurz hinüber zu Vic, der gerade das Feld verlassen hat, als die Offensive Line aufgelaufen ist. Er steht am Wasserspender, und als er den Helm abnimmt, fällt ihm das Haar in die Stirn. Ich kann meinen Blick nicht abwenden und bekomme eine Gänsehaut auf den Armen, als seine dunklen, intensiven Augen meinen begegnen.

Monica   77

Ich erinnere mich daran, wie ich gestern Nacht mit ihm auf der Tribüne gelegen habe. Ich weiß nicht, ob er gemerkt hat, dass er seine Hand über mein Haar gelegt und mich abgeschirmt hat. Er hat mich instinktiv beschützt.

Was denke ich da bloß? Was fühle ich denn nur?

Das weiß ich selbst nicht einmal so genau. In letzter Zeit bin ich völlig durcheinander und meine Gefühle sind ein einziges Chaos.

Ich lächle Vic an, dann stelle ich mich für den nächsten Cheer auf. Cassidy Richards, die neben mir steht, schüttelt den Kopf und hat die Lippen zu einer schmalen Linie zusammengepresst.

»Alles okay?«, frage ich sie.

»Mir geht's gut«, blafft sie.

»Sicher?« Sie benimmt sich nicht so, als ginge es ihr gut.

Sie verdreht kurz die Augen, als nerve sie meine Fragerei. »*Ich habe gesagt*, es geht mir gut. Ende der Diskussion.«

Oha. »Okay.«

Zu sagen, dass Cassidy neuerdings launisch sei, wäre eine Untertreibung. Ich schreibe es dem Stress zu Schuljahresbeginn zu. Alle um mich herum scheinen unter Druck zu stehen.

Na ja, mit Ausnahme von Bree. Sie verliert nie die Ruhe. Sie ist so von sich eingenommen, dass sie von ihrem Umfeld keine Notiz nimmt.

»Bereit?«, ruft Bree mit einem breiten Lächeln, bei dem sie ihre weißen Zähne entblößt. Sie nennt das ihr Cheerleading-Lächeln.

»Bereit. Okay!«, rufe ich zurück.

Wir beginnen unseren nächsten Cheer.

Wir sind die Rebels, wir sind Spitzenreiter!
Wir geben nicht auf, wir stürmen immer weiter!
Fremont High School, was ist für uns drin?
Die Landesmeisterschaft haben wir im Sinn!
Yeah!
Ju-hu!

Der Reim stammt von Bree und ist besser als ihre ursprüngliche Version, in der es hieß, Fremonts Team sehe am besten aus und der Anblick der Gegner sei ein Graus. Bree ist Expertin darin, sich bekloppte Verse auszudenken.

Kurz bevor die Schiedsrichter das zweite Quarter anpfeifen, rennt Jet zu Bree.

»Yo, Bree!«, übertönt er die Menge.

Sie beißt sich auf die Unterlippe. »Ja?«

»Geh mit mir zum Homecoming!«

Bree lacht auf und stemmt eine Hand in die Hüften. »Jetzt echt mal, Jet. War das überhaupt eine Frage oder eine Feststellung?«

Weil Jet keine Gelegenheit auslässt, im Mittelpunkt zu stehen, kniet er nieder. Er trägt die komplette Footballmontur und hat sogar noch seinen Helm auf. Auf die Zuschauer muss das so wirken, als machte er ihr einen Heiratsantrag.

Die Menge flippt aus.

Er ergreift ihre Hand. »Bree Turner, würdest du mir die Ehre erweisen, mich zum Homecoming zu begleiten?«

»Okay«, sagt sie. »Ich komme mit. Und jetzt steh auf. Du ziehst eine Riesenshow ab.«

Jeder weiß, dass Bree solche Szenen liebt. Jets Auftritt ist *wie* für sie geschaffen.

Statt zu seinen Teamkameraden zurückzulaufen, breitet

Monica   79

Jet seine Arme aus wie ein Adler im Flug und brüllt in die Menge: »Sie hat ›ja‹ gesagt!«

Alle jubeln lautstark, als er Bree hochnimmt und sie herumwirbelt, bis Coach Dieter ihn anschnauzt, er solle sich gefälligst zum Team zurückscheren.

»Das war vielleicht peinlich«, beschwert sich Bree, als Jet wieder auf dem Feld ist. »Jetzt denkt wahrscheinlich die halbe Schule, dass wir verlobt sind.«

Sie strahlt über das ganze Gesicht.

»Wen interessiert das schon. Du bist verrückt nach Jet«, sage ich zu ihr.

»Ja. Als Kumpel mit gewissen Vorzügen. Ich meine, er ist ein Model und superheiß.« Sie mustert seinen Hintern und wackelt mit den Augenbraucn. »Und er weiß, wie man ein Mädchen auf Touren bringt, was natürlich von Vorteil ist. Aber ich will keinen festen Freund. Bäh!«

»Danke«, entgegne ich.

»Bei dir und Trey funktioniert das«, meint sie entschuldigend. »Aber nicht bei mir.«

»Jet und du, ihr solltet heiraten«, antworte ich. »Ihr seid aus dem gleichen Holz geschnitzt.«

Sie schaut mich neugierig an. »Wo wir gerade vom Eheleben reden, hat Trey dich schon gefragt, ob du mit ihm zum Ball gehst?«

Ich schüttle den Kopf. Wenn Bree erfährt, dass es in unserer Beziehung kriselt, weiß es eine Minute später die halbe Schule. »Nein.«

»Ist nur eine Frage der Zeit. Ashtyn, du und ich müssen uns was zum Anziehen kaufen.« Sie deutet auf Ashtyn, die einen Football ins Übungsnetz kickt. Sie nimmt sich einen neuen Ball und starrt ihn an. Aus der Entfernung kann ich erkennen, dass sie etwas darauf liest. Dann kreischt sie kurz auf, läuft zu Derek und sagt »Ja!«, bevor sie ihm um den Hals fällt.

Na klar, er hat sie gerade gefragt, ob sie ihn zum Homecoming begleitet. Hundertpro. Ich stehe da und freue mich für meine beste Freundin, doch das Herz wird mir schwer, als mir bewusst wird, dass Trey und ich nicht mehr so verliebt ineinander sind wie Ashtyn und Derek.

Ich schaue zu Trey hinüber. Es ist ihm vermutlich noch nicht einmal in den Sinn gekommen, mich zu fragen. Er ist so beschäftigt mit allem anderen, einschließlich dieser Zara Hughes.

Bree tippt mir auf die Schulter mit ihren perfekt manikürten Nägeln, die mit kleinen goldenen Herzen verziert sind. »Wir müssen dafür sorgen, dass Ashtyn einmal in ihrem Leben wie ein Mädchen aussieht und nicht wie eine Footballspielerin. Homecoming ist die Gelegenheit!«

»Wenn ich überhaupt hingehe«, antworte ich.

»Trey wird dich schon noch fragen. Bei unserem eingefleischten Miesepeter Vic bin ich mir da nicht so sicher. Er ist wohl ein hoffnungsloser Fall.«

Wir nehmen Vic in Augenschein. Es ist nicht überraschend, dass er sich mit einem Gegenspieler ein Wortgefecht liefert. Ich hoffe nur inständig, dass er nicht handgreiflich wird und vom Spielfeld muss.

»Führ dich nicht wie ein Idiot auf und find dich damit ab!«, schreit Vics Vater von der Tribüne seinen Sohn aufgebracht an.

Nach dem Streit schaut Vic zu seinem Dad hoch. Mr Salazar wirkt komplett bedient, weil Vic kurz davor war, sich zu prügeln.

Monica 81

Normalerweise ist Vics Blick während eines Matchs entschlossen und konzentriert. Aber jetzt trägt er eine wütende, fast schon trotzige Miene zur Schau. Er stülpt sich den Helm über und rennt auf das Feld. Beim nächsten Spielzug stößt Vic den Offensive Lineman beiseite, jagt hinter dem Quarterback her und bringt ihn mit einer solchen Wucht zu Boden, dass die beiden nur wie ein Wunder nicht k. o. gehen. Die Zuschauer jubeln, und die Jungs aus unserer Mannschaft klopfen Vic anerkennend auf den Helm, doch er scheint es gar nicht zu bemerken.

Er stellt sich wieder auf dem Feld auf und macht sich bereit für den zweiten Down.

Ich kann Vics Anspannung spüren, die wie eine dicke Wolke über ihm schwebt. Ich bekomme ein ganz schlechtes Gefühl, als er den Quarterback beim zweiten Down sackt. Er hechtet über zwei Spieler, um den Quarterback zu erwischen – das ist riskant und verrückt.

Coach Dieter spürt wohl, dass Vic mit dem Herzen und nicht mit dem Verstand bei der Sache ist. Er ruft Vic vom Feld, aber Vic wendet sich ab und stellt sich wieder an die Anspiellinie.

Beim dritten Down wird Vic von zwei Offensive Lineman gestellt. Er versucht, sie mit dem Kopf voran umzurennen.

Oh nein!

Ich spiele kein Football, doch ich weiß sehr wohl, dass er sich verletzen wird, wenn er weiter so leichtsinnig vorgeht. Irgendetwas tief in mir schaudert bei dem Gedanken, dass Vic zu Schaden kommen könnte.

Vic joggt vom Feld, als unsere Offensive Line aufläuft.

Dieter packt Vic am Mundschutz. »Was, zum Teufel, war das denn, Salazar?«, brüllt Dieter.

82 *Monica*

Der Wortwechsel zwischen den beiden ist kaum zu überhören. »Ich habe zweimal gesackt, Coach«, verteidigt sich Vic.

»Das ist mir scheißegal, Salazar. Ich will, dass du mit Köpfchen und nicht unbesonnen und dumm agierst. Noch so ein Kamikazeeinsatz und du verbringst den Rest des Spiels auf der Bank.«

Als der Coach ihn loslässt, ist Vic so in Rage, dass er auf den Coach losgeht. Doch Trey, Jet und Derek halten ihn zurück, was ihnen nur mit vereinten Kräften gelingt.

»Monica!«, sagt Bree und wedelt mit der Hand vor meinem Gesicht herum, damit ich Notiz von ihr nehme. »Verfolg nicht das Spiel, sondern feure die Mannschaft an.«

Aber ich verfolge ja gar nicht das Spiel.

Ich schaue zu, wie Vic die Kontrolle verliert.

13

Victor

Na schön, ich habe gestern Abend beim Spiel komplett die Beherrschung verloren. Als mein Dad mich von der Tribüne aus heruntergeputzt hat und mir klar war, dass Monica seine Tiraden hören konnte, war ich so angepisst, dass ich meine Wut nicht unterdrücken konnte. Ich habe es an der gegnerischen Mannschaft ausgelassen, an Dieter, an meinen Freunden …

Beherrschung ist das Einzige, was mir noch bleibt. Und jetzt verliere ich sie.

Als ich heute Morgen das Haus verlassen will, hält mich *mi papá* in der Diele zurück. »Du bist ein Volltrottel, Victor«, sagt er.

»Danke, Dad.«

Keiner vermag es wie *papá*, mich ständig daran zu erinnern, dass ich seinen Ansprüchen an einen Sohn nicht einmal annähernd gerecht werde.

»Ich komme zu spät zur Arbeit«, sage ich und mache mich darauf gefasst, dass er mir gleich eine neue Beleidigung an den Kopf werfen wird, denn das kann er ja am besten.

Papá hasst meinen Job. Außerdem sind für ihn Football

und Sportler zu sein, also die beiden Dinge, über die ich mich definiere, reine Zeitverschwendung. Er geht bloß aus Publicity-Gründen zu den Spielen und damit alle glauben, dass er ein Vater ist, der hinter seinem Sohn steht. Eigentlich wäre es ihm jedoch lieber, wenn ich den Future Entrepreneurs of America beitreten würde. Es ärgert ihn, dass ich mich in den Sommerferien nicht um ein Praktikum in einem renommierten Fortune-500-Unternehmen bemüht habe. Er würde nie damit herumprahlen, dass sein Sohn ein All-State-Highschool-Footballspieler ist, der nebenbei in einer Autowerkstatt arbeitet, sich dort die Hände schmutzig macht und dabei einen Hungerlohn verdient.

Er fuchtelt mit dem Finger vor meinem Gesicht herum. »Weißt du, was Jack Weigels Sohn im Sommer gemacht hat? Er hat bei einer Bank im Zentrum gearbeitet.«

»Mal abgesehen davon, dass ich in den Ferien zweimal täglich beim Footballtraining war, hatte ich auch einen Job.«

Er schüttelt enttäuscht den Kopf. »In einer heruntergekommenen Autowerkstatt auszuhelfen, nennst du einen Job?«

»*Sí.*«

»Mach dir nichts vor. Das ist bestenfalls ein Hobby, Victor. Wie viel bezahlt Isa dir?«, fragt *papá*. »Den Mindestlohn?«

Ich zucke die Schultern. »Manchmal weniger.«

»Willst du den Rest deines Lebens beim Mindestlohn herumdümpeln?«, erkundigt er sich angewidert. »Ich will dir mal was sagen. Ich werde dir eine *choza* im Garten hinter dem Haus bauen. Da kannst du wohnen und schon mal einen Vorgeschmack darauf bekommen, wie es sich anfühlt, am Existenzminimum zu leben.«

Victor 85

»Sie ist *familia*«, sage ich und würde es gern darauf beruhen lassen. Das fällt mir jedoch schwer, denn mir steigt das Blut in den Kopf, und mein Körper verkrampft sich. Sosehr ich mir auch einrede, dass seine Worte mir nichts bedeuten, kann ich meine körperliche Reaktion darauf nicht beeinflussen.

»Isa ist Abschaum«, zischt er und schürzt die Oberlippe verächtlich.

Ganz ruhig bleiben.

Ich lasse ihn stehen und gehe nach draußen an die frische Luft.

Ich sitze auf dem alten, rostigen Motorrad, das Isa mir im Sommer zur Entlohnung für meine Dienste überlassen hat. Es dauert nicht lange, bis ich die Schienen überquere und in Richtung Fairfield unterwegs bin, der Stadt unserer konkurrierenden Schule. Ich fahre durch die Straßen, und es ist mir bewusst, dass ich mich in Feindesland bewege, aber ich tue so, als wäre mir das scheißegal. Na ja, eigentlich *ist* es mir ja auch scheißegal. Wenn mir jemand in die Quere kommt, bin ich zu allem bereit. Sagen wir, ich habe mich noch nie vor einem Kampf gedrückt. Ich habe sogar ein paarmal damit angefangen.

Vielleicht auch mehr als ein paarmal, aber es zählt ja keiner mit.

Es ist nicht so, dass ich gern meine Fäuste gebrauche, doch ich bin es gewöhnt. Als ich klein war, zog ich ängstlich den Kopf ein, wenn jemand mich schikanierte. Eines Tages nahm mich *mi papá* auf der Hochzeit meines Cousins beiseite, nachdem mich irgendein *pendejo* herumgeschubst hatte. *Papá* packte mich am Hemd und sagte mir, dass ich härter werden müsse, wenn aus mir jemals ein richtiger Mann werden solle.

Nach einer Weile war Dad nicht mehr mein Held.

Und ich bin zum Arschloch mutiert.

»Du kommst zu spät«, beklagt sich Isa, sobald ich die Werkstatt betrete.

»Wirf mich doch raus.« Ich schlüpfe in meinen blauen Overall, der an der Wand neben dem Büro hängt.

Sie schlägt mit einem schmutzigen Lappen nach mir. »Du weißt, dass ich mir das nicht leisten kann, *pendejo*. Du bist der Einzige, der für eine warme Mahlzeit, Benzingeld und ein verbeultes, altes Motorrad arbeitet, das nicht das Benzin wert ist, mit dem du es betankst.«

Isa schaut taff aus mit ihrem streng nach hinten gebundenen Haar und Overalls, die definitiv für jemanden sind, der doppelt so groß ist wie sie. Damit und durch die Latino-Blood-Gang-Tätowierungen, die sie sich während der Highschool verpassen ließ, wirkt sie wie eine Latina, mit der man sich lieber nicht anlegt.

Aber ich ziehe meinen Hut vor Isa. Sie hatte keine blasse Ahnung von Autos, bevor Enrique, dem die Werkstatt eigentlich gehört hatte, bei einem Bandenkrieg starb. Er soll hinter dem Empfangstresen durch einen Schuss regelrecht hingerichtet worden sein. In seinem Testament vermachte er Isa das Geschäft zusammen mit dessen Schulden. Statt zu verkaufen, hat sie verbissen alles gelernt, was ein Mechaniker wissen muss, um die Werkstatt weiterführen zu können.

Zwei Autos sind aufgebockt. Ein '82 Mustang, der neue Bremsen braucht, und ein heruntergekommener F150 mit Motorschaden.

»Hier«, sagt sie und reicht mir den Reparaturauftrag für die beiden Wagen. »Fang mit dem Mustang an, denn das geht schnell, und ich kann das Geld gebrauchen.« Sie schweigt einen Moment und fährt dann fort: »Ich bin mit der monatlichen Hypothekenzahlung vierhundert Mäuse im Rückstand.«

»Dann gib mir kein Benzingeld mehr«, biete ich ihr an, während ich zum Werkzeugkasten laufe und mir herausnehme, was ich brauche. Ich arbeite auch umsonst und das weiß sie. Ich will in der Werkstatt sein, ob ich dafür bezahlt werde oder nicht. Das ist mein Zufluchtsort. »Oder verkauf den Laden und such dir was anderes.«

»Das kann ich nicht machen«, sagt sie und schiebt die Schultern nach hinten, als ob sie noch taffer rüberkommen wolle. »Ich muss die Werkstatt am Laufen halten. Für mich.«

Und für Enrique, doch das würde sie nie zugeben.

»Mach dir keine Sorgen«, sage ich. »Ich werde Flyer in der Stadt verteilen und die Werbetrommel rühren.«

Ihre harten Gesichtszüge werden eine Spur weicher. »Du bist so gut zu mir, Vic. Ich habe dich nicht verdient.«

Mich verdient? »Oh Mann, Isa. Ich bin ein Arschloch.«

»Ich weiß. Aber du bist das netteste Arschloch, das mir jemals begegnet ist. Und jetzt zurück an die Arbeit«, sagt sie und knufft mich scherzhaft in den Bauch.

Ich mache mich an dem Mustang zu schaffen, während Isa mit der Inventur beginnt. Das Auto könnte etwas hermachen, wenn man es neu lackieren und die Innenausstattung wieder aufpäppeln würde. Früher hätten sich die Leute nach dem Wagen umgedreht. Heute nicht mehr. Na ja, heute glotzen sie auch noch, aber nicht, weil es ein cooles Auto ist, sondern weil es aussieht wie ein fahrender Schrotthaufen.

Ich bin mit dem Mustang fertig und widme mich dem F150. Es wird kein Spaziergang, den Motor neu aufzubauen, doch das ist genau mein Fall. Wenn ich Autos repariere, vergesse ich alles andere darüber. Ich fühle mich in der Werkstatt mehr zu Hause als in meinem Elternhaus.

»Hallo! Ist jemand da?«, höre ich jemanden rufen.

Ich schaue zum Eingang und sehe Bernie, einen Mechaniker, der Isa ein paar Tage in der Woche aushilft. Der Typ ist seit seinem ersten Arbeitstag in Isa verliebt, aber sie stößt ihn ständig weg. Ich muss ihm Anerkennung zollen, denn er hat die *cojones*, trotz ihrer verbalen Ausfälle immer wiederzukommen.

»Habe ich dich nicht gefeuert?«, faucht Isa wie ein wildes Tier. »Mach dich vom Acker.«

Bernie, ein Mann in den Dreißigern mit ordentlich gekämmtem Seitenscheitel und Prototyp eines Nerds, geht zu Isa. »Du hast mich rausgeschmissen, weil ich dich gebeten habe, mit mir auszugehen.«

»Genau.«

Bernie hebt die Hände. »Das ist doch absurd, Isa.«

»Nein.« Isa läuft zum Empfangstresen und bringt so eine Barriere zwischen sich und Bernie. »Absurd ist, dass du mit mir ausgehen willst. So weit wird's nie kommen.«

»Warum nicht?«

Sie schaut zu ihm auf. »Weil ich nicht zu haben bin.«

»Das verstehe ich nicht.«

»Okay, ich formulier's mal so.« Sie knallt die Hände auf den Tresen. »Ich bin nicht für Nerds zu haben. Und jetzt verschwinde.«

Bernie, den man für einen Schwächling halten könnte, ignoriert sie. Er begibt sich zu einem Auto auf der Hebebühne und studiert pfeifend den dazugehörigen Auftrag. Dann macht er sich an die Arbeit.

Ich muss sagen, es ist verdammt unterhaltsam, den beiden zuzuschauen.

»Soll ich die Bullen rufen?«, schreit Isa wütend.

»Mach doch«, antwortet er.

»Leg dich bloß nicht mit mir an, du Blödmann.«

Bernie unterbricht sein Pfeifen. »Habe ich dir schon mal gesagt, dass du sexy aussiehst, wenn du so zickig bist?«

»Fick dich«, sagt Isa und zeigt ihm den Stinkefinger. Sie rauscht nach oben in ihre Privatwohnung.

»Du handelst dir bloß jede Menge Ärger ein«, sage ich zu Bernie.

Bernie zuckt die Schultern. »Ich bin in sie verliebt, Vic.« Er schaut sehnsüchtig auf die Tür, durch die Isa gerade verschwunden ist. »Und ich will einfach nur eine Chance. Hast du noch nie ein Mädchen so sehr begehrt, dass du alles dafür getan hättest, um bei ihr landen zu können?«

»Nein«, lüge ich, denke an Monica und das, was ich seit Jahren für sie empfinde. »An deiner Stelle würde ich die Segel streichen.«

»Na, dann ist es ja gut, dass du nicht an meiner Stelle bist.« Er streckt die Hand aus. »Gibst du mir bitte einen Steckschlüssel?«

»Ich dachte, sie hätte dich gefeuert.«

»Das kann sie sich gar nicht erlauben, Vic.« Er lächelt verschmitzt. »Keine Bange, irgendwann krieg ich sie rum.«

Ich mache mich wieder an den Ölwechsel. »Wusstest du, dass sie unter dem Empfangstresen eine Knarre hat?«, warne ich ihn. »Ich glaube nicht, dass sie Angst hat, davon Gebrauch zu machen.«

»Manche Mädchen sind es wert, dass man nicht lockerlässt«, sagt Bernie. »Warst du noch nie verliebt?«

»Doch, aber ich habe schon lange die Waffen gestreckt.«
Mein bester Freund hat ihr Herz gewonnen, sobald er sie
bat, mit ihm auszugehen.

»Mein Vater hat mir vor seinem Tod beigebracht, niemals
aufzugeben.« Er blickt voller Verlangen auf die Tür zur
Wohnung im oberen Stock. »Na ja, es sei denn, sie erschießt
mich. Dann ist die Sache wohl gelaufen.«

14

Monica

Trey simst mir am Sonntagmorgen, dass er mich gern ausführen möchte. Leider geht es mir nicht gut. Meine Handgelenke fühlen sich überbeansprucht an und tun höllisch
weh.

Überraschungen sind eigentlich nicht Treys Ding, daher
muss es wichtig sein. Ich schlurfe gebeugt unter die Dusche,
ziehe meine neuen Shorts an und warte, dass er mich abholt.

Während der ganzen Fahrt hämmert mein Herz, besonders, weil er so nervös wirkt. Er trommelt unablässig mit
den Fingern auf das Lenkrad und sein Knie zittert.

Ist er angespannt, weil er mir endlich die Wahrheit über
Zara Hughes sagen will?

Ist er von Drogen high?

Sind wir dabei, uns zu trennen?

Meine Unruhe lässt nach, und die Neugier gewinnt die
Oberhand, als wir im *Wild-Adventures*-Vergnügungspark
vorfahren.

»*Wild Adventures?*«, frage ich, als er dem Parkplatzwäch-
ter fünf Mäuse in die Hände drückt.

»Es wird dir gefallen, glaube mir«, sagt er.

»Trey, ich hasse Achterbahnen. Das weißt du doch.«

Er tätschelt mir das Knie, als wäre ich ein Kleinkind, das vom Doktor eine Spritze bekommen soll. »Du wirst es überleben.«

Ich laufe durch den Park und schaue zu den riesigen Gestellen auf, als wären sie Monster. Meine größte Sorge ist, dass mein Körper es nicht verträgt, so hart durchgerüttelt zu werden. Ich komme mir bei jedem Schritt eher wie eine Neunzigjährige als eine Achtzehnjährige vor.

Es ist ein Wunder, dass ich meinen Zustand vor Trey so lange verbergen konnte. Wenn ich schwerfällig bin oder meine Knochen schmerzen, sage ich ihm jedes Mal bloß, dass meine Knie steif vom Cheerleading sind, und er fragt nicht weiter nach.

Ich hatte wohl immer Angst davor, dass er die Wahrheit erfährt. Würde er mich anders behandeln? Würde er glauben, ich sei zu zerbrechlich? Würde er mich verlassen?

Ich lese die Warnschilder, während wir an der Achterbahn anstehen, und meine Gelenke fangen schon an zu rebellieren.

»Es wird dir Spaß machen«, versichert mir Trey, nimmt meine Hand und zieht mich zum *Blitz,* dem größten Gefährt im Park. »Versprochen.«

»Äh ... ich glaube, das packe ich nicht«, sage ich mit zitternder Stimme. »Mir geht es nicht so gut.«

»Stell dich nicht so an, Monica. Diese Achterbahn ist völlig harmlos. Sie fährt nicht einmal übermäßig schnell.« Er schaut prüfend auf sein Handy, als erwarte er eine SMS oder einen Anruf. Wartet er auf eine Nachricht von Zara?

Wir harmonieren absolut nicht mehr miteinander.

Als wir am *Blitz* anstehen, betrachte ich seine dunkle Gestalt. Trey trägt knielange Hosen, ein ärmelloses Hemd und

Monica 93

eine dunkle Sonnenbrille. Er ist groß, schlank und hat ein markantes Gesicht, um das ihn die meisten Jungs beneiden würden. Er lächelt, während er den Arm in der Schlange um mich legt.

Ich lese ein weiteres Warnschild. Es rät Schwangeren und Menschen mit Rücken- und Nackenproblemen von einer Fahrt ab. Von Menschen mit anderen Einschränkungen steht da nichts. Ich möchte Trey nicht verraten, dass ich nicht so gesund bin, wie es äußerlich scheint. Das kann ich seit mehr als drei Jahren vor ihm verbergen und werde es jetzt nicht zugeben, zumal wir eine so merkwürdige Zeit in unserer Beziehung durchmachen.

Ich hole tief Luft. Okay, ich packe das schon. Ich bekomme bald eine Infusion und dann werden die Symptome nachlassen.

Um mich von meiner Aufregung abzulenken, wechsle ich das Thema. »Du hast gestern Abend toll gespielt«, lobe ich ihn.

Er drückt mich an sich. »Danke. Obwohl ich total ausgerastet bin, als ich in der dritten Runde an der Anspiellinie getackelt worden bin. Ich meine, wenn Gordon es nicht schafft, mich zu decken, trete ich ihm in den Arsch, das schwöre ich dir.«

Ich schaue stirnrunzelnd zu ihm auf. »Jetzt hörst du dich an wie Vic.«

»Vic hat gestern um die zehn Sacks eingefahren.« Er schüttelt den Kopf. »Ich kenne keinen, der den Quarterback so versteht wie er. Um die Schule schert er sich einen Scheißdreck, doch beim Football ist er unschlagbar.«

»Neidisch?«

»Nein.« Er lächelt, schielt wieder auf sein Handy und

94 *Monica*

schiebt es dann in seine Hosentasche. »Ich kann ihn jederzeit abhängen. Und er hat kein so umwerfendes Mädchen wie ich.«

Ich schlinge meine Arme um seine Hüfte und schmiege mich an ihn. »Ich bin so froh, dass wir den Tag gemeinsam verbringen.«

Die Gedanken an den Homecoming-Ball und meine Sorgen liegen nun in weiter Ferne und eine wohltuende Ruhe überkommt mich.

Bis ich etwas Hartes in Treys Tasche fühle. Pillen.

Ich will den Verdacht verdrängen, der mich nun beschleicht. Kein Wunder, dass sein Knie gezittert hat und er seine Finger nicht kontrollieren konnte. Er ist high von den Tabletten, die er nimmt. Ob er süchtig ist?

Ich muss ihn noch einmal damit konfrontieren.

Ich will gerade davon anfangen, als mein Blick auf den *Blitz* fällt. Angst schießt mir durch den Körper bis in die Fußspitzen. Ich vergesse, was ich sagen wollte, zumal ich nun ein paar Leute ganz oben auf der Achterbahn kreischen höre.

»Trey ... ich weiß nicht so recht, ob ich das draufhabe.«

Er klopft mir sanft auf den Rücken. »Nimm dich zusammen. Es ist doch nur eine Achterbahn.«

»Sie fährt *kopfüber*.« Ich stelle mir vor, wie das Gurtsystem versagt und ich mit dem Kopf voran in den Tod stürze. »Wenn ich nun herausfalle? Dann bin ich tot. Und wenn mich mein Körper im Stich lässt? Ich habe nicht die besten Gelenke.«

»Das ist doch albern. Du fällst weder heraus, noch stirbst du«, sagt er und fügt dann lachend hinzu: »Und deine Gelenke können das vertragen. Echt mal, Monica, hör auf zu

Monica 95

jammern. Ich will etwas Lustiges mit dir unternehmen. Und es wäre cool, wenn du das nicht kaputt machen würdest. Wie ich höre, bist du gestern Abend mit den Jungs über einen Zaun geklettert. Also tu nicht so, als wärst du plötzlich aus Zucker.« Wieder checkt er sein Handy. »Das ist vielleicht die größte, aber nicht einmal annähernd die gefährlichste Achterbahn hier, glaub mir.«

Ich nehme ihm das Telefon aus der Hand. »Warum schaust du andauernd auf dein Handy?«

Er holt es sich zurück. »Einfach so.«

Eine weitere Gruppe lässt sich festschnallen und ist ganz erpicht darauf, das Fürchten zu lernen. Wir rücken vor und ich kaue wie wild auf meinen Fingernägeln herum.

Wir sind die Nächsten.

Wir sind von Menschen umringt, es ist voll und heiß, und die Menge verströmt ordentlich Schweiß. Ich konzentriere mich auf Trey und versuche, alles und jeden um mich herum auszublenden.

Mist, es funktioniert nicht. Ich habe immer noch eine Heidenangst vor dieser Todesschleuder.

Hätten sie es nicht lieber *Spazierfahrt* statt *Blitz* nennen können?

»Die Nächsten!« Ein Angestellter mit Namensschild bedeutet uns, in der ersten Reihe Platz zu nehmen.

Ganz vorn? Oh nein!

Ich zögere, aber der Typ winkt uns wieder heran und ist offenbar genervt von meinem Zaudern. Wir stehen seit über einer Stunde hier an. Ich kann jetzt keinen Rückzieher machen. Würde ich aber gern. Doch ich will Trey nicht enttäuschen, der mich seit mehr als sechzig Minuten davon zu überzeugen versucht, dass ich es schaffe. Er wird an meiner

96 Monica

Seite sein. Hoffentlich bekomme ich keinen Arthritisschub und bereue hinterher das Ganze.

Ich atme tief durch, laufe los und setze mich hin. Der Typ mit dem Namensschild fordert mich auf, mich anzuschnallen. Das mache ich, und als sich der Sicherheitsbügel schließt, presse ich die Augen fest zusammen.

Ich packe das.

Ich packe das.

Ich werde es nicht bereuen.

Aber als ich blindlings neben mich greife, um mich an Treys Hand zu klammern, stimmt etwas nicht. Treys Hand ist glatt und stark. Die Hand in meiner ist rau wie Sandpapier.

Ich öffne vorsichtig die Augen und schiele auf den Typen, der neben mir festgeschnallt ist.

Nein!

Vor Entsetzen bleibt mir die Luft weg. Das ist definitiv nicht mein Freund Trey. Auf seinem Platz sitzt Matthew Bonk aus unserer konkurrierenden Schule, ein Typ, der mir eine Gänsehaut einjagt. Ich glaube, er hält den Highschool-Rekord in Illinois für die meisten Touchdowns, und sein Ego ist dadurch ins Unermessliche gewachsen. Außerdem ist er mit Zara befreundet.

»Hey, Baby«, sagt Bonk lässig, während seine glänzenden Augen mich von oben bis unten mustern und an meinem Ausschnitt hängen bleiben.

Kotz.

Ich ziehe meine Hand schnell zurück, wische sie an meinen Shorts ab und werfe dann einen Blick über die Schulter. Wo ist Trey? Als ich ihn entdecke, bin ich fassungslos. Trey steht immer noch in der Schlange und hält sich das Telefon ans Ohr. Er funkelt Bonk wütend an. Der entschuldigende Gesichtsausdruck, mit dem er mich dann bedenkt, hilft mir auch nichts, denn die Achterbahn setzt sich in Bewegung.

Was zum …

Jetzt hocke ich also hier in der ersten Reihe einer Achterbahn, die sich langsam und quälend ihren beängstigenden Weg nach oben bahnt. Na ja, eigentlich bin ich ja nicht allein. Der größte Idiot, den die Welt je gesehen hat, sitzt neben mir.

Ich will Bonk nicht ansehen, aber tue es trotzdem. Ich reiße die Augen auf vor Schreck, als ich merke, dass sich der Typ tatsächlich einen Joint angesteckt hat. Er inhaliert tief und hält ihn mir dann hin. »Willst du auch mal?«

»Willst du mich verarschen? Nein! Mach das aus, du Trottel.«

Er lacht und zieht noch einmal. »Dann entspannst du dich und vergisst deinen Typen, der eh keine Eier hat.«

»Ich brauche nichts zum Entspannen, vielen Dank. Und ich bin mir sicher, dass mein Freund dich jederzeit blass aussehen lässt.« Ich fange an, das Ave Maria zu beten.

Ich bin angekettet wie ein Tier im Käfig. Es gibt kein Zurück. Ich werde ausgerechnet neben Matthew Bonk sterben. Und bei meinem Glück wird ihm der Joint aus der Hand rutschen, in meinem Schoß oder auf meinem Gesicht landen und mich verbrennen. Wenn ich das überlebe, werde ich mein Leben lang Marihuana-Brandmarken mit mir herumtragen.

Ich schließe wieder fest die Augen, spanne meinen ganzen Körper an, wie ich es morgens mache, wenn ich aufstehe, und warte darauf, dass dieser Höllentrip vorbeigeht. Bonk verströmt einen Geruch nach massivem Ego und Gras. Ich weiß nicht, an welcher Stelle der Achterbahn wir sind und wie lange die Fahrt dauert.

Ich bete einfach, dass es schnell vorüber ist.

Plötzlich fühle ich mich so, als ob ich im freien Fall in den Tod stürze, dann werde ich von einer Seite zur anderen geschleudert ... dann wieder zu einer anderen ... nicht zu vergessen, dass mir die Asche von Bonks Joint ins Gesicht weht.

Ich.

Werde.

Sterben.

Ich höre Bonk lachen und ein paarmal »Wow!« sagen, was mich auch nicht gerade beruhigt. Meine Gelenke sind zu steif, um zu schmerzen, doch die Quittung kommt später, das ist mir klar.

Ich weiß, dass eine Achterbahnfahrt gewöhnlich nur sechzig Sekunden oder weniger dauert. Doch mir kommt sie wie eine Ewigkeit vor. Oder vielleicht bin ich auch vom Mitrauchen high und habe ein verändertes Zeitempfinden. Die Angst hat von all meinen Sinnen Besitz ergriffen. Ich hasse das Gefühl, wenn sich mein Magen bei jeder Drehung und Wendung umkehrt.

Endlich werden wir langsamer. Ist es vorbei – oder wollen sie mich nur in Sicherheit wiegen?

Ich atme aus und öffne die Augen, als wir zum Stillstand kommen.

»Das war wie Dope«, meint Bonk. Er wendet sich zu mir. »Du musst dich mal locker machen, dann bist du auch nicht mehr so eine kaltherzige, steife Ziege«, sagt er und steigt aus. »Wir sehen uns beim Homecoming.«

»Hä?«

»Ich gehe mit Dani Salazar zu eurem Homecoming-Ball.«

Monica 99

Er zwinkert mir zu. »Wie cool, wenn ein Mädchen sich mit einem Typen von der rivalisierenden Schule verabredet, der auch noch der Erzfeind von ihrem Bruder ist.«

Der Sicherheitsbügel löst sich und ich bin plötzlich frei. Mit protestierendem Körper stolpere ich vom Sitz herunter und entdecke Trey, der gegen ein Geländer lehnt und auf mich wartet. Er telefoniert immer noch. Bonk läuft an ihm vorbei, aber Trey bemerkt es nicht einmal.

Das ist doch nicht zu fassen.

Ich gehe an meinem Freund vorüber und versuche, mir nicht anmerken zu lassen, dass mein Körper gerade mit mir auf Kriegsfuß steht. Trey und ich streiten uns nicht oft, weil wir vor langer Zeit entschieden haben, dass wir keine Beziehung führen wollen, in der es ständig kracht. Ich bewege mich auf unbekanntem Terrain. Da ich nicht weiß, was ich sagen soll, schweige ich.

»Monica, warte doch!«, höre ich Trey hinter mir herrufen.

Ich laufe weiter. Aber wenn Trey nun gar nicht mit Zara telefoniert hat? Wenn seine Mutter nun einen Autounfall hatte oder sein Vater einen Herzinfarkt? Wenn seine Schwester wieder in die Reha muss?

Bäh, ich will keine kaltherzige, steife Ziege sein.

Ich halte an und wende mich Trey zu. »Es tut mir leid. Worum ging es denn bei dem Anruf? War es ein Notfall?«

»Nein«, antwortet Trey. »Es war nur mein Cousin Darius, der mich um Geld anpumpen wollte.«

»Willst du mich *auf den Arm nehmen*?« Ich reiße die Augen verärgert auf. »Du hast mich allein fahren lassen auf dieser … dieser Todesschleuder wegen *Darius*?« Der Typ ist in einer Gang, dealt mit Drogen und hat mich mehr als einmal angebaggert, wenn wir bei Trey zu Hause waren. Ich habe das Trey nie erzählt, um ihn nicht zu verletzen.

»Sorry, Baby.«

»Nenn mich nicht *Baby*, Trey.« Ich begebe mich zum Ausgang.

»Ich will mich deshalb nicht mit dir streiten«, fährt er fort.

»Die Dinge verändern sich zwischen uns.« Ich verkneife mir, das zu sagen, was ich eigentlich sagen will, weil ich eine Auseinandersetzung vermeiden will.

Als wir im Auto sind, dreht er sich zu mir. »Es tut mir *wirklich* leid.«

»Mir auch.«

Er lässt den Motor an und fährt zurück nach Fremont. Als wir fast zu Hause sind, stellt Trey das Radio ab. »Gehst du mit mir zum Homecoming, Monica?«

Ich werfe ihm einen Seitenblick zu. Das fragt er mich jetzt? Im Auto? Während er fährt? Ich ringe mir ein »sicher doch« ab.

Er fährt sich mit der Hand durchs Haar. »Du bist wohl wirklich sauer. Ich wollte dich eigentlich auf der Achterbahn fragen.«

»Echt romantisch, Trey.«

»Das war Jets Idee«, gibt er zu. »Ursprünglich klang es gut.«

»Du hast dich von Jet Thacker beraten lassen, einem Typen, der damit herumprotzt, eine emotional gestörte, männliche Schlampe zu sein?« Ich verschränke die Arme und lasse mich zurücksinken. »Jetzt ist mir alles klar.«

»Okay, schon kapiert. Ich hab's im großen Stil vermasselt.« Er nimmt meine Hand und drückt sie sanft. Früher habe ich davon Herzklopfen bekommen, aber jetzt empfin-

Monica 101

de ich nichts mehr. »Ich stehe gerade mächtig unter Druck und habe eine Fehlentscheidung getroffen. Es tut mir leid.«

»Hör auf, dich zu entschuldigen. Ich werde schon darüber hinwegkommen.« Ich lächle ihn schwach an, als er in unsere Einfahrt biegt. »Ruf mich dann an«, bitte ich ihn.

Ich laufe den gepflasterten Weg zu meinem Haus hoch und werfe dann einen Blick zurück, um zu sehen, wie Trey wegfährt.

Doch er fährt nicht weg. Stattdessen ist er eifrig dabei, sich mit jemandem Nachrichten zu schreiben. Mittlerweile ist es mir auch schon egal, mit wem.

15

Victor

Trey hat mich heute Morgen angerufen und mir gesagt, dass er mit Monica zum *Wild Adventures* fahren und sie bitten wolle, mit ihm zum Homecoming zu gehen. Ich habe ihm gesagt, was für eine bescheuerte Idee das ist, aber er wollte es trotzdem durchziehen.

Jetzt bin ich in meinem Zimmer und versuche zu schlafen, obwohl es schon Nachmittag ist. Ich will vergessen, dass Trey in diesem Moment Monica fragt, ob sie ihn zum Ball begleitet.

Musikhören hilft nicht.

An-die-Decke-Starren hilft nicht.

Meine Zimmertür öffnet sich knarrend. Ich habe jetzt keine Lust auf Dani, die mich schon den ganzen Tag damit nervt, dass ich sie zum Einkaufszentrum fahre. »Verschwinde aus ...«

Der Satz bleibt unvollendet, als ich die sexy Kurven unter weitgeschnittenem Trägerhemd und die langen, gebräunten Beine in Jeansshorts erblicke, die nur dem Mädchen gehören können, um das meine Gedanken kreisen.

Es ist Monica.

»Hey«, sagt sie und schlägt eine Hand vor die Augen, als

sie bemerkt, dass ich nur Boxershorts trage. »Dani hat mich reingelassen und gleich zu dir raufgeschickt. Ich wusste ja nicht, dass du quasi nackt bist. Ich wollte nur, äh ...«

»Kein Problem«, sage ich, lese rasch eine Hose vom Boden auf und schlüpfe hinein.

»Es ist zwei Uhr nachmittags, Vic.« Sie hält sich immer noch die Augen zu. »Bist du noch nicht aufgestanden?«

»Ist gestern spät geworden«, antworte ich und bin völlig durcheinander, weil Monica in meinem Zimmer ist. Nicht, dass sie das erste Mal hier wäre, aber den ganzen Tag schon spukt sie mir im Kopf herum, und ich fühle mich total deprimiert und antriebslos. »Du kannst die Hand jetzt runternehmen.«

Sie linst durch die Finger. »Okay. Sorry, dass ich hier so reingeplatzt bin.« Sie legt den Kopf schräg und entblößt dabei ein winziges, mondförmiges Muttermal unter ihrem Ohr. »Ich muss mit jemandem reden, und Ashtyn ist bei Derek, und Bree ... na ja, ich mag sie, doch sie ist ziemlich oberflächlich. Um ehrlich zu sein, brauche ich die Meinung eines Jungen, und du bist der beste Freund, den ich habe. Ich hätte dich ja angerufen, aber du gehst nie ans Telefon, und ich weiß, dass du nicht gern SMS schreibst ...«

»Ist schon okay.« Ich schaue auf die Klamotten und Gatorade-Flaschen, die auf dem Boden verstreut liegen.

»Du bist ein Chaot«, sagt sie und mustert mein Zimmer, während sie sich den Weg zu einem Sessel am Fenster bahnt.

Ich betrachte ihre goldbraune Haut und ihr schokoladenfarbenes Haar, das einen auffälligen Kontrast zu ihren hellgrünen Augen bildet. Allein ihr Anblick bringt mein Herz zum Rasen und meine Leistengegend zum Rebellieren wie einen Freshman, wenn er ein heißes Senior-Mädchen sieht.

Wie üblich mache ich einen auf cool und hocke mich auf die Bettkante. »Ich dachte, Trey wollte was mit dir unternehmen.«

»Oh, das hat er auch.« Sie atmet langsam und tief aus. »Es ist zu einem Höllentrip mutiert.«

Es wurmt mich, dass ein Teil von mir das gern hört. »Höllentrip? Ach was, *so* schlimm kann es ja nicht gewesen sein.«

»Ach ja? Erstens«, beginnt sie und massiert ihre Handgelenke beim Reden. »Wir sind in den *Wild Adventures* gefahren. Ich *hasse* Achterbahnen, aber Trey wollte, dass ich meine Angst davor überwinde, was ein blöder Einfall war. Als ich schließlich auf einem verdammten Gefährt namens *Blitz* gelandet bin, hat mich dein Bruder hängen lassen.«

Was, zum Geier … »Das hat er nicht.«

»Oh doch.«

Normalerweise ist Monica verständnisvoll und ruhig, doch manchmal gerät sie über etwas derart in Rage, dass sie aus sich herausgeht. Das ist einer dieser Momente. Es macht Spaß, diesem Wandel zuzusehen, es ist, als würde sie sich gestatten, ihren Heiligenschein abzunehmen. »Und hör dir *das* an«, fährt sie fort. »Wer, glaubst du, war in der Todesschleuder neben mir festgeschnallt?«

»Sag schon.«

Sie verschränkt die Arme, wodurch ihre Brüste noch mehr vorstehen als sonst. Verdammt, das ist echt eine Folter.

Ich könnte schwören, das ist ein Test.

Und bei Tests schneide ich immer mies ab.

»Die Person, die du am meisten verachtest in der Welt«, sagt sie.

Da fällt mir nur eine ein. »Matthew Bonk?«

Sie nickt.

Ach, du Scheiße. Dieser *pendejo* ist mein Erzfeind. »Ein Albtraum.«

»Du sagst es«, antwortet sie und richtet sich im Sessel auf. »Er hat *während* der Fahrt Gras geraucht. Oh, und noch was. Er hat irgendetwas davon gefaselt, dass er mit deiner Schwester Dani zu unserem Homecoming-Ball geht.«

»Na klar.« Meine Schwester kennt den Typen nicht einmal.

»Und weißt du, was mein Freund die ganze Zeit gemacht hat, während ich neben diesem Bonk festgetackert war? Er hat telefoniert und ist gar nicht erst eingestiegen.«

Trey ist mein *mero mero* und ich werde ihm immer Rückendeckung geben. Ich muss gestehen, dass es schwierig ist, gleichzeitig mit Trey und Monica befreundet zu sein, zumal ich etwas für sie empfinde. Ich *verstehe* sie. Ich weiß, was sie mag und was sie hasst. Aber wie sie gesagt hat, ist Trey mein Bruder – mein Teamkamerad und bester Freund.

»Mit wem hat er denn telefoniert?«, frage ich.

»Angeblich mit seinem Cousin *Darius*. Ist das zu fassen? Ich meine, ich würde mich ja nicht aufregen, wenn es etwas Wichtiges gewesen wäre, aber *Darius*? Der Typ, der sich Geld von Trey borgt ohne die Absicht, es jemals zurückzuzahlen? Darius ist es egal, dass Trey knapp bei Kasse ist und kein Geld zu verschenken hat.«

Trey würde niemanden in der Not abweisen, selbst wenn er dafür kürzertreten muss.

Es ist anstrengend, diese Unterhaltung zu führen. Nicht, dass Monica und ich nie miteinander reden oder zusammen abhängen. Das schon. Doch normalerweise hackt sie dabei nicht auf Trey herum.

»Vielleicht solltest du das lieber mit Ashtyn oder Bree besprechen«, schlage ich vor.

»Du kennst Trey am besten, Vic. Ist dir aufgefallen, dass er sich komisch benimmt? Er sagt, er steht unter Druck, aber da steckt mehr dahinter.«

»Was denn?«

Sie zuckt die Schultern, als wüsste sie es nicht genau. »Das möchte ich dir nicht sagen. Du musst mit ihm reden.«

»Es ist alles okay. Sei nicht so streng mit ihm.« Was Schule, Noten und so betrifft, kann ich es nicht mit ihm aufnehmen.

Sie zieht die Stirn kraus und ist völlig niedergeschlagen. »Kannst du wenigstens mit Trey reden und irgendwie, na ja, herausfinden, ob was ist?«

Gemischte Gefühle überkommen mich. »Ich soll meinen besten Freund *ausspionieren*?«

»So was in der Art.« Sie fängt an, auf ihren Nägeln herumzukauen. Ich möchte sie instinktiv in die Arme nehmen und trösten, damit sie nicht so außer sich gerät. Doch es steht mir nicht zu, sie zu trösten. »Ich weiß nicht, was mit uns los ist. Ich meine, in letzter Zeit fühle ich mich anderen Menschen mehr verbunden …« Sie verstummt.

Meint sie mich? Das würde ich sie gern fragen, aber verkneife es mir. Ich habe kein Recht, in sie verliebt zu sein, geschweige denn, sie in mein Leben hineinzuziehen.

»Ich kann nicht versprechen, dass ich etwas herausfinde, aber ich rede mit ihm«, sage ich zu ihr.

Mann, ich wünschte, jemand würde sich solche Sorgen um mich machen. Ich versuche, die Eifersucht zu ignorieren, die in mir aufsteigt. Das Problem ist nur, dass jedes Mal, wenn ich mich mit Monica unterhalte, meine Gefühle für sie stärker werden.

Ein breites Lächeln, das einen Eisklotz zum Schmelzen bringen könnte, zeigt sich auf ihrem herzförmigen Gesicht. »Danke, Vic«, sagt sie, durchquert das Zimmer und küsst mich auf die Wange. »Du bist der Beste.«

Ja, richtig. Ich werde diesen Kuss lange in meiner Erinnerung bewahren.

Als sie sich aufrichtet, legt sie eine Hand ins Kreuz und zuckt fast unmerklich zusammen.

»Was ist?«, frage ich.

Sie schüttelt den Kopf. »Nichts.«

Na klar. Ich habe sie schon oft genug beobachtet, um zu wissen, dass sie manchmal Schmerzen hat. Sie versucht es zu überspielen, doch jetzt gelingt es ihr nicht. »Glaube ich nicht. Erzähl's mir.«

»Mir geht's gut.«

»Ich habe zwei Schwestern. Ich weiß, wenn ein Mädchen sagt, es ist *nichts*, dann ist was. Raus mit der Sprache.« Ich strecke den Arm aus und fasse sie am Handgelenk, damit sie nicht weglaufen kann. »Red mit mir.«

Monica erzählt nicht viel über sich. Als ginge es ihr nur gut, wenn sie sich um andere kümmert, statt um sich selbst.

Unsere Blicke begegnen sich und mein Herzschlag legt einen Zahn zu.

Ich kann nicht wegschauen. Sie zieht mich in ihren Bann. Ich weiß nicht, ob sie die Schwingungen zwischen uns spürt, aber ich spüre sie todsicher. Und weil ich sie nicht abreißen lassen will, kann ich nicht wegschauen.

Ihr intensiver Blick und diese smaragdgrünen Augen sind hypnotisierend.

»Ich kann nicht«, sagt sie leise.

»Sag's mir, Monica. Warum zuckst du ständig vor Schmerzen zusammen?«

Stille.

Sie schluckt und sieht weg, wodurch sie verletzlich und hilflos wirkt.

Ich lasse sie nicht los. Ich spüre tief im Inneren, dass etwas nicht stimmt.

»Ich habe Arthritis, okay«, sagt sie schließlich und richtet ihre Augen wieder auf mich. »Sie ist soeben wieder heftig aufgeflammt, und am Footballfeld vom Zaun zu fallen und Achterbahn zu fahren, hat auch nicht gerade geholfen. Ich will nicht darüber reden. Vergiss einfach, was ich gesagt habe.«

Arthritis?

Wenn ich nur höre, wie sie von ihrer Krankheit erzählt, möchte ich sie schon in den Arm nehmen und vor dem Schmerz bewahren, den sie offenbar gerade spürt.

»Weiß Trey davon?«

Sie hebt den Kopf. »Nein. Und ich möchte nicht, dass du es ihm sagst. *Versprich mir*, dass du es ihm nicht erzählen wirst«, bittet sie mit zitternder Stimme.

»Warum?«

»Weil ich es die meiste Zeit unter Kontrolle habe und ich nicht möchte, dass mich die anderen wie eine Behinderte behandeln. Besonders Trey. Ach, ich kann nicht glauben, dass ich es dir erzählt habe.« Sie schaut mit ihren leuchtend grünen Augen auf meine Hand, die ihr Gelenk umfasst. »Wenn du von nun an anders mit mir umgehst, werde ich nie mehr mit dir reden, das schwöre ich.«

»Du bist Achterbahn gefahren«, sage ich. »Das war vermutlich keine gute Idee.«

»Ich weiß. Ich bin eben blöd, okay.« Sie schüttelt den Kopf und legt ihre Hand auf meine. Es ist eine intime Geste, die mein Herz noch schneller schlagen lässt. »Weißt du, Vic, ich will mich nicht gehen lassen und verlange das Letzte von meinem Körper ab. Das ist eine Willensfrage. Ich muss damit fertigwerden. Ich *werde* damit fertig.«

»Womit fertigwerden?«, echot eine bekannte Stimme aus dem Flur.

Ich drehe mich um und sehe meine Ex in der Tür stehen. Sie zieht die Augenbraue hoch, als sie mich erblickt, wie ich Monica Fox am Handgelenk halte. Monicas Hand ruht noch immer auf meiner.

Verdammter Mist.

Ich ziehe meine Hand blitzschnell zurück.

»Hi, Vic«, grüßt mich Cassidy und legt den Kopf schräg. Das hat sie immer getan, wenn sie mir etwas vorzuwerfen hatte. Und was sie anbelangt, mache ich ständig etwas falsch.

Monica tritt zwei Schritte von mir weg, weil ihr offensichtlich klar geworden ist, wie verdächtig wir beide aussehen. »Hey, Cassidy.«

»Hey«, sage ich und versuche so zu klingen, als wäre alles in bester Ordnung. »Was machst du denn hier?«

»Dani hat mich angerufen und gefragt, ob ich sie ins Einkaufszentrum fahren kann, weil sie sich ein Kleid für den Homecoming-Ball kaufen will.« Ihre Augen verengen sich fast unmerklich. »Ich dachte, ich schaue mal rein und sage hallo, bevor ich sie hinbringe. Ich konnte ja nicht *wissen*, dass du nicht allein bist.«

»Ich wollte ohnehin gerade gehen«, antwortet Monica

und schnappt sich ihre Handtasche vom Sessel am Fenster. »Wir reden später weiter«, sagt sie zu mir, bevor sie sich von Cassidy verabschiedet und aus dem Zimmer huscht.

Cassidys Augen folgen Monica, bis sie aus ihrem Blick entschwunden ist. »Was sollte das denn gerade? Fickst du die Freundin deines besten Freundes?«

»Mach dich nicht lächerlich.«

»Ich habe euch beim *Händchenhalten* erwischt.«

Ich verdrehe die Augen und stehe auf. »Wir haben nicht Händchen gehalten, Cass. Ich habe sie am Arm festgehalten für ein Experiment, das wir für den Soziologieunterricht vorbereiten«, schwindle ich, wohlwissend, dass ich in Erklärungsnöte gerate, wenn sie die Wahrheit erfährt.

Ich stecke in der Klemme, weil Cassidy ihre Klappe nicht halten kann. Wenn sie glaubt, ich vögle mit Monica herum, weiß es bald die ganze Schule.

Oh Mann, sie wird es vermutlich sogar ins Internet stellen.

Cassidy, die mich ständig zu Unrecht bezichtigt hat, sie zu betrügen, und mir vorgeworfen hat, ein lausiger Freund zu sein, holt tief Luft und sagt: »Okay, jetzt kommt's. Ich denke jeden Tag an dich, Vic.«

»Cass …«, beginne ich, aber sie hebt die Hand und schneidet mir das Wort ab.

»Ich bin immer noch total in dich verliebt.« Sie senkt den Kopf. Ich merke, dass sie gleich rührselig werden wird.

»Was? Du verbreitest doch bloß Unsinn über mich«, lege ich los. »Glaubst du, ich weiß nicht, was du hinter meinem Rücken über mich sagst? Fremont ist ein kleines Kaff.«

»Ich mache dich schlecht, weil ich Sehnsucht nach dir habe«, entgegnet sie, als wäre das eine völlig logische Erklä-

Victor 111

rung. Nun schaut sie zu mir auf, und ich sehe, wie ihr Tränen in die Augen steigen. »Ich habe Sehnsucht nach *uns*. Wenn du eine andere hättest, wäre ich am Boden zerstört. Du würdigst mich keines Blickes mehr. Als ich reingekommen bin und dich mit Monica gesehen habe, war ich auf einen Schlag so eifersüchtig, dass mir gleich ganz schlecht geworden ist.«

»Es gibt keinen Grund für deine Eifersucht.«

»Können wir es nicht noch einmal miteinander versuchen, Vic?«, bittet sie und pirscht sich an mich heran wie eine Raubkatze. Als sie vor mir steht, lässt sie ihre Hände langsam über meine Brust und dann nach unten gleiten. »Ich kann die Freundin sein, die du dir wünschst, das schwöre ich.«

Ich schüttle ihre Hände ab. »Ich kann nicht der Freund sein, den du dir wünschst, Cassidy.«

»Warum? Gibt es eine andere?«

»Nein«, lüge ich und spüre immer noch die Nähe zu dem Mädchen, das gerade mein Zimmer verlassen hat. »Ich kann deinen Ansprüchen nicht gerecht werden.«

»Ich habe mich geändert, wirklich. Ich habe nicht einmal ein Homecoming-Date, weil alle wissen, dass ich mit dir dorthin will.«

»Gibst du mir jetzt die Schuld daran, dass keiner mit dir zum Homecoming geht?«

»Jawohl.« Sie seufzt.

Verflucht noch mal.

Ich werde mich hassen für das, was ich gleich sagen werde, doch ich will nicht, dass niemand sie begleitet. »Wenn du unbedingt dorthin willst, nehme ich dich mit.«

Ihre Miene hellt sich auf. »Wirklich?«

»Ja. Aber das heißt nicht, dass wir wieder ein Paar sind, sondern nur, dass wir zusammen zum Ball gehen.«

»Okay.« Sie schlingt die Arme um meine Schultern. »Du hast mich zum glücklichsten Mädchen der Welt gemacht, Vic! Jetzt kann ich mit deiner Schwester ein Kleid kaufen gehen!«

Na, wenigstens jemand ist glücklich hier.

16

Monica

Am Mittwoch nach der Schule wollen Ashtyn, Bree und ich uns Kleider für den Homecoming-Ball kaufen.

Bree steuert schnurstracks auf den hinteren Teil des Ladens zu, wo die Kleider sind. »Ich will ein Schwarzes aus Leder«, verkündet sie lauthals.

»Kaufst du dir auch Peitschen und Ketten dazu?«, neckt Ashtyn sie.

Bree nickt und wirkt sichtlich beeindruckt von Ashtyns Vorschlag. »Klingt gut. Jet könnte eine Tracht Prügel nicht schaden. Wo wir gerade beim Thema sind, Trey soll dich auf einer Achterbahn gefragt haben, ob du mit ihm zum Ball gehst?«

»Das war ein komplettes Desaster.« Ich konzentriere mich auf die Kleider und nehme ein rotes, schulterfreies Teil von der Stange. »Wäre das nicht was für dich?«, frage ich Ashtyn.

»Zu rot.«

Ich zeige ihr ein schwarzes mit Pailletten.

»Zu protzig«, nörgelt sie.

Bree sucht ein superkurzes Kleid aus und hält es Ashtyn vor die Nase. »Wie wäre es mit diesem?«

Ashtyn legt eine Hand über den Mund, um nicht laut loszuprusten. »Wo ist denn der Rest abgeblieben?« Sie hängt das Kleid zurück. »Um ehrlich zu sein, findet sich bestimmt in meinem Schrank etwas, das ich anziehen kann. Warum soll ich mir ein neues Kleid kaufen, das ich nur einmal tragen werde?«

»Hör mal, Süße«, sagt Bree, während sie Ashtyn ein weiteres Kleid in die Hand drückt. »Du kannst kein Footballtrikot und auch nichts anderes aus deinem Schrank anziehen. Monica und ich haben gesehen, was da hängt, und das war erbärmlich. Finde dich damit ab, dass wir dich für Homecoming wie ein Mädchen zurechtmachen.«

Ash sieht mich hilfesuchend an.

»Sorry. Da muss ich Bree recht geben.« Ich reiche ihr zwei Kleider, von denen ich glaube, dass sie süß darin aussieht. »Versuch's mal damit.«

Schließlich gehen wir alle drei in die Umkleidekabine und lachen. Wir probieren Kleider an, die niemand in unserem Alter tragen würde, außer vielleicht die langweiligsten Mädchen der Schule. Dann versuchen wir es mit Kleidern, die mehr Haut zeigen, als erlaubt ist, und mit denen wir vermutlich vom Ball fliegen. Am Ende wählen wir unsere Lieblingsstücke aus und stimmen darüber ab.

Es macht Spaß, etwas mit meinen Freundinnen zu unternehmen. Bree und Ashtyn sind immer für mich da, ob ich glücklich, traurig, außer mir, komisch drauf oder neben der Spur bin. Wir haben verrückte Zeiten zusammen durchgemacht. Sie wissen fast alles über mich.

Aber eben nur fast alles.

Sie haben keine Ahnung, dass ich mich mit Arthritis herumplage.

Das wissen nur meine Eltern und nun auch Vic. Als ich

Monica 115

bei ihm war, habe ich mich ihm sehr nahe gefühlt, so nahe wie keinem mehr seit Langem. Mir ist ganz heiß geworden, als ich in seine intensiven Augen geblickt habe, bis Cassidy hereingeplatzt ist und den Moment zerstört hat, was vermutlich auch gut war. Als ich seine starke Hand auf meinem Arm gespürt habe, hatte ich Schmetterlinge im Bauch. Das ist mir bei ihm noch nie passiert.

Für mich ist er immer Treys bester Freund gewesen. Einer von den Jungs.

Doch in seinem Zimmer war es ganz anders.

Sicher war ich nur übersensibel und habe etwas in Dinge hineininterpretiert, die es nicht gibt. So wie es gerade um Trey und mich steht, ist es kein Wunder, dass meine Gefühle im Ausnahmezustand sind.

Als Ash ein weiteres Kleid anprobiert, schaut Bree auf ihr Handy.

»Ach, du Schande«, sagt sie.

Ich spähe ihr über die Schulter. »Was?«

»Cassidy deutet an, dass ein Mädchen von unserer Schule ihren Freund betrügt.«

Mir rutscht das Herz in die Hosen. »Wer?«

Bree blickt mich kurz an und widmet sich dann wieder ihrem Telefon. »Das sagt sie nicht. Du weißt doch, dass sie immer diese kryptischen Botschaften postet, die die Gerüchteküche am Laufen halten.«

»Und helfen *wir* ihr nicht gerade dabei?«, frage ich. »Wir gehen ihr auf den Leim.«

Bree wischt meine Bedenken mit einem Handschlag weg. »Hiermit gestehe ich, dass ich Tratsch liebe. Wer tut das nicht?«

Ash hebt die Hand. »Ich.«

Bree richtet sich auf, hält das Telefon hoch und liest Cassidys Nachricht vor. »Wenn man in einer Beziehung ist, muss man aufhören, mit anderen Jungs zu flirten. Ich sag ja bloß.«

»Wen meint sie wohl damit, was glaubt ihr?«, will Bree wissen und hat die Augen weit aufgerissen vor Aufregung.

»Ist mir egal«, meint Ash.

»Dir wäre es nicht egal, wenn Derek hinter deinem Rücken mit einem anderen Mädchen herummachen würde«, versetzt Bree.

»Na ja, das nicht, aber …« Ash fängt an, auf den Fingernägeln herumzukauen, bis Bree ihr die Hand vom Mund wegschlägt.

»Ash, Derek flirtet nicht mit anderen«, beruhige ich sie.

Bree nickt. »Ja. Wenn irgendjemand eine bombenfeste Beziehung hat, dann du und Derek. Wie steht's zwischen dir und Trey, Monica?«

»Alles bestens«, murmle ich.

Vielleicht hätte ich nicht zu Vic gehen sollen. Die Art, wie Cassidy mich angesehen hat, als Vic mein Handgelenk festhielt, hat gereicht, um mich zurückweichen und wünschen zu lassen, sie wäre nicht im Zimmer.

Es hat mir gerade noch gefehlt, dass jemand Klatsch über mich verbreitet.

Es hat mir gerade noch gefehlt, dass jemand denkt, ich betrüge meinen Freund mit seinem besten Freund.

Auch wenn mir der flüchtige Gedanke gekommen ist, wie es wohl wäre, in Vics starken, zupackenden Armen zu liegen. Und ich mir zugegebenermaßen kurz ausgemalt habe, dass Vics Lippen auf meinen landen … aber ich habe dieses Bild ganz schnell aus meinem Kopf verbannt.

Nur warum kommt es mir dann immer wieder in den Sinn?

17

Victor

Ich suche die Probleme nicht. Sie finden mich, egal, was ich mache oder bei wem ich bin.

Scheiße, vielleicht lastet ja ein Fluch auf mir.

Es heißt, ich sei strampelnd und schreiend aus dem Leib meiner Mutter gekrochen. Schon bei meiner Geburt habe ich gekämpft und seither nie damit aufgehört. Deshalb bin ich wahrscheinlich ein guter Footballspieler ... Coach Dieter bezeichnet diese Sportart als modernen Gladiatorenkampf.

Dieter hat uns für heute vom Training befreit. Ich spiele Basketball mit Trey vor dem Mietshaus, in dem er wohnt. Als ich auf die Junior Highschool ging, verbrachte ich die meisten Abende bei ihm, nur um meinem Dad zu entkommen. Seit Trey mit Monica geht, sehen wir uns nicht mehr so oft, weil die beiden ständig aufeinanderglucken und ich nicht das fünfte Rad am Wagen sein will.

»Du hattest recht. Die Achterbahn war eine saudumme Idee«, sagt Trey zu mir, während er den Ball nach dem Korb wirft, aber ihn verfehlt. »Es klang anfangs ganz gut, doch am Ende lief es beschissen.«

»Sie hat mir erzählt, was im *Wild Adventures* mit Bonk

passiert ist«, antworte ich, nachdem ich den Ball durch einen Korbleger versenkt habe. »Hör mal, wenn du das mit dem Picknick auf dem Footballfeld und der Marching Band und so noch durchziehen willst, sag mir Bescheid.«

»Hast du etwa Beziehungen?«

Ich zucke die Schultern. »Schon möglich.«

Trey dribbelt mit dem Ball über den Hof und ich klebe ihm die ganze Zeit am Arsch. Er ist heute so hypernervös, dass er ständig zu früh wirft. Wir liefern uns seit unserer Kindheit ein Duell und sind viel zu ehrgeizig, um jetzt damit aufzuhören, auch wenn er selbst die einfachsten Bälle nicht fängt und zu überdreht ist, um sich zu konzentrieren.

»Wenn ich gewinne, musst du mich zu *McDonald's* einladen«, sagt Trey in übertrieben selbstsicherem Ton.

»Und wenn ich gewinne, lädst du mich zu *Taco Bell* ein«, erwidere ich.

»Wenn das kein Klischee ist«, scherzt er. »Der Mexikaner will zu *Taco Bell*.«

»Dude, bei *Taco Bell* gibt's kein richtiges mexikanisches Essen, aber es schmeckt *scheiß*lecker.« Ich schubse ihm den Ball aus den Händen und dribble damit zum anderen Ende des Hofes. »Jemand, der Jahrgangsbester werden will, sollte das eigentlich wissen.« Ich mache einen Sprungwurf über seinen Kopf und katapultiere den Ball in den Korb.

Er schnappt sich den Ball. »Mist. Nicht schlecht, Vic.« Er hält den Ball fest. »Also, äh, kannst du mir bei der Homecoming-Sache mit Monica helfen? Sie ist irgendwie angefressen, weil ich alles vermasselt habe.«

»Versau's nicht mit ihr«, rate ich ihm.

Er dribbelt den Ball den Hof hinunter. »Meine Freundin wird langsam anstrengend.«

Victor 119

»Monica ist *nicht* anstrengend, Mann«, verteidige ich sie.
»Du hast sie im Freshman-Jahr beim Homecoming-Ball stehen gelassen, weil deine Schwester schon früher nach Hause wollte, und sie hat sich nicht darüber beschwert. Sie hat die ganze Nacht mit der Hand auf deiner Brust geschlafen, als du dich letzten Sommer bei Jet so besoffen hast, dass sie befürchtete, du würdest an deiner Kotze ersticken. Mensch, ich bin doch dabei gewesen. Sie hat immer wieder um Handtücher gebeten und sie dir auf den Kopf gelegt, weil du geschwitzt hast wie ein Schwein. Verbring mal eine Nacht mit Cassidy Richards, und du bekommst eine Vorstellung davon, was eine anstrengende Freundin ist. Monica ist ...«

Ich möchte »perfekt« sagen.

Ich möchte »selbstlos« sagen.

Ich möchte sagen, dass sie umsichtig und umgänglich ist, doch ich habe Angst, dass ich damit zugebe, was ich wirklich für sie empfinde. Ich habe mich schon fast verplappert.

Er zückt das Handy, schreibt schnell eine Nachricht und schiebt es dann zurück. »Sag mir, was ich machen soll.«

»Hör zu, du musst es so anstellen, dass sie hin und weg ist«, entgegne ich.

»Hin und weg? Vic, ich habe kein Geld«, jammert er. »Ich kann ihr vielleicht einen Teddy kaufen oder ...«

»Teddy?« Trey steht ja völlig im Wald. »Sie hat eine Schwäche für Pinguine, weißt du doch. Ein Teddy wird sie nicht umhauen.«

Halt die Klappe, bevor er noch etwas merkt, sage ich zu mir.

»Ja«, antwortet er kopfschüttelnd. »Pinguine. Wusste ich natürlich.« Er trifft den Korb. »Kannst du mir bei der Galavorstellung helfen?«

»Na klar.« Weil Freunde so etwas tun … sie helfen einander, auch wenn es ihnen das Herz zerreißt.

* * *

Zwei Tage später hat Trey alles in Sack und Tüten.

Er hat einen Abend voller romantischer Einlagen inszeniert und unsere Freunde gebeten, ihm zu helfen. Weil Trey megazerstreut war, habe ich den Großteil geplant. Ich meine, während wir die Sache auf die Beine gestellt haben, hat er ständig am Telefon gehangen oder ist ins Bad gerannt.

Er war völlig von der Rolle.

Er behauptet, es seien die Nerven und der Stress. Ich habe nicht weiter nachgehakt, aber ich werde Monica sagen, dass sie keine Gespenster sieht. Mit ihrer Behauptung, Trey verhalte sich merkwürdig, liegt sie absolut richtig.

Ich bin heute Abend für die Torte verantwortlich, auf der HOMECOMING mit einem Fragezeichen steht. Das ist bekloppt, doch Monica wird es gefallen.

Ich trage Jeans, ein Button-Down-Hemd und eine blöde Krawatte. Was das Aufstylen betrifft, ist das für mich das Höchste der Gefühle. Ich habe null Bock, als Lieferjunge aufzutreten, aber Trey ist mein Kumpel und, na ja, ich würde alles für ihn tun. Ich bin vielleicht meistens ein Arschloch, aber ich bin ein loyales Arschloch.

Marissa sitzt auf der Couch im Wohnzimmer und liest die *Odyssee*.

»Liest du das für die Schule?«, frage ich sie und wundere mich, dass ein Freshman dazu verdonnert wird, wo ich es doch erst im Junior-Jahr durchackern musste.

»Nein«, antwortet sie und schaut auf. »Ich lese es aus Spaß.«

Victor 121

Was zum … »Du liest die *Odyssee* aus Spaß?«

Sie nickt. »Es ist wirklich gut, Vic.« Sie blickt zu mir auf. »Du kannst es nach mir haben.«

»Ja, klar.« Ich verschweige ihr, dass ich es nicht einmal gelesen habe, als ich es musste. Ich werde es nicht *aus Spaß* lesen, so viel steht fest. Ich bin schon froh, wenn ich es durch meine noch anstehende Pflichtlektüre schaffe, ohne dass meine Gedanken auf Wanderschaft gehen.

Odyssee war letztes Jahr dran und ich habe nicht ein verdammtes Wort verstanden. Doch es sollte mich nicht überraschen, dass es meiner Schwester gefällt. Sie ist völlig versessen darauf, Klassenbeste zu werden und irgendwelchen Vereinen beizutreten, die gar nicht zu ihr passen, nur weil sie glaubt, damit bessere Chancen auf ein Ivy-League-College zu haben.

Dani fliegt quasi die Treppen hinunter und hastet an mir vorüber.

»Wohin willst du?«, frage ich.

»Das geht dich nichts an«, ruft sie.

»Du bist meine Schwester«, widerspreche ich. »Daher geht es mich sehr wohl etwas an.«

Als sie aus dem Haus will, verstelle ich ihr den Weg zur Tür.

Sie stemmt die Hände in die Hüften. »Lass mich durch, Vic.«

»Nö. Wohin willst du?«

»Ich komme noch zu spät.«

»Ist mir scheißegal, ob du zu spät kommst. Sag mir, wohin du gehst.«

Mein Handy beginnt zu vibrieren. Mist. Ich habe es in der Küche liegen gelassen. Vermutlich ist es Trey, der *mich* daran erinnern will, nicht zu spät zu kommen. »Warte hier«, fordere ich Dani auf. »Rühr dich nicht von der Stelle.«

Ich greife mir das Telefon und laufe wieder in die Diele, aber meine Schwester hat ganz offensichtlich etwas mit den Ohren, denn ich höre, wie sich die Eingangstür öffnet und schließt. Dani ist auf und davon. Ich schaue aus dem Fenster und sehe, dass meine Schwester in einen gelben Jeep einsteigt.

Scheiße.

Ein gelber Jeep kann nur eins bedeuten …

Matthew Bonk.

Bonk würde so gut wie alles tun, um mir das Leben zur Hölle zu machen, selbst wenn er dabei meine Schwester benutzen muss.

Dani sitzt bei ihm im Auto und sie fahren los.

Ich schnappe mir schnell Treys Torte für Monica und stelle sie in den Fußraum meines Trucks. Ich bin wild entschlossen, meine Schwester unversehrt zurückzubringen, bevor die Nacht vorüber ist.

Was die Torte betrifft, bin ich mir da nicht so sicher.

18

Monica

Am Abend kreuzt Trey bei mir zu Hause auf und hat sich in Jeans und weißem Button-Down-Hemd schick gemacht. Er trägt ein Lächeln zur Schau. »Ich habe eine Überraschung für dich«, sagt er.

Ich habe es so satt, unsere Probleme zu ignorieren. »Trey«, beginne ich. »Wir müssen reden.«

»Kann das nicht warten? Ich habe heute Abend etwas Besonderes für dich geplant.« Mir ist gar nicht aufgefallen, dass er eine Hand hinter dem Rücken hält. Er zaubert eine rote Rose hervor. »Die ist für dich.«

Ich nehme die Blume, passe auf, dass ich mich nicht an den Dornen steche, und rieche den wunderschönen Duft. »Danke.«

»Ich will dich ausführen, doch vorher möchte ich, dass du aufhörst, so besorgt zu schauen. Ich will alles wiedergutmachen. Gib mir eine Chance. Wir können morgen ernsthaft reden.«

Ich seufze. »Na gut, einverstanden.«

Er nimmt meine Hand und führt mich zum Auto.

»Warum zögerst du?«, fragt er, als ich meine Schritte verlangsame, je näher wir zu seinem Wagen kommen.

124   Monica

Ich weiß nicht, wie ich es ansprechen soll, ohne dass er wütend oder genervt wird. »Trey, hast du heute Abend Tabletten genommen?«

»Warum?«

»Weil ich nicht einsteige, wenn es so ist.«

Er öffnet die Beifahrertür. »Ich habe nichts genommen, okay? Vertrau mir.«

Ich steige ein und wünsche mir, ich würde mich auf das freuen, was Trey für mich vorbereitet hat.

»Schließ die Augen«, fordert er mich auf, während er mich an einen geheimen Ort bringt.

»Ach Trey, sag mir, wohin wir fahren. Ich verspreche dir auch, überrascht zu tun, wenn wir da sind.«

»Nee. Nicht linsen. Ich weiß, dass du nicht gern die Kontrolle abgibst und alles in deinem Leben nach Plan verlaufen muss, aber ich schwöre dir, dieses Mal lohnt es sich wirklich.«

Dieses Mal.

Was bedeutet, dass er mich bitten will, mit ihm zum Homecoming zu gehen. Klappe, die Zweite.

Mich packt die Angst, wenn die Dinge aus dem Ruder laufen. Ich fürchte, Trey zu verletzen oder zu enttäuschen, wenn ich den heutigen Abend ruiniere. Für mich fühlt es sich so an, als benähmen wir uns zwar wie ein Paar, doch fehlten die Gefühle, die Paare normalerweise füreinander hegen.

Die Gefühle, die ich gerade für einen anderen entwickle.

Ich lehne mich zurück, falte die Hände ergeben im Schoß und warte auf weitere Anweisungen. Das Radio läuft, und ich stelle mir vor, wie Trey den Kopf im Rhythmus wiegt.

Monica 125

Eine Minute später hält er an, und ich merke, dass er den Motor abstellt.

»Noch nicht aufmachen«, sagt Trey mit aufgeregter Stimme, und ich höre, wie er aussteigt.

Die warme Luft von Illinois schlägt mir entgegen, als ich den Wagen verlasse. Trey hebt mich mühelos hoch, und ich schlinge die Arme um seinen Hals, damit ich nicht herunterfalle. Möglicherweise sind wir im Park bei seinem Haus, denn Gras raschelt unter seinen Füßen.

»Sind wir bald da?«, erkundige ich mich.

»Ja.« Trey lässt mich herunter und flüstert mir ins Ohr: »Mach die Augen auf.«

Ich muss zweimal blinzeln, bevor ich scharf sehen kann.

Mir klappt die Kinnlade herunter.

Das gibt's doch nicht.

Wir stehen mitten auf dem Footballfeld der Fremont High. Eine große Decke ist auf der Fünfzig-Yard-Linie ausgebreitet. Sie ist mit elektrischen Kerzen gesäumt, die die Umgebung in ein romantisches Licht tauchen.

Trey nimmt meine Hand und geleitet mich zu der Decke.

»Das ist unglaublich. Wie hast du es geschafft, die Erlaubnis dafür zu bekommen?«

Er lacht. »Wer sagt denn, dass ich eine Erlaubnis habe?«

Ich werfe ihm einen Seitenblick zu und frage mich, ob er die Wahrheit sagt. »Wir handeln uns bloß Ärger ein, Trey. Die Polizei wird uns rausschmeißen.« Das klingt mir alles sehr nach Vic.

»Entspann dich.« Als ich zögere, drückt er meine Hand. »Alles ist gut. Vic kennt den Gärtner, der sich um den Rasen kümmert. Er hat mir gesagt, dass ich herkommen darf.«

»Sicher?«, frage ich skeptisch.

126 *Monica*

Statt einer Antwort gibt er mir ein Küsschen auf die Wange. »Ja, glaub mir.«

Wir setzen uns auf die Decke und aus dem Nichts marschieren zehn Leute der Highschool-Marching-Band das Feld hinunter und spielen *Just the Way You Are.*

Trey singt dazu mit seiner sanften, tiefen Stimme.

»Das ist unser Lied«, sage ich leise, während die Band uns ein Ständchen bringt.

Ich versuche, mich der Nacht hinzugeben, während die Musik und der flackernde Schein der Kerzen um uns tanzen. Es ist, als wäre ich in einem Film, in dem ein Mann versucht, das Herz einer Frau zu gewinnen. Als wir im Freshman-Jahr zusammenkamen, versteckte Trey kleine Zettelchen in meinem Spind und schickte mir jeden Morgen eine nette Nachricht, nur um ein Lächeln auf mein Gesicht zu zaubern.

Das hat er seit sechs Monaten nicht mehr gemacht.

Als das Lied vorbei ist, marschiert die Band davon und entschwindet in der Dunkelheit.

Ich sitze da und blicke auf Treys makellose, dunkle Haut und sein markantes Gesicht. Sein Aussehen hat über die Jahre mehr als ein Mädchen auf die Idee gebracht, ihn mir ausspannen zu wollen.

»Lieb dich«, sagt er und blickt mir in die Augen.

»Ich liebe dich«, antworte ich instinktiv.

Ein ekelerregend lautes, gespieltes Würgen lässt mich aufschauen. »Bei euch beiden wird's einem echt übel.« Es ist Jet, der ein weißes Button-Down-Hemd und schwarze Hosen trägt. Er steht neben uns und hat einen Servierteller in der Hand.

»Was machst du denn hier, Jet?«, frage ich.

Monica 127

»Ich bin heute Abend einer eurer persönlichen Kellner. Was auch immer ihr wünscht, lasst es mich wissen. Hier«, sagt er und streckt uns wie der vollendete Butler eine Platte voller Häppchen mit gegrilltem Rindfleisch auf selbst gebackenem Brot entgegen. »Mein Dad hat diese Vorspeise für euch in seinem Restaurant kreiert. Das Rezept ist ein Experiment. Also wenn ihr kotzen müsst oder abkratzt, macht den Koch nicht dafür verantwortlich. Ich habe euch gewarnt.«

»Alles, was dein Dad macht, ist superköstlich«, sage ich und greife nach einem der Häppchen. Trey tut es mir nach, und wir lassen es uns schmecken, während ein äußerst zufriedener und stolzer Jet zuschaut, wie wir die Delikatessen verzehren.

»Verflucht lecker, Jet«, sagt Trey. »Sag deinem Dad, die sind der Hammer.«

Ich habe den Mund voll mit delikatem, zartem Rindfleisch, frischem, selbst gebackenem Brot und Gewürzen, die perfekt aufeinander abgestimmt sind. »Hmm«, ist alles, was ich hervorbringe.

»Das ist nur der Anfang.« Jet winkt jemandem in der Sprecherkabine oben auf der Tribüne zu. Ich runzle verdattert die Stirn und schaue Trey an, der sich vergnügt die Hände reibt wie letztes Weihnachten, bevor er die Uhr auspackte, die ich ihm gekauft hatte.

Ashtyn und Derek laufen die Tribüne hinunter auf das Feld. Sie tragen den gleichen Aufzug wie Jet. Ich kann es nicht fassen, dass Trey die ganze Sache mit unseren Freunden eingefädelt hat, mit den gleichen Menschen, mit denen wir zusammen Zeit verbringen seit dem ersten Tag unserer Beziehung. Ash schleppt einen riesigen Plüschpinguin und Derek einen Korb.

128 Monica

»Wo ist Vic?«, frage ich. Er ist der Einzige von der Kerntruppe, der nicht hier ist.

Trey zuckt die Schultern und sieht prüfend auf sein Handy. »Er sollte eigentlich hier sein.«

»Ich habe nichts von ihm gehört«, meint Jet.

»Ich auch nicht«, sagen Derek und Ashtyn wie aus einem Mund.

»Vielleicht hat er wieder mal eine Schlägerei angefangen, nur so aus Spaß«, frotzelt Jet, aber wir wissen alle, dass das womöglich gar kein Witz ist, sondern Realität. »Oder vielleicht ist er immer noch in Schockstarre, weil er mit seiner Ex zum Homecoming muss.«

Seiner Ex?

»Vic nimmt Cassidy mit zum Homecoming?«, wundere ich mich.

Jet nickt. »Yep.«

Mir wird schwer ums Herz. Nicht, dass es mich etwas angeht, wer Vic zum Homecoming begleitet. Er kann Cassidy mitnehmen. Aber warum schießt dann bloß die Eifersucht durch meine Adern?

Sind die beiden wieder zusammen?

Ach, das sollte mir egal sein. Vic und sein Liebesleben haben nichts mit mir zu tun.

Ash sagt: »Vergesst Vic und genießt das Essen und den besonderen Abend.«

Trey checkt wieder sein Telefon und murmelt dann etwas von einer Torte und Vic und dass der ganze Abend im Eimer sei, wenn er nicht bald aufkreuze.

»Ich kann nicht glauben, dass ihr euch alle fein gemacht habt.« Ich öffne den Deckel des Korbes und bin sprachlos angesichts der Köstlichkeiten darinnen: Hühnchen, Kartoffelbrei und eine Art Gemüseauflauf. Ich nehme alles heraus und stelle es auf die Decke.

»Das ist wirklich toll, Leute«, sage ich. »Habt vielen Dank. Dass ihr alle hier seid, rechne ich euch hoch an.«

Trey nimmt Ash den Plüschpinguin ab und überreicht ihn mir. »Bitte«, sagt er.

»Ich liebe Pinguine. Trey, das ist ein Volltreffer.«

Wir beginnen zu essen, während Jet, Ashtyn und Derek Musik abspielen und als persönliche Butler fungieren. Nach dem Dinner gehen die drei und lassen uns allein.

Trey legt eine Decke um uns und löscht dann die elektrischen Kerzen, sodass wir fast im Dunkeln sitzen.

Doch obwohl wir uns körperlich gerade ganz nah sind, spüre ich, dass unsere Gedanken und Gefühle Lichtjahre voneinander entfernt sind.

Ich richte mich auf.

»Was ist?«, fragt er.

Eigentlich will ich es nicht sagen, aber ich kann die Fassade nicht länger aufrechterhalten. Damit ist keinem von uns gedient. Ich möchte eine Beziehung, doch plötzlich wird mir klar, dass nicht er es ist, mit dem ich zusammen sein will.

»Es fühlt sich so aufgesetzt an, Trey.« Ich wende mich zu ihm und schaue ihn an. »Versteh mich nicht falsch, ich finde es toll, was du heute Abend für mich auf die Beine gestellt hast. Aber es wirkt so … gezwungen.«

»Recht hast du.« Er richtet sich ebenfalls auf. »Lass uns Homecoming noch hinter uns bringen, Monica.«

»Warum?«

»Weil ich mit dir dorthin will. Es ist ein offenes Geheimnis, dass du zur Homecoming-Queen gewählt wirst …«

»Und du damit zum King«, vollende ich den Satz.

Er fährt sich mit der Hand durchs Haar. »Ich möchte jetzt einfach nichts durcheinanderbringen.«

»Warum bist du dann so versessen darauf, dir Nachrichten mit einer Zara zu schreiben? Das nenne ich mal alles durcheinanderbringen.«

»Du kennst sie nicht«, sagt er und verteidigt sie, als wäre er ihr Freund.

»Weil du mir nichts über sie erzählst! Du tust so, als wäre nichts zwischen dir und diesem Mädchen, aber das ist doch offensichtlich. Ich meine, du bist so beschäftigt damit, mit ihr zu simsen, dass du mich gar nicht mehr wahrnimmst. Außerdem macht es mich wahnsinnig, dass du diese Pillen nimmst. Ich bin weder blind noch blöd. Ich weiß, was hier im Busch ist.«

Treys Handy klingelt.

»Wir müssen das jetzt ausdiskutieren. Geh nicht ran«, bitte ich, aber meine Worte stoßen auf taube Ohren, und er schiebt mich sanft beiseite.

»Hey, Mann, was ist los?« Er reißt die Augen auf. »Das gibt's doch nicht!«

»Was?«, frage ich besorgt. »Wer ist dran?«

»Ich bin gleich da«, sagt Trey. »Ja, habe ich verstanden. Ist gut.« Er legt auf. »Vic steckt in der Patsche.«

Panik überkommt mich. »Was ist passiert? Wo ist er?«

Trey fängt an, das Essen einzupacken. »Im Knast.«

Monica 131

19

Victor

»Ich sage Ihnen doch, ich habe nichts gemacht!«

Ich schaue auf das glänzende silberne Namensschild, auf das OFFICER THOMAS STONE graviert ist. Stone, der mir im Verhörraum gegenübersitzt, ist ein bulliger Typ und führt sich auf, als wäre er beim FBI oder so. Er war es, der mich vor einer Stunde in Handschellen abgeführt und auf den Rücksitz seines Streifenwagens befördert hat.

»Hören Sie zu, Victor«, sagt er, während er mir direkt in die Augen blickt. »Ich will ganz offen sein. Sich mit Matthew Bonk anzulegen, ist keine gute Idee. Sein Vater ist ein angesehenes Mitglied unserer Gemeinde.«

»Ich versichere Ihnen, dass ich seinen Jeep nicht angerührt habe. Ich wollte nur meine Schwester holen und Bonk hat sich mir in den Weg gestellt. Er hat zuerst zugeschlagen. Ich weiß nicht, warum, zum Geier, *ich* hier sitzen muss und Sie *ihn* laufen lassen.«

Officer Stone seufzt. »Jeder hier im Revier kennt die Vorfälle, in die Sie verwickelt waren. Ihre Weste ist nicht gerade blütenrein. Zeugen haben ausgesagt, Sie seien schon mit erhobenen Fäusten dort aufgekreuzt und Matthew habe Ihnen kein Härchen gekrümmt.«

»Die waren ja alle aus Fairfield, Officer. Natürlich sind sie auf Bonks Seite.«

»Wollen Sie damit behaupten, dass die Zeugen lügen? Alle? Selbst Ihre Schwester?«

»Ja, ganz genau.« Ich lege den Kopf zurück und habe es satt, diesem Kerl zu beweisen, dass ich nicht auf eine Prügelei aus war. Ich wollte Dani da rausholen, damit sie sich nicht in Schwierigkeiten bringt.

Der Officer hat mich als Unruhestifter abgestempelt. Nichts, was ich sage oder tue, wird seine Meinung ändern.

Officer Stone lässt mich allein und kommt dann mit einem dicken Aktenordner zurück. »Also, Salazar. Sind Sie in Gangs unterwegs?«

»Nein. Nur weil ich Mexikaner bin, heißt das nicht automatisch, dass ich mich in Gangs herumtreibe.«

»Das weiß ich. Doch Typen wie Sie sind auf Ärger aus. Sie müssen sauber bleiben, Salazar«, sagt er. »Oder Sie werden eines Tages für mehr als nur ein paar Stunden eingesperrt, zumal Ihr Vater nicht gerade erpicht darauf war, Sie abzuholen. Ich glaube, seine Worte lauteten, ›er kann ruhig nach Hause laufen‹.«

Officer Stone begleitet mich nach vorn und lässt mich gehen. Als ich in den Empfangsbereich komme, warten dort schon meine Freunde auf mich.

»Was ist denn passiert?«, fragt Ashtyn aufgeregt. »Geht's dir gut?«

»Ja«, antworte ich und würde lieber nicht darüber reden.

Trey haut mir auf den Rücken. »Du hast mir einen Mordsschrecken eingejagt, Mann.«

Monica steht neben ihm. Mit Entsetzen fällt mir ein, dass ich die Torte in meinem Auto vergessen habe. »Es tut mir leid, dass ich euch den Abend versaut habe«, entschuldige ich mich bei den beiden. »Und das mit der Torte.«

»Ist nicht schlimm«, sagt Monica.

Mir fällt auf, dass sie meinen Blick meidet und stattdessen zu Boden sieht.

»Wir sind bloß froh, dass sie dich nicht einkassiert haben«, meint Trey. »Aber wenn, hätten wir die Kaution für dich gestellt, Bruder.«

Sie alle wissen, dass mein Alter sich geweigert hätte.

»Danke, Mann.« Ich schaue Derek und Ash, Monica und Trey, Bree und Jet an. Ich weiß nicht, wie ich ihnen sagen soll, dass ich ohne sie verloren wäre.

»Ist schon okay«, entgegnet Jet. »Nenn deinen Erstgeborenen nach mir und wir sind quitt. Du kannst ihn Jake Evan Thacker Salazar nennen. Oder Jet. Oder JT.«

Ich schmunzle, weil es Jet völlig ernst damit ist. »Ja, ehrlich, so weit kommt's noch.«

Trey fährt mich heim. Ich hocke auf dem Rücksitz und spüre, dass etwas mit Monica nicht stimmt. Sie sitzt vorn und blickt stur aus dem Fenster. Sie hat mich, seit wir auf der Wache waren, nicht einmal angeschaut oder mit mir geredet.

Als Trey zum Tanken anhält und Monica und ich allein zurückbleiben, breche ich das Schweigen. »Ist zwischen uns alles in Ordnung, Monica?«

Sie erwidert meinen Blick nicht, sondern sieht weiter geradeaus. »Warum fragst du?«

»Weil du dich *extrem merkwürdig* benimmst.« Ich will nicht, dass sie mich ignoriert. Oh Mann, ihre Freundschaft bewahrt mich die meiste Zeit davor, den Verstand zu verlieren. Sie hält mich wahrscheinlich für einen beschissenen

Loser, weil ich heute Abend verhaftet worden bin. »Nur damit du es weißt, ich habe die Prügelei mit Bonk nicht angefangen, falls du das glaubst.«

Sie schaut mich an. »Ich glaube nicht, dass du angefangen hast. Ich kenne dich besser. Es ist nur …«

»Was?«

Ihr Blick ist nun sehr eindringlich, als wollte sie mir etwas sagen, das sie nicht in Worte fassen kann. »Wünschst du dir manchmal auch, dass die Dinge anders wären?«

Oh Schreck.

Die Zeit bleibt stehen.

Ich öffne meinen Mund, um zu antworten, obwohl ich keine Ahnung habe, was ich sagen soll, als Trey plötzlich die Tür aufreißt und sich auf den Fahrersitz gleiten lässt.

»Das Benzin hier ist abartig teuer«, jammert er. »Es kommt mir so vor, als wäre meine Brieftasche gerade vergewaltigt worden.«

Monica lacht leise.

»Ja, ich weiß, was du meinst«, murmle ich.

Zwischen Monica und mir fliegen Funken, doch Trey scheint das nicht zu bemerken. Er geifert den Rest der Fahrt über die Benzinpreise und lässt dann eine Tirade über Hybrid- und Elektroautos los. Ich höre nur mit einem Ohr zu, weil ich angestrengt darüber nachdenke, was Monica mir mit ihrer vieldeutigen Frage sagen wollte.

Nachdem Trey mich abgesetzt hat, grüble ich immer noch über Monicas Frage nach, auf die ich ihr die Antwort schuldig geblieben bin. Ich laufe in mein Zimmer und weiß, dass ich unser unvollendetes Gespräch nun stundenlang Revue passieren lassen werde und vermutlich in dieser Nacht nicht viel zum Schlafen komme.

Auf meinem Bett sitzt eine angefressene Dani.

»Ich hasse dich«, lässt sie mich wissen.

»Ist mir egal«, antworte ich. »Bonk verabredet sich nur mit dir, um mir eins auszuwischen. Er ist eine falsche Schlange.«

Sie verschränkt die Arme über der Brust und kneift die Augen zusammen, als ob ich ihr Unrecht tun würde. »Du weißt *nichts* über Matthew.«

Ich verdrehe die Augen. »Aber du, was? Das ist lachhaft. Du hast ihn doch gerade erst kennengelernt.«

»Es ist mir egal, was du über ihn denkst, Vic. Oh, und nur dass du Bescheid weißt, Matthew und ich gehen zusammen zum Homecoming.«

»Bonk liebt nur sich selbst. Und nur dass *du* Bescheid weißt, du gehst *nicht* mit ihm zum Homecoming. Er gehört zur Konkurrenz, Dani. Er würde lügen, betrügen und stehlen, um uns zu schlagen. Mann, er hat uns sogar schon den Quarterback ausgespannt, und wir wären geliefert, wenn Fitz nicht eingesprungen wäre.«

»Du kannst nicht über mich bestimmen«, blafft Dani und hyperventiliert wie eine typische Vierzehnjährige. »Ich kann machen, was ich will und wann ich es will.«

»Nicht, was Matthew Bonk betrifft.«

Sie rauscht aus meinem Zimmer, und ich sage ihr nicht, was ich ihr eigentlich sagen wollte. Ich kann vielleicht nicht über sie bestimmen, doch weil *mi'ama* nicht hier ist, werde ich mit aller Macht zu verhindern versuchen, dass sie einen Fehler begeht, der ihr Leben ruiniert.

Ich weiß, wovon ich rede. Ich habe Fehler gemacht, die meins ruiniert haben.

Und gehört das mit Monica heute Abend dazu?

20

Monica

Als ich am Sonntagmorgen aufwache, gilt mein erster Gedanke Vic. Er hat meine Frage im Auto nicht beantwortet. Ich hatte den Atem angehalten und gehofft, aus seiner Antwort entnehmen zu können, dass ich ihm auch nicht ganz egal bin.

Bäh, was mache ich hier eigentlich?

Ich sollte mir lieber den Kopf darüber zerbrechen, warum mein Freund nicht will, dass jemand vor Homecoming etwas von unserer Trennung erfährt.

Ich fahre zu Trey, um unsere Unterhaltung von gestern Abend fortzusetzen. Trey mag vielleicht keine Lust auf die ganz große Aussprache haben, doch unsere Probleme lassen sich nicht lösen, indem wir sie ignorieren.

Wie gewöhnlich ist die Tür zu seinem Apartment nicht abgeschlossen. Ich stecke meinen Kopf zur Wohnung hinein.

»Hallo?«, rufe ich, während ich die Hände balle, um die schmerzenden Gelenke meiner Finger zu trainieren, die mich mit schöner Regelmäßigkeit daran erinnern, dass ich nicht so belastbar bin, wie ich es gern wäre.

Ich höre nichts außer dem Geräusch von fließendem Wasser.

Monica   137

Ich betrete die Wohnung und hoffe, dass niemand bemerkt, wie schwerfällig ich mich bewege. Trey muss wohl noch schlafen. Ich werfe einen Blick in sein Zimmer, aber da ist er nicht. Ich höre ihn im Badezimmer husten. Sein Husten ist so prägnant, dass ich ihn überall erkennen würde.

Die Tür ist angelehnt. Trey steht vor dem Waschbecken und hat sich ein Handtuch um die Hüften geschlungen. Er greift in eine kleine Tüte, in der sich ein paar Tabletten befinden. Mein Herz fängt an zu rasen, und ich würde jetzt gern gehen, damit ich nicht sehen muss, wie er sich eine der Pillen in den Mund wirft. Was ich nicht weiß, macht mich nicht heiß.

Doch ich kann nicht wegschauen. Nicht mehr.

Ich stoße die Tür auf. Sie knarrt und verrät Trey meine Anwesenheit.

»Trey, mal ganz im Ernst«, konfrontiere ich ihn. »Du bist süchtig.«

Ich drehe mich um und will verschwinden, aber er hält mich zurück. »Monica, es ist nicht so, wie du denkst.«

»Ich denke, dass du abhängig von illegalen, verschreibungspflichtigen Medikamenten bist«, sage ich. »Genaugenommen weiß ich es. Was, wenn sie dich erwischen? Du könntest dafür in den *Knast* gehen. Du weißt nicht einmal, was in den Dingern drin ist. Vielleicht enthalten sie etwas, das dich umbringt.«

Ich kann die Spannung zwischen uns wie eine Betonmauer spüren. »Es tut mir leid«, meint er schulterzuckend. »Ich weiß nicht, was ich sagen soll. Durch das Zeug ... fühle ich mich leistungsfähiger und aufmerksamer. Es wird mich nicht umbringen. Und ich bin nicht süchtig.«

Ich hebe die Hand, während mir die Aussichtslosigkeit

138 *Monica*

unserer Lage die Tränen in die Augen treibt. »Unter diesen Umständen kann ich nicht mehr mit dir zusammen sein.«

Er atmet genervt aus. »Auf mir lastet schon ein so ungeheurer Druck. Du hast ja *keine Ahnung*, was ich durchmache. Ich darf jetzt nicht nachlassen. Du gibst wahrscheinlich den Drogen die Schuld an allem, doch die Ursachen liegen viel tiefer.«

Mir läuft es eiskalt den Rücken hinunter und ich schaudere. »Wirst du damit aufhören und versuchen, unsere Beziehung zu retten, oder wollen wir uns trennen?«

Er lehnt den Kopf gegen die Wand. »Ich brauche die Pillen. Das heißt nicht, dass mir nichts mehr an dir liegt, Monica. Die Dinge haben sich geändert. Ich habe mich verändert. *Wir* haben uns verändert.«

»Mir ist auch aufgefallen, dass es in den letzten Monaten nicht mehr gut läuft«, gebe ich zu. »Dann ist das wohl das Ende von etwas ganz Besonderem.«

»Wir leben uns doch schon eine Weile auseinander. Ich habe nur nicht gewusst, wie ich es dir sagen soll. Ich wollte dir nicht wehtun.«

Als ich vor ihm zurückweiche, fasst er mich am Ellbogen. »Aber wir gehen Samstagabend doch noch zum Homecoming-Ball, ja?«, erkundigt er sich.

Ich blinzle ein paarmal ungläubig. »Ich komme nicht mit. Das wäre absurd.«

Er beugt sich vor und seine Miene wird sanft. »Hör mal, ich weiß, dass du schon ein Kleid hast und unsere Freunde den ganzen Abend durchgeplant haben. Ich *will* mit dir dorthin, Monica. Egal, ob wir zur Queen und zum King gewählt werden. Wir sind dafür bestimmt, gemeinsam hinzugehen.«

»Dafür bestimmt? Wieso?«, frage ich verwirrt.

»Die Wahrheit?«

Ich werfe ihm einen skeptischen Blick zu. »Na logisch! Ich bin immer an der Wahrheit interessiert.«

»Ich weiß, dass du mich jetzt hasst.«

»Ich hasse dich nicht, Trey. Wir sind schon so lange zusammen. Ich könnte dich nicht hassen, selbst wenn ich es wollte.«

»Ich will dich nicht hängen lassen«, sagt er. »Bitte komm mit. Gut, es ist vielleicht keine Bestimmung. Aber ich muss mein Leben zusammenhalten. Wir können den anderen doch erst nach dem Ball von unserer Trennung erzählen, so ganz ohne Drama. Okay?«

Meinen Freunden etwas vormachen?

So tun, als ob alles in Butter wäre, obwohl wir auseinander sind?

»Ich will sie nicht anlügen«, entgegne ich.

Er seufzt. Ich spüre, wie ihm der Stress aus allen Poren strömt. »Kannst du mir nur noch *diesen einen* Gefallen tun?«

Plötzlich weiß ich, was los ist, obwohl er es nicht sagt. Er will sich auf das Footballspiel konzentrieren, weil Talentsucher dort sein werden. Er will keinen Aufstand und kein Getratsche, weil ihn das ablenken würde.

Ich hole tief Luft und schlucke die Verzweiflung hinunter, die sich in meiner Kehle breitmacht. »Na schön, Trey. Ich werde nichts sagen.«

An der Art, wie seine Beine zittern, merke ich, dass die Tablette, was auch immer sie enthält, nun zu wirken beginnt. »Ich will dir nicht wehtun«, wiederholt er. »Das wollte ich nie. Ich werde dich immer lieben.«

Ich mustere die Pillentüte, die er immer noch in der Hand

hält. »Nur damit du klar siehst: Du lässt dich mit den Drogen auf ein riskantes Spiel ein. Ich werde dich auch immer
lieben und wünsche dir alles Gute, auch wenn wir nicht
mehr zusammen sind«, sage ich und mache dann auf dem
Absatz kehrt. »Doch es ist jetzt nicht mehr meine Aufgabe,
auf dich aufzupassen.«

Als ich weggehe, fühle ich mich frei, das zu tun, was ich
will, und die zu sein, die ich sein möchte. Keiner wird mich
mehr als Treys Freundin definieren.

21

Victor

Isa beugt sich über die Bücher und schüttelt den Kopf. »Ich habe ein Problem.«

»Womit?«, frage ich.

»Geld.« Sie blättert in ihrem Geschäftsbuch und addiert etwas auf dem Taschenrechner. »Es reicht nicht«, sagt sie. »Ach Scheiße, Vic, es reicht nie.«

»Wie viele Schulden hast du insgesamt?«

»Fünfunddreißig Riesen.«

Ich gehe zu ihr und frage mich, wie sie in diesen Schlamassel geraten ist. »Und mit wie viel liegst du zurück?«

»Vierhundert für die monatliche Hypothekenzahlung«, erwidert sie. »Mir fällt schon etwas ein. Vielleicht erweitern sie meinen Kredit, wenn ich höhere Zinsen zahle.«

»Ich gebe dir die vierhundert Dollar«, mischt sich Bernie ein. Er steht hinten in der Werkstatt und hat die letzte Stunde damit zugebracht, schweigend alte Metallstücke zusammenzulöten, damit sie zu den Oldtimer-Ersatzteilen passen, die Isa auf Lager hat.

»Ich will dein Geld nicht, Bernie«, ruft Isa. »Außerdem habe ich dich gefeuert, vergessen?«

»Nein, ich erinnere mich. Warum gehst du nicht mit mir aus und feuerst mich danach? Wäre das ein Angebot?«

»Nee. Und ich brauche dein Geld nicht.« Isa geht zurück in ihr Büro. »Ich werde die Bank einfach um Aufschub bitten.«

»Ja, das kommt immer gut«, sage ich sarkastisch.

»Einen Versuch ist es wert«, murmelt sie.

»Ich weiß nicht, warum sie keine Unterstützung von mir annimmt«, beschwert sich Bernie bei mir. »Ich habe ihr schon hundertmal angeboten, ihr aus der Patsche zu helfen.«

»Vielleicht will sie auf niemanden angewiesen sein«, mutmaße ich. »Außerdem kann sie dich nicht ausstehen, glaube ich.«

Bernie wischt meinen Einwand mit einer Handbewegung weg. »Lass dich von ihrer Launenhaftigkeit nicht täuschen. Ich werde sie schon noch rumkriegen.«

»Ich kann dich hören!«, schreit Isa aus dem Büro. »Und Vic hat recht, Bernie. Ich kann dich tatsächlich nicht ausstehen!«

»Aber warum? Ich habe dir doch nichts getan«, klagt Bernie.

Ein übertriebener Seufzer hängt in der Luft. »Deine bloße Existenz geht mir schon auf die Nerven, du Freak«, sagt Isa.

Statt beleidigt zu sein, zwinkert Bernie mir zu. »Sie wird weich. Oh Mann, ich wette, eines Tages wird sie sogar mit mir ausgehen.«

Isa stürmt zurück in die Werkstatt und stemmt die Hände in die Hüften. »Träum weiter, Bernie. Ich meine, schau dich doch bloß mal an.« Sie deutet auf seinen Körper. »Um die Haare siehst du aus wie Struwwelpeter, deine Haut ist so weiß, dass ich eine Scheißsonnenbrille brauche, wenn ich dir nahe komme, und du könntest dich nicht einmal anständig anziehen, wenn dein Leben davon abhinge.«

»Bernie, hör einfach nicht hin«, tröste ich ihn. »Sie ist nur eine verbitterte Frau.«

»Leck mich, Vic«, schnauzt Isa. »Was weißt du denn schon.«

»Ist ja gut«, beschwichtigt sie Bernie, den Isas Schimpftirade offensichtlich belustigt.

»Entschuldigung.« Eine bekannte weibliche Stimme hallt von der Eingangstür durch die Werkstatt.

Monica ist hier. Sie trägt enge Jeans und ein weißes Spitzenoberteil, das ihre honigfarbene Haut betont. Himmel, ist sie schön. Ich kann nicht umhin, sie anzustarren, und bin völlig perplex, dass sie hier ist.

Isa schiebt sich an mir vorbei und legt ihr Kundenlächeln auf. »Kann ich Ihnen helfen?«

Monica nickt und wirft mir dann einen Blick aus ihren funkelnden grünen Augen zu. »Hey, Vic.«

»Hey«, sage ich.

Isa hat mühelos vom Zicken- in den Geschäftsmodus geschaltet. »Ich bin Isabel und mir gehört diese Werkstatt. Brauchen Sie einen Ölwechsel? Eine neue Batterie?«

»Ich brauche einen *Job*«, platzt Monica heraus.

Moment mal, wie bitte? Ich habe mich wohl verhört.

»Einen Job?«, frage ich und verschlucke mich fast an den Silben. »Du willst uns wohl veräppeln?«

»Nein.« Monica richtet sich auf. Sie wendet sich an Isa. »Ich verstehe nicht viel von Autos, doch ich kann nach der Schule und an den Wochenenden vorbeikommen. Und Sie müssen mir auch nicht viel bezahlen.«

»Nein«, sage ich.

Monica durchbohrt mich mit ihren Augen. »Ich schaffe das schon.«

Isa mustert sie von oben bis unten, als ob sie Monicas Fähigkeiten rein anhand ihrer Kleidung einschätzen könnte. »Haben Sie *irgendeine* Erfahrung mit Autos?«

»Ich kann damit fahren«, nuschelt Monica und sagt dann bestimmter: »Aber ich lerne wirklich schnell. Ich brauche den Job. *Bitte.*«

Ich merke, dass Isa ernsthaft darüber nachdenkt.

Oh nein.

»Sie kann hier nicht arbeiten«, werfe ich rasch ein. Ich will sie hier nicht haben. Das ist gefährlich. Außerdem wird es eine Qual werden, an ihrer Seite Autos zu reparieren. Sie ist unerreichbar für mich. Wie lange kann ich verbergen, dass ich sie im Arm halten, anfassen und küssen möchte? »Monica muss zum Cheerleading-Training. Ganz *offensichtlich* ist sie gerade supergestresst und nicht ganz bei Trost, wenn sie glaubt, sie könne in einer schmutzigen Werkstatt anheuern. Sie ist *Cheerleaderin*, Isa, keine Automechanikerin.«

Isa schubst mich beiseite. »Du hast mir nicht zu sagen, wen ich anstelle und wen nicht.«

Das ist der einzige Ort, an dem ich meine Gedanken an Monica verdrängen kann. Wenn sie hier ist …

Ich deute auf das weiße Spitzenoberteil, das Monica trägt. »Schau sie dir doch mal an, Isa. Sie ist für Spitze und Designerklamotten, nicht für Autos und Dreck gemacht. Bei ihr steht ›Diva‹ groß auf die Stirn geschrieben. Außerdem …«, Zeit, den Trumpf auszuspielen, »hat sie *gesundheitliche Probleme.*«

»Mir geht's gut«, blafft Monica. »Ich bin keine Diva. Und

Victor   145

meine gesundheitlichen Probleme sind nicht von Belang. Hören Sie nicht auf ihn.«

»Warum machst du das?« Ich brauche Abstand von ihr.

Isa scheint es sehr zu amüsieren, wie sich die Dinge entwickelt haben. Das Lächeln auf ihrem Gesicht verheißt, dass mein Leben noch viel komplizierter werden wird, als es ohnehin schon ist.

»Weil du und die Jungs gesagt haben, dass ich so etwas nicht kann und ich euch das Gegenteil beweisen will. Hören Sie«, sagt Monica zu Isa, »wenn Sie mich nehmen, arbeite ich während der Ausbildungszeit umsonst.«

Isa streckt die Hand aus. »Sie haben sich soeben einen neuen Job verschafft.«

Verflucht noch mal.

Und ich habe jetzt ein neues Problem.

22

Monica

Ich finde es belastend, mir einen Tag freinehmen zu müssen, weil ich eine Infusion kriege, besonders, wenn ich lieber in der Schule wäre. Doch am Wochenende ist Homecoming, und da mein ganzer Körper rebelliert, hat mir der Arzt eine Behandlung verordnet, bevor die Schmerzen überhandnehmen.

Also hocke ich im Krankenhaus und warte darauf, dass die Schwestern mich an die Nadel hängen.

Eine der Schwestern trägt ein aufmunterndes Lächeln auf ihrem Kirschmund zur Schau, der gut zu dem Kirschmuster auf ihrem Oberteil passt. »Wie geht es uns denn heute, Monica?«

»Ich wäre lieber woanders«, antworte ich.

Sie lacht herzhaft, als hätte ich einen Witz gemacht.

Meine Mom, die neben mir auf einem Stuhl sitzt, zieht die Stirn kraus. Es tut mir weh, sie so besorgt zu sehen.

»Mom, geh zur Arbeit. In zehn Minuten hast du einen Kundentermin. Ich mache das hier nicht zum ersten Mal.«

Mom lehnt sich auf dem Stuhl zurück und umklammert die Handtasche auf ihrem Schoß. »Ich warte, bis der Tropf gelegt ist. Es macht nichts, wenn ich ein paar Minuten später beim Meeting erscheine«, widerspricht sie.

Monica   147

Die Schwester hat die Kanülen und Schläuche vor sich zurechtgelegt. »Dieses Wochenende ist Homecoming, wie ich höre. Haben Sie eine Verabredung und ein Kleid?«

»Beides«, entgegne ich.

»Wie aufregend!«

Ich zucke die Schultern. »Ist wohl so.« Ich verrate ihr nicht, dass mein Freund und ich uns getrennt haben, aber ich trotzdem mit ihm hingehe, um den Schein zu wahren.

Die Schwester versucht, noch mehr Smalltalk zu machen, als sie mit der Infusion beginnt. Ich muss zwei Stunden hierbleiben, was total nervt. Doch danach werden die Entzündung und die Schmerzen in meinen Gelenken nachlassen, zumindest für eine kurze Weile. Und darauf freue ich mich schon.

Weniger erfreut bin ich über die Nebenwirkungen von Infliximab, dem Medikament, das sich gleich den Weg in meinen Körper bahnen wird. Das letzte Mal musste ich erbrechen und hatte tagelang Kopfschmerzen. Außerdem wollte ich bloß noch schlafen, weil ich mich völlig schlapp fühlte und nicht einmal meine Augen offenhalten konnte. Ich hoffe, dieses Mal ist es anders.

Die Schwester legt den Tropf. Ich drehe mich weg, aber meine Mom schaut zu, als würde das Medikament ihre Tochter heilen. Doch es gibt keine Heilung.

Sobald meine Mom gegangen ist und die Medizin langsam in meine Vene tröpfelt, mache ich es mir auf dem großen Krankenhaus-Ruhesessel aus Leder bequem und schließe die Augen. Hier zu sein, gibt mir das Gefühl, kein normales Leben ohne Medikamente führen zu können. Ich habe keine Ahnung, warum jemand, der bei klarem Verstand ist, Tabletten nimmt, wenn er sie nicht braucht.

Wie Trey.

Ich lehne den Kopf an und träume mich an einen anderen Ort.

»Ich kapiere nicht, warum jemand, der sich ohne Medikamente kaum bewegen kann, Automechanikerin werden will.«

Als ich Vic Salazars Stimme höre, reiße ich die Augen auf. Er steht vor mir und mustert den Infliximab-Tropf. Oh nein! »Was machst du denn hier?«

»Ich dachte, ich leiste dir Gesellschaft«, erwidert er und setzt sich auf den Stuhl, den meine Mutter vor ein paar Minuten verlassen hat.

»Woher ... Ich habe nicht ... Du darfst gar nicht hier sein, Vic. Ich habe dich gebeten, niemandem etwas über meinen Zustand zu erzählen.«

»Entspann dich. Ich habe dichtgehalten.«

Ich schaue zu ihm hinüber. Er hat die Arme vor der Brust verschränkt, als wäre er mein Schutzpatron und müsste auf mich aufpassen.

»Musst du nicht in der Schule sein? Woher weißt du, dass ich hier bin? Woher hast du eine Besuchererlaubnis bekommen?«

Er verdreht die Augen. »Ja, eigentlich sollte ich in der Schule sein. Ich musste in Finnigans Büro und habe gehört, wie deine Mutter im Sekretariat angerufen und Bescheid gesagt hat, dass du heute ins Krankenhaus zu einer Behandlung musst. Und ich bin hier reingekommen, weil ich am Empfang Dads Namen fallen gelassen habe. Er spendet dem Laden hier einen Haufen Geld.«

»Du wirst Ärger kriegen, weil du schwänzt«, warne ich ihn.

Monica   149

Er zwinkert mir zu und Schmetterlinge tanzen in meinem Bauch. »Seit wann juckt es mich, wenn ich Ärger kriege?«

Meine Kehle wird trocken, als er näher kommt. »Warum bist du hier?«

»Um dich von deiner blöden Idee abzubringen, in Enriques Autowerkstatt jobben zu wollen. Du wirst dir nur selbst schaden.«

Seine Worte treffen mich. »Du traust mir nichts zu, ebenso wenig wie Trey.«

»Oh, ich traue dir viel zu, Monica. Ich glaube, dass du tun und lassen kannst, was du willst. Ich denke bloß, dass du es am Ende bereuen wirst. Schau dich doch mal an«, sagt er und deutet auf den Tropf in meiner Vene. »Ich bin dein Freund. Hör auf mich und arbeite nicht an einem Ort, der dich vielleicht ins Krankenhaus bringt. Oder Schlimmeres.«

»Danke, dass du dir Sorgen machst, Vic. Aber ich werde es durchziehen, egal, was du sagst.«

»Du bist ebenso stur wie meine Cousine«, meint er enttäuscht. »Dein Ego steht jeglicher Vernunft im Weg. Ich weiß, das klingt abgedroschen, aber das Leben ist kurz. Unsere Zeit läuft ab. Ich will nicht, dass du sie mit etwas vergeudest, das dir nichts bringt. Ich arbeite gern in der Werkstatt. Du machst es nur, um zu beweisen, dass du dazu in der Lage bist. Doch das ist kein ausreichender Grund.«

Die Schwester kommt herein, um meinen Blutdruck zu messen. »Wie ich sehe, haben wir einen Besucher«, sagt sie. »Sind Sie ihre Verabredung für den Homecoming-Ball?«

Vic schüttelt den Kopf und schaut dann weg.

»Nein«, antworte ich und werde rot bei der Vorstellung, ich wäre mit Vic zusammen. »Er ist nur ein Freund.«

Die Schwester checkt meinen Kreislauf. »Na, dann muss

150 *Monica*

er ja ein ganz besonderer Freund sein, wenn er Ihnen während der Behandlung zur Seite steht.«

»Ja«, antworte ich und frage mich kurz, wie es wohl wäre, Vics Freundin zu sein. Ich verwerfe den Gedanken rasch, als ich auf den Monitor schaue und sehe, wie mein Blutdruck rasant ansteigt. »Er ist etwas ganz Besonderes.«

Es wäre nur schön, wenn er nicht bloß hergekommen wäre, um mir mein Vorhaben mit der Autowerkstatt auszureden. Denn wenn ich mir von jemandem wünsche, dass er an mich glaubt, dann von Vic.

23

Victor

Am Donnerstag nach der Schule trommelt Dieter uns in der Umkleide zusammen, bevor wir uns für das Training umziehen.

»Morgen ist nicht nur Homecoming. Es findet auch eines unserer wichtigsten Spiele statt«, klärt Coach Dieter uns auf. Er steht mitten in der Umkleide und mustert abschätzend das Team. »Wir treten gegen unseren größten Konkurrenten an. Mir ist zu Ohren gekommen, dass die Mannschaft der Fairfield High in einer besseren Form sein soll als wir. Ist dem so?«

»Nein, Coach!«, widersprechen wir einstimmig.

Unser Enthusiasmus überzeugt ihn nicht.

»Ich weiß nicht«, sagt Dieter. »So, wie einige von euch im Training gespielt haben, bin ich mir nicht sicher, ob ihr wirklich siegen wollt.« Er schreibt GEWINNER mit einem dicken schwarzen Stift auf das Whiteboard. »Ihr gewinnt nicht, wenn ihr das Training auf die leichte Schulter nehmt. Es nützt nichts, wenn ihr trainiert, als ginge es um Homecoming oder die Landesmeisterschaft. Ihr müsst spielen wie eine Mannschaft in der verdammten NFL. Holt alles aus euch raus – das letzte Quäntchen Energie, Spielbegeisterung und Können. Und damit meine ich jeden Einzelnen von euch. Alles andere bedeutet, unter euren Möglichkeiten zu bleiben. Und dann könnt ihr euch auch gleich vom Acker machen, denn dann verdient ihr es nicht, in meinem Team zu sein. Wenn ihr heute aufs Feld geht, will ich eine Siegermannschaft sehen. Denn dafür halte ich euch. Die Frage ist, habt ihr das Zeug dazu?« Er hebt die Hand. »Gebt mir die Antwort nicht hier, Gentlemen. Gebt sie mir *auf dem Feld*. Eure Leistung sagt mehr als tausend Worte.«

Während wir Dieters Ansprache verdauen, nimmt er sein Klemmbrett und verlässt die Umkleide. Der Assistenztrainer folgt ihm.

Es ist jetzt ganz still.

»Wir müssen morgen gewinnen«, sagt Ashtyn. »Um Fairfield und Landon McKnight, diesem Verräter von einem Quarterback, zu beweisen, dass sein ehemaliges Team ohne ihn besser dran ist.«

»Wir *werden* gewinnen«, versichere ich ihr.

»Nicht so, wie du in letzter Zeit gespielt hast«, sagt Trey feixend.

»Trey, dich tackle ich mit geschlossenen Augen«, antworte ich und nehme den Fehdehandschuh auf.

»Dafür musst du mich erstmal kriegen, Mann.« Er haut mir auf die Schulter. »Gar nicht so einfach mit deinen zwei linken Füßen.«

»Du fällst tatsächlich oft hin«, spottet Jet mit einem breiten Grinsen.

»Als ich das letzte Mal hingefallen bin, war ich betrunken, Jet«, versetze ich.

»Na ja, betrunken hin, betrunken her, Trey ist hier die Kampfmaschine.«

Victor 153

Trey spannt die Muskeln an und küsst dann seinen Bizeps. »Sieh den Tatsachen ins Auge, Vic. Ich bin schneller und stärker als du.«

Meine Freunde und ich haben diese Blödeleien über die Jahre perfektioniert. »Tatsachen? Drauf geschissen. Tatsache ist, dass ich dich heute auf dem Feld umlegen werde, Matthews.«

Trey lacht. »Na klar. Du kannst mich höchstens mit 'ner Knarre umlegen, Mann, denn mit deinen langsamen Watschelfüßen fängst du mich nicht.« Trey schnippt sich einen imaginären Fussel von der Schulter, bevor er sein Trikot und die Polster anlegt.

Langsam? Das hat noch keiner zu mir gesagt. Ich kann immer noch einen Spieler tackeln und den Quarterback zu Boden bringen, bevor er weiß, wie ihm geschieht.

Derek, der normalerweise bloß stiller Zuhörer ist, wenn Trey und ich uns anstacheln, deutet auf uns. »Wie Dieter sagt, eure Leistung wird für sich sprechen.«

Als ich trainingsbereit und in voller Montur aus der Umkleide stapfe, denke ich nur eins: Ich will den anderen zeigen, dass ich es draufhabe … zumindest auf dem Spielfeld. Niemand läuft mir davon oder spielt mich aus.

Nicht einmal Trey Matthews.

Trey läuft neben mir, doch dann sagt er plötzlich: »Ich bin gleich zurück, Kumpel. Ich habe etwas vergessen.«

»Wohin willst du?«, frage ich. »Hast du schon die Hosen voll?«

»Träum weiter«, ruft er mir über die Schulter zu. »Ich habe nur etwas in meinem Spind liegen lassen.«

Wenn er zu spät zum Training kommt, wird Dieter ihm den Arsch aufreißen und ihn dann zu Extrarunden und Rumpfbeugen verdonnern, nur aus Spaß an der Freude.

Als Trey zurückgeeilt kommt, stehen wir schon in einer Reihe für das Aufwärmen bereit. Ashtyn als Captain führt uns an, erst bei den Skippings, dann bei den Dehnübungen. Ich schiele zu den Cheerleaderinnen hinüber, die vor der Tribüne trainieren. Ich hätte wohl lieber keinen Blick riskiert, denn als Monica sich umdreht und zu uns rübersieht, schießt mir das Adrenalin durch die Adern und bringt meine Leistengegend in Aufruhr.

Sie entfacht etwas in mir, wie kein anderes Mädchen jemals zuvor. Nicht einmal Cassidy. Nicht annähernd.

»Hast du ein Auge auf meine Freundin?«, sagt Trey spöttelnd. Als ich den Kopf schüttle, lacht er. »Dude, ich habe doch nur Spaß gemacht. Ich weiß, dass du mit Cassidy zum Homecoming gehst. Wusste ich's doch, dass du immer noch scharf auf sie bist.«

Bin ich nicht, aber wen kümmert das.

Trey und ich stellen uns in eine Linie für die Sprints auf.

Als wir dran sind, sehe ich ihn an und bin bereit, ihn von der Platte zu putzen.

Er haut mir auf den Rücken. »Wir sehen uns auf der anderen Seite, Bruder.«

Es fühlt sich an wie im Krieg.

Oder zumindest nimmt die Rivalität zwischen Trey und mir zu. Im Mittelalter hätte ich mich um Monica duelliert.

Aber wir sind nicht im Mittelalter.

Und Monica ist kein Besitz, den man verschachern kann.

Ich blicke noch einmal zu den Cheerleaderinnen hinüber, wo Monica steht. Ihre Augen sind auf uns gerichtet.

Als Dieter in seine Trillerpfeife bläst, sprinte ich neben

Trey und will ihn unbedingt besiegen. Meine Beine preschen über den Rasen und meine Arme bewegen sich rasch auf und ab.

Es ist schnell vorbei. Zu schnell. Trey schlägt mich um eine Zehntelsekunde.

Ich lege die Hände an die Knie, beuge mich nach vorn und ringe nach Luft. So viel zum Thema Angeben. Ich sollte mich damit abfinden, dass Trey mir meinen Arsch gerade auf dem Silbertablett serviert hat.

Er steht neben mir und ist vom Lauf kaum beeindruckt.

»Du bist eine beschissene Maschine, Matthews«, sage ich immer noch keuchend.

»Sieh's doch mal so, Salazar. Durch mich wirst du ein besserer Spieler«, meint er.

»Wie das?«

»Wer außer mir würde dich denn in den Hintern treten?« Er breitet die Arme weit aus. »Wofür hat man gute Freunde, wenn sie einen nicht zu Höchstleistungen motivieren?«

»Ich bringe dich zu Boden, wenn du mit dem Ball davonlaufen willst«, entgegne ich mit einem müden Grinsen.

»Das ist die richtige Einstellung. Herausforderung *angenommen.*«

Kurz darauf stellt Dieter uns für das Trainingsspiel auf und die Cheerleaderinnen am Spielfeldrand unterbrechen ihre Übungen und feuern uns an. Einen winzigen Moment lang stelle ich mir vor, dass Monica *mich* anfeuert und *meine* Freundin ist.

Ich bin jetzt bei der Defensive Line und konzentriere mich auf den Offensive Lineman David Colton. Aus dem Augenwinkel sehe ich Trey. Es ist nicht schwer zu erraten, dass er Ballträger sein wird. Er hat kein gutes Pokergesicht und seine Hände zucken.

Wir stellen uns an der Anspiellinie auf und Dieter pfeift an. In null Komma nichts habe ich Colton am Boden. Derek gibt Trey den Ball. Doch an mir kommt er nicht vorbei.

Dieses Mal nicht.

Mit aller Kraft renne ich hinter Trey her. Ich bin ihm dicht auf den Fersen. Ich packe das. Ich tackle ihn mit aller Macht und werfe meinen ganzen Körper auf ihn, während ich ihn zu Fall bringe.

Ja!

Ich schnaufe wie ein Walross, und meine Beine sind butterweich, aber das ist mir egal. Ich habe Trey getackelt, den schnellsten Highschool-Runningback im Staate Illinois. Das fühlt sich verdammt gut an.

»Nimm das, Bruder«, sage ich, sobald ich wieder Luft bekomme.

Ich stehe auf und halte Trey die Hand hin, aber er ergreift sie nicht.

»Trey, steh auf.«

Keine Reaktion.

Er rührt sich nicht.

Ich knie mich neben ihn, um zu prüfen, ob er mir etwas vorspielt. »Yo, Trey! Na los, steh auf, Mann.«

Hat er das Bewusstsein verloren? Warum bewegt er sich nicht? Ich bin durcheinander und gerate in Panik, als mich eine böse Ahnung beschleicht. Meine Hände beginnen zu zittern.

»Coach!«, rufe ich und winke Dieter heran. »Da stimmt etwas nicht mit Trey! Schnell!«

Ich will ihn nicht anfassen. Ich habe Angst, dass ich ihm

das Rückgrat gebrochen habe. Ich bin für das hier verantwortlich. Seine Augen sind offen, doch er ist nicht bei Bewusstsein. Er tut nicht nur so, als ob. Er ist ohnmächtig geworden... oder... ich kann keinen klaren Gedanken mehr fassen.

»Helfen Sie ihm!«, schreie ich so laut ich kann, bevor ein Kloß mir die Kehle verschließt und ich von den Assistenztrainern und Dieter beiseitegeschoben werde. »Trey, wach doch auf«, bitte ich, würge die Worte hervor, bevor die Welt um mich zusammenbricht.

Ich habe meinen besten Freund verletzt... er ist alles, was ich habe.

Einer der Trainer kniet neben Trey und legt den Kopf an seinen Helm. »Trey, kannst du mich hören?«

Nichts.

Ich spüre, wie mein ganzer Körper taub wird, als der Trainer rasch nach Treys Puls fühlt.

»Ruft sofort einen Notarzt!«, brüllt er panisch, bevor er Trey vorsichtig den Helm abnimmt, Treys Kopf zurücklegt und anfängt, ihn wiederzubeleben.

Nein.

Ich blicke zu Boden, er ist verschwommen.

Alles ist verschwommen.

Entsetzt schaue ich zu, wie der Trainer Trey bearbeitet, zähle mit, wie er und Dieter abwechselnd Treys Brustkorb massieren und ihn beatmen. Ich suche Treys Hände und Füße nach Anzeichen einer Bewegung ab, aber da ist nichts.

Das kann nicht wirklich passieren. Ich reibe mir die Augen und hoffe, das ist ein Albtraum, aus dem ich gleich erwache. Oder ein Streich, den jemand mir spielt.

Doch es ist kein Streich.

Und ich schlafe nicht.

Als ich in der Ferne die Sirene eines Krankenwagens heulen höre, entferne ich mich von der Menge. Ein Gedanke schießt mir gebetsmühlenartig durch den Kopf.

Es ist meine Schuld.

Es ist meine Schuld.

Es ist meine Schuld.

24

Monica

»Was ist denn da los?«, will Bree wissen und deutet auf den Tumult auf dem Footballfeld.

»Sieht so aus, als hätte sich jemand verletzt«, sagt eins der Mädchen. »Wer es wohl ist?«

»Ist doch Scheiße, wenn man einen Tag vor dem Homecoming-Match verletzt wird«, meint Bree, dann wirft sie ihre Pompons in die Luft und fängt sie wieder auf. »Oder, Monica?«

»Stimmt«, murmle ich und recke meinen Hals, um einen Blick auf den Spieler am Boden zu erhaschen. Es kommt immer wieder vor, dass jemand k. o. geht, daher mache ich mir keine großen Sorgen.

Bis ich sehe, wie die gesamte Mannschaft sich hinkniet.

Das kann nichts Gutes bedeuten.

Ich höre die Sirene eines Krankenwagens näher kommen. In einiger Entfernung von der Menge steht Vic da wie versteinert und verfolgt die Szene. Allein seine Körperhaltung und der entsetzte Ausdruck auf seinem Gesicht verraten mir, dass etwas Fürchterliches passiert sein muss.

Ich laufe auf das Feld und in meinem Kopf spielen sich die schrecklichsten Szenarien ab. Als ich herankomme,

160 Monica

erkenne ich die Nummer auf dem Trikot des verletzten Spielers.

Vierunddreißig.

»Trey!« Sein Name entweicht meinem Mund in einem schmerzerfüllten Schrei.

Ich will zu ihm rennen, werde aber sofort von Jet und Derek zurückgehalten. Beim Anblick ihrer düsteren Mienen verlässt mich aller Mut und mein Körper erstarrt.

»Monica, das solltest du dir lieber nicht ansehen«, sagt Derek ruhig, während er mir die Sicht versperrt.

»Was ist mit Trey? Was ist denn passiert?«, rufe ich, während ich mich gegen ihre Versuche wehre, mich von ihm fernzuhalten. »Sagt es mir!«

Jet umarmt mich fest. »Sie helfen ihm, Monica. Beruhige dich.«

Ich klammere mich an die beiden und verliere die Beherrschung. »Ich will mich nicht beruhigen. Trey! Oh Gott! Was geht da vor?« Trey liegt schlaff und leblos auf dem Boden. Jemand beatmet ihn, aber warum?

Was ist passiert?

Plötzlich taucht Ashtyn vor mir auf. Sie eilt mit verweinten Augen auf mich zu. »Oh Gott!«, ruft sie.

»Was ist denn mit ihm?«, frage ich völlig aufgelöst, während ich spüre, wie heiße Tränen mir das Gesicht hinunterlaufen. »Wird er wieder? Sag mir, dass er wieder aufwacht! Du musst mir sagen, dass er wieder gesund wird, Ash.« Ich schaue mit nunmehr verschwommenem Blick zu Jet. »Bitte …«

Auch wenn wir uns getrennt haben, ist Trey immer noch ein Teil von mir. Wir waren mehr als drei Jahre zusammen und haben so viel gemeinsam erlebt.

»Sie kümmern sich um ihn«, sagt Derek, doch das reicht mir nicht.

»Ich muss zu ihm«, weine ich lauthals.

Ashtyn nimmt mein Gesicht in ihre Hände. »Monica, er ist verletzt.«

»Wie ist das passiert?«, frage ich. Ich kann mein unkontrolliertes Schluchzen nicht unterdrücken.

»Er ist getackelt worden«, sagt sie, und ihre Miene verrät ihre Bestürzung. »Ich weiß nicht, was los ist. Er bewegt sich nicht.«

»Ich muss ihm helfen. Bitte, lasst mich zu ihm«, rufe ich. »*Bitte.*«

»Sie tun, was sie können, Süße«, beruhigt sie mich. »Ich weiß nicht, was los ist.«

»Bist du sicher?« Ich brauche die Gewissheit, dass er das unbeschadet überstehen wird.

»Er ist stark«, beschwichtigt mich Ash. »Wenn jemand einen harten Schlag einstecken kann, dann Trey.«

Aber sie sagt mir nicht, was ich hören will, was ich hören *muss*: dass er wieder gesund wird. Ein Teil von mir fühlt sich für das hier verantwortlich.

Ein Krankenwagen fährt auf das Feld.

»Ich will ihn sehen. *Bitte*, lasst mich zu ihm«, bettle ich wieder und merke kaum, dass ich mich völlig hysterisch anhöre.

Doch sie lassen mich nicht.

Das ganze Team versperrt mir die Sicht und fordert mich auf, mich zu beruhigen. Ich bekomme das Schluchzen und unkontrollierte Zittern nicht in den Griff. Mein Körper fühlt sich eiskalt an.

Als der Krankenwagen mit Trey wegfährt, geben meine

Knie nach, und ich breche auf dem Feld zusammen. Ashtyn, Derek und Jet sind sofort zur Stelle.

»Atme tief ein, Monica«, sagt Ashtyn mit unsicherer Stimme. »Na los, wir atmen gemeinsam.«

»Okay«, sage ich bebend. Ich versuche, tief Luft zu holen, aber es gelingt mir nicht. Ich versuche, gemeinsam mit Ashtyn zu atmen.

Aber ich stehe völlig neben mir.

Ich kann keinen klaren Gedanken fassen.

Ich muss mich beruhigen, denn ich will nicht, dass die anderen sich jetzt auch noch um mich kümmern müssen. Als ich mich bemühe, meine Gefühle unter Kontrolle zu bekommen, kann ich meinen Freunden nicht ins Gesicht schauen. Sie sehen so bekümmert und niedergeschlagen aus, als wüssten sie, wie schlimm es eigentlich steht und wollten es nicht zugeben.

»Wir müssen ins Krankenhaus«, sage ich zu ihnen und kämpfe gegen die Panik, die unter der Oberfläche immer wieder aufkocht. »Sofort.«

»Ich trage sie«, bietet Jet an, doch ich scheuche ihn weg.

»Ich schaffe das schon.«

Ich stehe auf und sehe Victor an der Torlinie stehen. Er legt das Trikot und die Polster ab und lässt sie auf dem Feld liegen.

»Vic!«, ruft Ashtyn. »Wir fahren ins Krankenhaus. Komm mit.«

Er wendet sich ab, als würde er sie nicht hören, dann rennt er davon.

Jet bildet mit der Hand ein Sprachrohr vor dem Mund. »Yo, Vic!«, brüllt er.

»Ich wette, er gibt sich die Schuld«, meint Ashtyn. »Jemand muss mit ihm reden.«

Monica 163

»Bring Monica zum Krankenhaus«, fordert Derek. »Wir treffen uns dort.«

Derek und Jet laufen hinter Vic her. Es ist alles so chaotisch und verwirrend. Ich weiß nicht, was ich tun oder denken soll. Unsere Freunde haben keine Ahnung, dass Trey und ich uns getrennt haben, und sie wissen nicht, dass er Drogen genommen hat. Zu viele Gedanken rotieren durch meinen Kopf. Haben die Tabletten etwas mit diesem Vorfall zu tun? Soll ich mein Versprechen brechen und jemandem davon erzählen?

Als wir eine Viertelstunde später ins Krankenhaus kommen, haste ich in die Notaufnahme. »Wo ist Trey?«, frage ich den Trainerstab, der im Empfangsbereich wartet. »Ist er okay?«

Keiner sagt ein Wort. Ich lehne mich gegen Ashtyn, weil ich ihren Rückhalt nun brauche. Tief in mir fürchte ich das Schlimmste, aber ich will es mir nicht eingestehen. Es kann nicht sein. Trey Matthews ist stark.

»Coach Dieter weicht ihm nicht von der Seite«, sagt einer der Assistenztrainer. »Er ist nicht allein, Monica.«

»Ich will zu ihm«, bitte ich eine der Schwestern, die in blütenreinem Kittel und ebensolchen Schuhen vorbeikommt.

»Tut mir leid, aber das ist derzeit nicht möglich«, sagt sie sanft. »Ich darf nur seine Familie zu ihm lassen.«

Familie?

Es war von Hochzeit die Rede. Das ist lange her, bevor er mit diesen Pillen begonnen hat, bevor sich die Dinge zwischen uns verändert haben.

Keiner kennt Treys kleines Geheimnis. Außer mir.

Ich werde es mir nie verzeihen, wenn er durch mein Schweigen zu Schaden gekommen ist.

25

Victor

Ich habe meinen besten Freund verletzt.

Trey hat sich nicht gerührt, als sie ihn auf eine Trage ge-
schnallt und im Laufschritt zum Krankenwagen befördert
haben. Der laute Klang der Sirene, als sie mit ihm weggefahren sind, dröhnt mir noch in den Ohren. Ich habe schon
immer geahnt, dass es mit mir ein schlimmes Ende nehmen
wird, das war nur eine Frage der Zeit. Doch ich hätte mir nie
träumen lassen, dass ich jemandem, der mir tatsächlich am
Herzen liegt, körperlich Schaden zufügen könnte.

Ich konnte nicht zuschauen, wie sie Treys lebloses Körper
vom Feld abtransportiert haben.

Einer der Trainer und Dieter haben sich verzweifelt um
Trey bemüht, bis die Rettungssanitäter eingetroffen sind
und übernommen haben. Ich konnte ihre düsteren Mienen
sehen, während sie fieberhaft bei Trey nach einem Hoff-
nungszeichen, nach einem Lebenszeichen gesucht haben.

Ich konnte keins erkennen.

Nachdem der Krankenwagen ihn mitgenommen hat und
ich Monica mit gebrochener Stimme nach Trey rufen gehört
habe, wollte ich zu ihr. Ich wollte sie festhalten und ihr
sagen, dass es mir leidtut.

Stattdessen bin ich weggelaufen.

Meine Füße bewegen sich von selbst, meine Stollen dröhnen bei jedem Schritt auf dem Pflaster. Ich weiß gar nicht, wie weit ich gelaufen bin, bis ich mich keuchend und schwitzend auf dem Weg zum Strand wiederfinde. Ich versuche, dem Bild zu entkommen, wie Trey auf dem Rasen liegt, nachdem ich ihn zu Fall gebracht habe. Ich halte mein Tempo, ich will nicht langsamer werden oder anhalten aus Angst, dass die bittere Wahrheit mich einholt.

Ich möchte vor meinen Gedanken davonlaufen, doch es funktioniert nicht.

Meine Beine fühlen sich taub an, als ich kurz stoppe und mich dann zum Lake Michigan wende. Die Wellen brechen sich am Strand und umspülen meine Schuhe. Leider übertönen die Wellen nicht die Sirene des Krankenwagens in meinem Kopf oder das Echo von Monicas Schreien.

Ich habe immer so getan, als wäre das Leben ein Spiel und ich unverwundbar. Fakt ist, dass es mir egal war, ob ich lebe oder sterbe. Vielleicht liegt das daran, dass mein Dad mich behandelt, als wäre ich wertlos. Aber Trey ... er hat alles, wofür es sich zu leben lohnt. Er hat einen Dad, der ihn unterstützt, eine Freundin, die ihn liebt, und einen Verstand, der es mit einem beschissenen Einstein aufnehmen kann. Unzählige Male habe ich mir gewünscht, an seiner Stelle zu sein.

Wenn Trey nun gelähmt oder Schlimmeres ist und ich daran schuld bin? Wenn ich nun alles kaputt gemacht habe, was er jemals hatte und worum ich ihn immer beneidet habe? Wie kann ich ihm dann in die Augen sehen und ihm sagen, dass ich ihn nicht zu Boden werfen wollte? Denn das wäre eine Lüge. Ich wollte ihn hart tackeln, ihm und allen anderen beweisen, dass ich den Champion schlagen kann.

Ich wollte Monica zeigen, dass ich stärker, größer und besser bin.

Doch stattdessen habe ich bloß bewiesen, dass ich ein Arschloch bin.

Ich presse die Hände an die Schläfen in dem Versuch, meine Gedanken auszulöschen, aber es gelingt mir nicht.

Ich kann es nicht.

Ich laufe zum Büro meines Vaters mitten im Stadtzentrum. Die Investmentfirma Salazar, Meyer & Kingman ist beeindruckend. Das Gebäude, in dem Dad arbeitet, blitzt und funkelt und hat große Fenster, die zur Straße hinausgehen. Es ist aalglatt und imposant, genau wie mein Vater.

Ich habe so eine beschissene Angst, dass ich nicht weiß, was ich tun soll.

Papá regelt immer die Dinge. Ich fühle mich, als wäre ich blind und bräuchte seine Führung. Er hat mich in vielerlei Hinsicht im Stich gelassen, aber jetzt fällt mir kein anderer ein, an den ich mich sonst wenden könnte.

Ich brauche die Unterstützung von *mi papá*. Ich habe ihn noch nie so gebraucht wie in diesem Moment.

Zum ersten Mal seit Ewigkeiten spüre ich, wie mir die Tränen kommen. Ich wische sie mit dem Handrücken weg.

Die Empfangsdame Brenda ist ein dürres Mädchen mit blonden Haaren und knallrotem Lippenstift. Ich bin im Lauf der Jahre schon so oft hier gewesen, dass sie sofort weiß, wer ich bin – der Problemsohn vom Boss. Scheiß drauf, die Bezeichnung ist mir egal, denn sie passt ja. Außerdem sorgt sie dafür, dass die Angestellten mich meiden wie die Pest, was mir nur recht ist.

Bevor ich noch zum Empfangstresen komme, hängt sich Brenda schon ans Telefon und tuschelt etwas in den Hörer.

Ruhig Blut, Vic. Du schaffst das.

»Ich muss meinen Dad sprechen«, erkläre ich ihr das Offensichtliche, während ich versuche, das Zittern meiner Hände und Stimme zu unterdrücken.

Sie wirft mir einen aufgesetzt bedauernden Blick zu. »Tut mir leid, Victor. Er ist in einem Meeting und möchte nicht gestört werden.«

»Es ist ein Notfall«, entgegne ich. »*Bitte.* Sagen Sie ihm, dass es ein Notfall ist.«

Sie greift wieder zum Telefon. »Er sagt, es sei ein Notfall«, raunt sie in den Hörer. Sie legt die Hand über die Sprechmuschel. »Er möchte wissen, was für ein Notfall. Sie sollen sich präzise ausdrücken.«

»Das kann ich nicht.«

Sie legt auf. »Er sagt, dass er Sie zu Hause trifft, nachdem er …«

Bevor sie ihren Satz beenden kann, haste ich an der Rezeption und der Security vorbei, obwohl ich sie hinter mir protestieren höre.

Ohne anzuklopfen, betrete ich das riesige Eckbüro meines Vaters. Vier Typen in makellosen Anzügen sitzen um einen langen Tisch herum.

Sobald *mi papá* mich erblickt, runzelt er die Stirn. »Entschuldigen Sie mich bitte«, sagt er zu den Männern. »Es dauert nur eine Sekunde.«

Er stellt mich den anderen nicht als seinen Sohn vor, doch das kümmert mich nicht. Ich folge ihm aus dem Raum auf den Gang. Er trägt eine ernste, angepisste Miene zur Schau.

»Ich … ich … brauche dich«, sage ich mit verzweifelter Stimme.

Er seufzt. »Was ist denn jetzt schon wieder?«

Die Worte sprudeln wie ein Wasserfall aus meinem Mund. »Es geht um Trey. Wir waren beim Training und da ist etwas Furchtbares passiert. *Papá*, ich brauche Hilfe. Ich weiß nicht, was ich machen soll.«

Er bedenkt mich mit einem verärgerten, genervten Gesichtsausdruck. »Victor, ich bin mitten in einem Meeting. Es überrascht mich nicht, dass du wieder etwas verbockt hast. Ich habe es satt, dir aus der Klemme zu helfen. Stell dich der Sache und hör auf, mich auf Arbeit zu belästigen, auch wenn du nicht weißt, wie das geht, weil du immer alles vermasseln musst. Was auch immer du ausgefressen hast, reiß dich zusammen und bring es in Ordnung.«

»Ich kann es nicht in Ordnung bringen.«

Er verdreht die Augen. »Dann bist du zu nichts zu gebrauchen.«

Ich starre auf seinen Rücken, während er in sein Büro zurückgeht und mir praktisch die Tür vor der Nase zuknallt.

Die Wahrheit tritt mir nun mit voller Wucht in den Hintern und ich halte das nicht aus. Ich muss flüchten, so tun, als gäbe es mich nicht.

Ich renne zu Enriques Autowerkstatt. Isa geht mit mir in ihre Wohnung.

»Kann ich eine Weile hierbleiben?«, frage ich, während ich mich auf ihre Couch setze und den Kopf in den Händen vergrabe.

»Ja, klar. Was ist denn los?«, will sie wissen.

»Darüber möchte ich nicht reden«, antworte ich. »Darüber kann ich nicht reden.«

»Soll ich dich allein lassen?«

Ich nicke.

Als sie gegangen ist, fasse ich mir ein Herz und rufe

Victor 169

Monica an. Ihr Telefon klingelt und mein Puls beginnt zu rasen.

»Hallo?«, meldet sie sich mit schwacher Stimme.

»Hier ist Vic«, sage ich. »Wie geht es Trey?«

Ich höre ein Stimmengewirr. An den gedämpften Geräuschen erkenne ich, dass das Telefon weitergereicht wird.

»Vic, sag mir, wo du steckst«, tönt Jets Stimme durch den Hörer. Er klingt, als hätte er geweint. »Alle suchen dich.«

»Mir geht es gut. Sag den anderen, sie sollen nicht mehr nach mir suchen. Wie geht es Trey?«

»Sag mir, wo du bist.«

»Nein. Was ist mit Trey?«

Es entsteht eine lange Pause.

»Er hat es nicht geschafft«, erzählt er mir schließlich. »Es tut mir leid.«

Ich hätte nicht geglaubt, dass die Nacht in meiner Seele noch schwärzer werden könnte, und doch ist es gerade passiert.

Mein bester Freund ist tot.

Und alles ist meine Schuld.

26

Monica

Die Nachricht von Treys Tod verbreitet sich wie ein Lauffeuer in unserer kleinen Stadt. Seit ich letzte Nacht aus dem Krankenhaus heimgekommen bin, hat das Telefon nicht mehr aufgehört zu klingeln, weil jemand eine Nachricht schickt oder anruft. Die meisten wollen wissen, wie es mir geht, und teilen mir mit, dass die Schulleitung beschlossen hat, das Homecoming-Match und den Ball zu verschieben. Schließlich schalte ich mein Handy aus und schleudere es durch das Zimmer. Nun ist es schon fast Mittag und ich habe es noch nicht aufgehoben.

Ich möchte mit niemandem reden.

Ich möchte niemanden um mich haben.

Ich will, dass die anderen aufhören, mich daran zu erinnern, dass Trey tot ist. Wenn keiner mehr darüber spricht, war es vielleicht nur ein großer Irrtum. Obwohl ein Teil von mir an dieser Einbildung festhalten möchte, weiß ich, dass Trey nicht mehr zurückkommt.

Mein Blick fällt auf das neue blaue Kleid auf dem Bügel, an dem noch das Preisschild hängt. Letztes Jahr gingen wir gemeinsam mit Cassidy und Vic zum Ball. Mit viel Überredungskraft schafften wir es sogar, Vic auf die Tanzfläche zu kriegen. Wir hatten alle viel Spaß, bis Cassidy betrunken war und Vics Auto von oben bis unten vollkotzte. Wo auch immer Vic war, war Trey nicht weit. Wo auch immer Trey war, war Vic nicht weit.

Wir haben verrückte Zeiten miteinander durchgemacht.

Jetzt bleiben nur die Erinnerungen.

Meine Mom, die alle paar Stunden nach mir sieht, steckt ihren Kopf zur Tür herein. »Wie hältst du dich, Süße?«, fragt sie.

Ich liege im Bett und starre aus meinem Fenster ins Leere. Meine Augen sind offen, doch in meinem Kopf herrscht ein einziges Durcheinander. »Ich weiß es nicht.«

»Möchtest du reden?«

»Nein.« Darüber zu sprechen, macht es realer. Ich will mich jetzt nicht der Wirklichkeit stellen. Ich weiß nicht einmal, ob ich erzählen soll, dass wir uns getrennt haben. Für mich fühlt sich das so an, als würde ich damit sein Andenken beschmutzen.

»Brauchst du professionelle Hilfe?«

Mein Herz beginnt zu pochen. Ich erinnere mich daran, wie Victor mir erzählte, dass ihn die Sozialarbeiterin in der Schule in ihr Büro zitierte und herausfinden wollte, warum er ständig so eine Wut mit sich herumschleppt. Als er beharrlich schwieg, musste er viermal bei ihr antanzen, bevor sie die Sache auf sich beruhen ließ.

»Nein. Bitte verschon mich damit, Mom.«

»Okay. Ich möchte dich nicht bedrängen oder unter Druck setzen. Sag mir einfach Bescheid, wenn du deine Meinung änderst.« Sie kommt ins Zimmer und stellt sich ans Fußende meines Bettes. Ihre dunkelbraunen Augen und ihr langes, glattes Haar bilden einen auffälligen Kontrast zu meinen grünen Augen und wilden Locken, die ich von meiner Familie väterlicherseits geerbt habe. »Du solltest nach unten kommen und etwas essen, Monica. Es ist nicht gut für dich, wenn du hungerst, besonders in deinem Zustand. Du musst irgendwann mal aufstehen und dich bewegen, bevor du zu steif wirst.«

»Ich weiß. Ich verspreche, dass ich runterkomme, sobald ich dazu in der Lage bin.« Meine Knie fühlen sich jetzt schon an, als wüssten sie nicht mehr, wie man sich beugt, aber das ist mir egal. Die Wehwehchen meines Körpers sind nichts im Vergleich zu meinem seelischen Schmerz.

»Es wird leichter mit der Zeit«, sagt Mom mit leiser, ruhiger Stimme.

Als sie gegangen ist, überfällt mich die Panik bei dem Gedanken, dass sie oder mein Vater mir zu viele Fragen stellen, Fragen, die ich nicht beantworten möchte. Das Problem ist, dass niemand weiß, was zwischen Trey und mir in den vergangenen Wochen vorgefallen ist. Ich musste ihm versprechen, kein Sterbenswörtchen über seinen heimlichen Tablettenkonsum zu verraten. Ihm gegenüber loyal zu sein, heißt allen anderen ins Gesicht zu lügen.

Trey hat gesagt, er brauche die Pillen. Ich schätze, ich konnte ihn in gewisser Weise verstehen, weil ich auch Tabletten nehme, wenn die Schmerzen in meinem Körper zu schlimm werden und ich Linderung brauche. Ich setze mich auf, und meine Gelenke rebellieren und erinnern mich daran, dass ich heute Morgen meine Medikamente nicht genommen habe.

Bäh. Ich finde es zum Kotzen, dass ich meinem Körper, Treys Tod und der Tatsache, dass Victor komplett den Kontakt abgebrochen hat, machtlos ausgeliefert bin. Ich weiß nicht, ob ich das ohne Vic durchstehe. Während ich ins Bad schlurfe und meine Pillenflasche öffne, schießen mir wieder die Tränen in die Augen. Sie wollen einfach nicht versiegen.

Ich fühle mich, als würde ich ungebremst in ein schwarzes, bodenloses Loch fallen.

* * *

Zwei Tage später wird Trey beerdigt. Mrs Matthews hat mich angerufen und mich gebeten, bei der Familie zu sitzen, und das kann ich nicht ablehnen, auch wenn ein Teil von mir ihnen gern sagen würde, dass wir uns getrennt haben. Ich würde mich am liebsten im Hintergrund halten und im Stillen trauern. Keiner weiß, was ich empfinde.

Ich treffe früh bei Trey zu Hause ein.

Mrs Matthews umarmt mich mit geschwollenen, blutunterlaufenen Augen, als ich ihre Wohnung betrete. Sie sieht so jämmerlich aus, wie ich mich fühle.

»Monica, wir möchten, dass du in Treys Zimmer gehst und dir die Sachen nimmst, die du gern haben möchtest«, sagt sie mit leiser, schwacher Stimme. »An seiner Pinnwand hängen eine Menge Fotos von euch beiden. Nimm sie mit und behalte sie. Alles, was du willst, Herzchen, gehört dir.«

»Sind Sie sicher?«, frage ich zögernd.

»Natürlich. Trey hat dich geliebt.«

Allein der Klang dieser Worte bereitet mir Übelkeit. Tränen steigen mir in die Augen.

Ich bin unzählige Male in Treys Zimmer gewesen. Er hat mir immer vorgesungen und Musik vorgespielt. Als ich die Treppen hinaufsteige und den Flur zu seinem Zimmer hinunterlaufe, überkommt mich eine tiefe Trauer.

174 *Monica*

Ich stehe vor seiner Tür und starre auf die abgewetzte Holzmaserung.

Ich drehe den Türknauf und gehe in den Raum. Eine Woge der Vertrautheit umspült mich, als ich Treys friedliche, ruhige Welt betrete.

Der Raum wirkt leer ohne ihn und dennoch spüre ich seine Präsenz. Die Wände sind mit Postern seiner Lieblingsbands tapeziert und seine Footballtrophäen stehen perfekt in Reih und Glied wie eine Marschkapelle oben auf seiner Kommode. Ich laufe weiter ins Zimmer hinein und blicke auf die Bilder an der großen Pinnwand über seinem Schreibtisch.

Sie ist übersät mit Aufnahmen von uns.

Und ein paar von unseren Freunden.

Auf jedem Bild lächeln wir, doch keiner weiß, dass Trey auch eine dunkle Seite hatte. Er konnte nicht mit Stress umgehen und ließ sich manchmal davon beherrschen.

Ich möchte die Zeit zurückdrehen und noch einmal mit Trey über die Pillen reden, die er geschluckt hat. Ich wünschte, ich hätte seinen Eltern davon erzählt ... oder irgendjemand anderem.

Aber ich habe kein Wort gesagt.

Als ich mit den Fingern über eines der Fotos von Trey und mir in diesem Sommer am Strand streiche, fällt ein Bild hinter der Pinnwand hervor und landet auf seinem Schreibtisch. Ich hebe es auf und fahre zusammen.

Es ist ein Schnappschuss von Trey und Zara mit den pinkfarbenen Haaren. Sie sitzt auf seinem Schoß und hat ihre Arme um seinen Hals geschlungen, während sie in die Kamera lächelt. Trey blickt nicht in die Kamera, sondern schaut zu ihr auf, als wäre er total in sie verliebt. So hat er mich angesehen, als wir uns kennengelernt haben.

Monica 175

Mir läuft eine Gänsehaut über den Rücken, als ich das Bild umdrehe und die Worte auf der Rückseite lese.

Für immer und ewig

Darunter sind kleine Herzen gezeichnet.

Das hat Trey immer zu mir gesagt.

Als ich ein paar Aufnahmen von uns beiden abnehme, fällt ein anderes Bild von Trey und Zara heraus. Auf diesem küssen sich die beiden und liegen im Schnee. Hinter der Pinnwand finde ich fünf weitere Fotos. Auf jedem sind Trey und Zara, eines davon ist ein Selfie in seinem Bett. Es besteht kein Zweifel daran, dass sie unter der Decke nackt ist.

Nun wird mir schwindlig und in meinem Kopf dreht sich alles.

Ich denke mir tausend Erklärungen und Entschuldigungen aus, aber die Wahrheit trifft mich wie ein Schlag ins Gesicht.

Trey hat mich schon eine ganze Weile betrogen.

Ich fange an zu hyperventilieren und ringe nach Luft. Alles, woran ich geglaubt habe, ist eine Lüge. Alles, was ich über Trey gewusst habe, ist ein Schwindel – sogar unsere Beziehung. Ich kann ihn nicht mehr damit konfrontieren, weil er tot ist. Ich will ihn anschreien, weinen und Antworten von ihm verlangen.

Doch die werde ich nie bekommen.

Ich bin so durcheinander und müde und traurig. Das Leben ist ungerecht. Ich habe ihm so viel gegeben, und er hat mich angelogen und mich versprechen lassen, seine dummen Geheimnisse zu bewahren. Ich hasse ihn dafür.

Tief einatmen.

Ich schiebe die übrigen Bilder in meine Handtasche und laufe wie in Trance die Treppe hinunter. Aber wie soll ich mich wie eine liebende, trauernde Freundin aufführen, wo doch unsere Beziehung eine einzige Farce war?

Ich schnappe ein Gespräch zwischen Mr und Mrs Matthews in der Küche auf.

»Das muss ein Irrtum sein«, sagt Mrs Matthews flüsternd zu ihrem Mann. »Mein Sohn hat keine Amphetamine genommen. Er war klug und hatte so viel, wofür es sich zu leben lohnt.«

»Das sagt der erste toxikologische Bericht. Sein Herz hat versagt und er ist an einem Herzinfarkt gestorben. Er hat eine Überdosis genommen, Clara«, höre ich Treys Vater sagen. »Er war nicht dehydriert und die Schule und Victor Salazar treffen keine Schuld. Das habe ich von der Polizei erfahren. Sie stellen die Untersuchung ein, sobald sie den abschließenden Bericht vom Pathologen haben.«

Mrs Matthews wimmert. »Das glaube ich nicht«, weint sie. »Ich werde niemals glauben, dass mein Sohn Drogen genommen hat. *Niemals.*«

Ich betrete die Küche. Mr und Mrs Matthews verstummen auf der Stelle. Mr Matthews scheucht uns geschäftig zum Auto und fährt zum Beerdigungsinstitut.

Dort kommen wir vor allen anderen an. Es ist schwer, Treys Mom anzuschauen. Sie ist ganz in Schwarz gekleidet und weint ununterbrochen. Wenn ich ihre Schluchzer nur höre, laufen mir schon selbst die Tränen die Wangen hinunter.

Mr Matthews ist stoisch. Er grüßt die Kondolenzbesucher mit schmallippiger, verkniffener Miene. Seine Augen

Monica 177

sind trocken, doch ich weiß, dass es nur eine Show ist. Trey und sein Dad haben sich sehr nahegestanden. Sein Dad war sein größter Fan, hat jedes Footballmatch besucht und stolz ein Fremont-Rebel-Elternshirt getragen, wann immer ich ihn bei einer Schulveranstaltung getroffen habe. Er hat vor jedem, der es hören wollte, mit seinem Sohn geprahlt.

Die Reihe der Menschen, die Trey die letzte Ehre auf dem Friedhof erweisen wollen, ist länger, als ich je gesehen habe. Die ganze Schülerschaft der Fremont scheint anwesend zu sein, zusammen mit dem Großteil der Eltern, Lehrer und Angestellten der Schule.

Es überrascht mich nicht, die Leute darüber reden zu hören, dass Homecoming ausfallen werde und das Match gegen Fairfield verschoben sei. Treys Tod schlägt Wellen, und die ganze Stadt ist in Aufruhr, nachdem sie einen ihrer Söhne verloren hat.

Jemand tippt mich von hinten an. »Hey«, sagt Ashtyn mit teilnahmsvoller Stimme und beugt sich vor, um mir etwas ins Ohr zu flüstern. »Wie geht es dir?«

Ich zucke die Schultern und denke an die Bilder von Trey und Zara in meiner Handtasche. Und die Tatsache, dass Treys Tod aller Wahrscheinlichkeit nach von einer Überdosis verursacht worden ist, was ich vielleicht hätte verhindern können.

»Weiß nicht.« Das ist die einzige Antwort, die mir im Moment einfällt.

Mich umzudrehen und Ash, Derek, Jet und Bree hinter mir stehen zu sehen, ist beruhigend, aber ich habe immer noch ein flaues Gefühl in der Magengrube. Außerdem fühlen sich meine Knochen an, als wären sie alt und gebrechlich. Ich bin an diesem Morgen schon mit steifen Gliedern aufgewacht und bis jetzt hat sich das nicht gebessert. Ich habe brav meine Pillen geschluckt, doch sie haben die Symptome nicht wie üblich gelindert.

»Wo ist Vic?«, erkundige ich mich und frage mich, ob er die ganze Zeit von Trey und Zara wusste.

»Keiner hat etwas von ihm gehört«, sagt Jet.

»Es heißt, er treibt sich mit der Latino-Blood-Gang herum«, wirft Bree ein.

Die Latino-Blood-Gang? Nein. Das kann nicht sein.

Ich schaue zu Ashtyn. Sie hat einen besorgten Ausdruck auf dem Gesicht, den sie rasch überspielt. Sie schenkt mir ein schwaches Lächeln. »Ich bin mir sicher, dass es ihm gut geht. Er ist nicht bei den LBs, Monica. Das wäre doch verrückt.«

Aber Vic ist manchmal verrückt. Trey und er waren wie Brüder. Vic hat mehr als einmal zugegeben, dass er wahrscheinlich schon tot wäre, wenn es Trey nicht gäbe. Trey war der Besonnene, der etwas Normalität in Vics unbeständiges Leben gebracht hat.

Wird Vic auf die schiefe Bahn geraten nun wo Trey nicht mehr ist?

Mir ist so, als würde ich selbst jeden Halt verlieren. Ich wünschte, Vic wäre hier, damit ich mit ihm reden und ihn wissen lassen könnte, dass wir beide nach Treys Tod durch die Hölle gehen. Ich habe Angst, ihn anzurufen. Was würde ich dann sagen?

Als ich mich zum Sarg umwende, geht der unablässige, dumpfe Schmerz in meinem Rücken in ein Pochen über.

»Mit großer Trauer verabschieden wir uns von Trey Aaron Matthews, einem jungen Mann, der seinen Alterskameraden stets ein Vorbild war«, beginnt der Pfarrer und blickt hinunter auf den Sarg.

Während der Ansprache des Pfarrers bohre ich mir die Fingernägel in die Handflächen. Unter meine Trauer mischt sich eine ordentliche Portion Wut und Schuld.

»Treys Anwesenheit wird für die, die ihn liebten, immer spürbar sein«, fährt der Pfarrer fort.

Doch ich spüre seine Anwesenheit nicht.

Ich fühle mich einfach nur leer und verlassen.

27

Victor

»Yo, wach auf!«

Ich liege auf Isas Couch und hoffe, dass ich ein wenig schlafen kann. Aber das ist mir ganz offenbar nicht vergönnt, denn als ich meine Augen halb öffne, sehe ich, wie sie sich neben mich hockt. Ihr Gesicht ist nur Zentimeter von meinem entfernt.

»Ich versuche zu schlafen«, teile ich ihr mit.

»Du schläfst schon seit einer Woche, Vic. Zeit, dich wieder zu den Lebenden zu gesellen.«

»Nein, danke.« Wenn ich schlafe, machen meine dunklen Gedanken Pause. Ich möchte mich nicht wieder unter die Lebenden mischen, nicht, wo Trey unter der Erde liegt.

Sie kneift mir in den Arm. »Steh auf«, befiehlt sie.

Ich schlage ihre Hand weg. »Au! Das tat weh.«

»Gut«, sagt sie. »Das sollte es auch.«

Ich reibe mir den Arm und setze mich auf. Als ich aus dem Fenster schaue, merke ich, dass es noch nicht einmal hell ist. »Wie spät ist es?«

»Zehn Uhr. Abends.« Sie wirft mir ein graues Kapuzenshirt hin. »Hier, zieh das an. Ich muss eine Besorgung machen und du kommst mit.«

Victor   181

»Ich bleibe hier.«

»Nein. Die Menschen sterben nun mal, Vic«, entgegnet sie, als wäre mir diese Tatsache unbekannt. »Mann, ich habe schon zu viele Freunde vor meinen Augen sterben sehen. Obwohl man nie darüber hinwegkommt, muss man weitermachen.«

»Ich will nicht weitermachen. Es gefällt mir hier auf deiner Couch.«

»Willst du für immer da liegen?«

»Yep.«

»Vergiss nicht, dass unsere Uhr irgendwann abläuft, Cousin«, klärt mich Isa auf. »Wir alle müssen irgendwann sterben. Also kann man ebenso gut die Sau rauslassen und dem Tod den Stinkefinger zeigen. Na ja, das war jedenfalls Pacos Motto.«

»Ich habe keine Angst vor dem Tod«, sage ich zu ihr.

Fakt ist aber, dass ich außer mir bin, weil ich meinen besten Freund auf dem Gewissen habe. Ich wundere mich, dass die Bullen nicht schon nach mir suchen und mich bis zum Sankt-Nimmerleinstag wegsperren wollen. Ich habe es verdient. Ich meine, ich wollte Treys Leben, sein Mädchen, sein Talent und seine Intelligenz – jeder wollte zu Trey Matthews' Umfeld gehören.

Die meisten Schüler der Fremont High sind von ihren Eltern vor mir gewarnt worden. In meinem Dunstkreis will sich niemand aufhalten.

»Ich komme schon klar.«

»Ach ja, Vic? Du sitzt schon eine geschlagene Woche auf deinem Hintern und rührst keinen Finger für mich. Verdammt, Monica fragt mich jedes Mal nach dir, wenn sie zur Arbeit kommt.«

»Sie war hier?« Ich meine, ich weiß, dass sie diese Woche anfangen sollte, doch ich habe gedacht, nach allem, was passiert ist, hätte sie ihr Vorhaben aufgegeben.

Isa nickt. »Ich sage ihr immer wieder, dass du allein sein möchtest. Gestern Abend wollte sie unbedingt, dass ich sie mit in meine Wohnung nehme, damit sie mit dir reden kann. Aber ich habe ihr gesagt, dass du noch nicht bereit dafür bist.«

»Ich will niemanden sehen. Besonders nicht Monica.« Ich verrate Isa nicht, was ich gern sagen würde – dass ich am Tod von Monicas Freund schuld bin.

Isa verharrt kurz und dreht sich dann zu mir. »Zwei der Männer, die ich geliebt habe, sind gestorben, Vic. Und dennoch muss ich irgendwie weiterleben. Es tut scheißweh und trotzdem mache ich es jeden Tag.« Sie berührt meinen Arm. »Ich *verstehe* das.«

»Keiner versteht das«, widerspreche ich ihr. »Nicht einmal du.«

28

Monica

Es fällt mir schwer, Mr Millers Unterricht zu folgen, vor allem, weil ich immer wieder zu dem leeren Stuhl vorn im Klassenzimmer schauen muss – Vics Stuhl.

»Weiß jemand, wo Victor Salazar ist?«, fragt Mr Miller.

»Er ist verschwunden«, meldet sich Cassidy. »Niemand hat etwas von ihm gehört.« Sie wendet ihre Aufmerksamkeit mir zu. »Das stimmt doch, Monica?«

Ich zucke die Schultern. Warum starren mich alle an? Okay, ich weiß, wo er sich versteckt. Aber das werde ich bestimmt keinem auf die Nase binden. Ich wünschte jedoch, er würde mit mir reden. Ich vermisse ihn.

Vic ist nun seit zwei Wochen nicht mehr in der Schule gewesen. Es ist schon schlimm genug, dass Trey nicht mehr da ist. Ohne Vic ist der Schmerz jedoch noch weniger zu ertragen. Ich weiß nicht, was ich machen soll.

Vor der fünften Stunde knöpfe ich mir seine Schwester Dani im Gang vor. Sie unterhält sich mit ein paar Senior-Jungs.

»Kann ich dich kurz sprechen?«, frage ich sie.

»Wenn's sein muss«, meint sie schulterzuckend.

Es ist nicht leicht, mit dem Mädchen ein Gespräch anzufangen. Dani wirkt, als könnte sie nicht schnell genug von mir wegkommen. Sie bedeutet ihren Freunden, auf sie zu warten. »Ich habe mich, ähm, gefragt, ob du etwas von Vic gehört hast.«

»Mein Dad hat ihm den Geldhahn zugedreht, als er abgehauen ist«, sagt sie.

»Hat er sich bei dir gemeldet?«

Sie schüttelt den Kopf. »Hör zu, Monica. Ich habe nichts von ihm gehört und glaube auch nicht, dass er sich meldet. Ich muss gehen.«

Bevor ich ihr noch weitere Fragen stellen kann, lässt sie mich stehen und gesellt sich zu ihren Freunden.

Ein paar Schüler der unteren Stufen schlendern an mir vorüber. »Hast du gehört, dass Vic Trey blöde angemacht hat vor dem brutalen Tackling?«, sagt einer in aufgeregt geschwätzigem Tonfall.

»Ich wäre nicht überrascht, wenn er es absichtlich getan hätte. Trey war alles, was Vic nicht war«, fügt ein anderer hinzu.

»Wie es so schön in der Bibel heißt: Halt dich fern von deinen Feinden; aber auch gegen deine Freunde sei auf der Hut«, schaltet sich einer der Juniors aus der Ersatz-Footballmannschaft ein.

»Alles in Ordnung?«, fragt mich Ms Goldsmith, eine der Biologielehrerinnen, als ich den Klatschmäulern nachschaue. »Wollen Sie sich mit der Sozialarbeiterin treffen?«

»Nein«, antworte ich und erinnere mich an den Hinweis, dass die Schul-Sozialarbeiterin jede Stunde den Schülern zur Verfügung steht, die über ihre Probleme, mit dem Tod eines Klassenkameraden fertigzuwerden, reden möchten.

Treys Tod hinterlässt tiefe Spuren in unserer kleinen Stadt, besonders in einem so footballversessenen Ort wie Fremont. Es ist immer noch das Thema Nummer eins. Natürlich verstummen die Gespräche sofort, sobald ich irgendwo hinkomme und die Leute meine Anwesenheit bemerken. Sie behandeln mich wie eine Aussätzige, wie eine, die so zart besaitet ist, dass sie beim Klang von Treys Namen zusammenbricht.

»Sie sehen verstört aus, Monica. Ich denke, Sie sollten mit jemandem reden. Kommen Sie«, sagt Ms Goldsmith und nötigt mich, ihr zum Sekretariat zu folgen.

»Es geht mir gut«, versetze ich und würde gern in die entgegengesetzte Richtung davonlaufen.

Sie tätschelt mir den Rücken. »Ich weiß, dass Sie im Moment viel durchmachen. Sie müssen Hilfe annehmen, auch wenn Sie das nicht wollen.«

Kurz darauf sind wir im Sekretariat. Ms Goldsmith raunt der Sekretärin zu: »Das ist Monica Fox, *Treys Freundin.*«

Die Sekretärin nickt, als begreife sie die Dringlichkeit der Lage, und eilt ins Büro der Sozialarbeiterin. Während ich herumstehe und warte, betritt Marissa Salazar den Raum.

»Hast du mit Vic geredet?«, frage ich sie.

»Nein.« Sie macht auf dem Absatz kehrt und geht davon. Jetzt bin ich noch verwirrter als vorher.

Weniger als eine Minute später werde ich in Mrs Beans Büro geleitet.

Unsere Sozialarbeiterin ist eine große Frau mit roten, schulterlangen Haaren. Sie bedeutet mir, auf dem Stuhl auf der anderen Seite ihres Schreibtisches Platz zu nehmen. »Es tut mir leid wegen Trey«, sagt sie mit leiser, hoher Stimme. »Er war ein vorbildlicher Schüler, zu dem seine Alterskameraden und die Leute in der Gemeinde aufgeschaut haben. Sein Tod hat viele Menschen betroffen gemacht.«

Ich bin mir nicht sicher, ob Mrs Bean sich tatsächlich einmal mit Trey unterhalten hat, aber wir wohnen in einer Kleinstadt, und jeder kennt praktisch jeden an der Fremont High.

Sie legt teilnahmsvoll den Kopf schräg. »Sie sind lange Zeit ein Paar gewesen.«

Ich nicke. Ich verschweige ihr die Wahrheit, nämlich dass wir uns getrennt haben, er mich betrogen und außerdem Drogen genommen hat.

»Möchten Sie darüber sprechen?«, erkundigt sie sich. »Ich bin hier, um Ihnen zuzuhören, einen Rat zu geben oder Ihnen einfach eine Schulter zu bieten, an der Sie sich ausweinen können.«

Das Letzte, was ich jetzt will, ist reden, und schon gar nicht mit der Schul-Sozialarbeiterin. Wenn ich reden wollte, würde ich Ashtyn anrufen. Doch auch ihr kann ich die Wahrheit nicht erzählen. Und ich habe niemandem etwas von den Bildern von Trey und Zara berichtet, die ich hinter Treys Pinnwand gefunden habe.

»Darf ich einfach wieder zurück in den Unterricht, Mrs Bean?«

Sie seufzt. Ich gehe davon aus, dass sie darauf bestehen wird, dass ich etwas sage, irgendetwas, doch stattdessen schiebt sie ihren Stuhl zurück und erhebt sich. »Der emotionale Ansturm, den Sie gerade durchleben, ist normal und natürlicher Teil des Trauerprozesses, Monica. Sie haben Ihren Freund verloren. Aber mit jedem Tag wird es ein bisschen aufwärts gehen. Glauben Sie mir.«

»Das hoffe ich. Danke für Ihre Anteilnahme, Mrs Bean«, antworte ich.

Ich will gerade gehen, als sie mir ein Faltblatt hinhält.

Monica 187

»Hier«, sagt sie und drückt es mir in die Hand. »Dort sind die Phasen der Trauer beschrieben. Lesen Sie es sich einfach mal durch, Monica. Nur damit Sie wissen, dass Sie nicht allein sind.«

Ich verlasse ihr Büro, laufe durch die Gänge und fühle mich wie ein Zombie. Meine Beine bewegen sich ohne Sinn oder Ziel. Ich bin innerlich wie taub. Ich werfe einen Blick auf das Faltblatt. Taubheit gehört nicht zu den Trauerphasen. Vielleicht *bin* ich damit allein.

Vielleicht werde ich immer allein sein.

Ich würde gern mit Trey sprechen und ihm sagen, dass es mich fertigmacht, seine Geheimnisse zu bewahren. Jeder redet davon, was für ein Vorbild und wie perfekt er gewesen sei und wie alle zu ihm aufgeschaut hätten.

Doch er war nicht perfekt.

Es scheint fast so, je mehr Trey idealisiert wird, umso mehr hacken die Leute auf Vic herum. Engel hier, Teufel da.

Ich senke den Kopf und starre zu Boden, denn das ist einfacher, als den Menschen in die Augen zu schauen und sie in ihrer verzerrten Ansicht der Realität zu bestätigen.

Am Ende des Schultages öffne ich meinen Spind und finde ein zusammengefaltetes Blatt Papier, das jemand hineingeschoben haben muss. Ich falte es auseinander und lese es.

Sag meinem Bruder, dass ich ihn vermisse. – Marissa

29

Victor

Ich habe keine Ahnung, wie viele Tage ich jetzt schon bei Isa hause. Ich versuche nach Kräften, mein Leben zu verschlafen und alles und jeden um mich herum auszublenden.

Wieder ist es Nacht geworden. Das weiß ich, weil kein Licht durch die Fenster fällt.

»Wirst du jetzt endlich mal deinen Hintern hochkriegen?«, erkundigt sich Isa, während sie ihr Konterfei in dem kleinen Spiegel studiert, der an der Wand im Wohnzimmer hängt.

»Nee.«

Sie wendet sich um. »Yo, Vic, reiß dich zusammen! Ehrlich, du musst doch mal darüber hinwegkommen. Glaubst du, Trey hätte gewollt, dass du dein Leben wegwirfst? Damit beschmutzt du sein Andenken. Er würde wollen, dass du dein Leben in vollen Zügen lebst und dich wieder an die Arbeit machst.«

»Hier zu arbeiten, nennst du leben?«, frage ich sie.

»Klar. Die Arbeit hier gibt mir einen Sinn.«

»Drauf geschissen«, stöhne ich.

Sie zuckt die Schultern. »Vielleicht nicht der Traumjob schlechthin, aber tausendmal besser, als rund um die Uhr in einem dunklen Zimmer zu liegen und eine Woche lang dieselben Klamotten zu tragen.«

Ich beäuge mein schmuddeliges Shirt und meine Jeans. »Ich hänge eben an diesen Sachen.«

»Wie dem auch sei, Vic. Doch vielleicht bequemst du dich mal, Monica und mich zu unterstützen. Im Lauf der Jahre habe ich gelernt, dass Reue nichts bringt.«

»Vielen Dank für den guten Ratschlag.«

»Gern geschehen. Ich passe auf die Kinder von Alex und Brittany auf und komme spät heim. Auch wenn du es wahrscheinlich gar nicht mitkriegst.«

Isa verlässt die Wohnung und brabbelt noch mehr Unsinn darüber, dass es weitergehen müsse.

Ich wende ihr den Rücken zu, schließe die Augen und hoffe, dass ich schlafen kann.

Kann ich nicht. Verdammt, das nervt. Ich hasse es, allein mit meinen Gedanken zu sein, und darum schlafe ich lieber. Das Problem ist bloß, dass ich so viel geschlafen habe, dass mein Körper es mir jetzt heimzahlt.

Ich muss joggen gehen und mich so auspowern, dass ich nur noch auf der Couch zusammenklappe.

Ich laufe nach unten und durch die Werkstatt und bin froh, dass Isa weg ist. Ich weiß nicht, wohin ich will. Ich muss einfach meinen Kopf durchlüften und durch die Stadt rennen.

Ich jogge zur Highschool und zurück und behalte dabei mein Umfeld in dieser üblen Gegend im Auge. Ich verstehe es ebenso gut, einem Konflikt aus dem Weg zu gehen, wie einen Streit vom Zaun zu brechen.

Als ich völlig verschwitzt und erschöpft zu Enriques Werkstatt zurückkehre, bemerke ich ein Mädchen, das auf dem Parkplatz steht. Sie trägt ein schwarzes Kapuzenshirt, das ihr Gesicht halb verdeckt.

Mich trifft der Schlag, als ich das lange, dicke Haar sehe, das aus der Kapuze hervorlugt, und die vollen Lippen, die ich bei Tageslicht ebenso wie in der Dämmerung erkenne.

Monica Fox.

Ich habe versucht, das Bild zu verdrängen, wie sie ihre Hände vor den Mund presst und verzweifelt aufheult, als der Krankenwagen Trey wegbringt. Doch es ist mir nicht gelungen.

Scheiße.

Ich will niemanden sehen. Und sie schon gar nicht.

Dummerweise bleibt mir keine Wahl.

Bei meinem Anblick zuckt Monica zusammen, ihre Kapuze rutscht ihr vom Kopf und bringt ihr perfektes, herzförmiges Gesicht zum Vorschein.

Sie legt die Hand an die Brust und atmet erleichtert aus. »Ach, du bist's bloß.«

Sie hier vor mir zu sehen ... Ich weiß nicht, was ich sagen soll. Meine Handflächen werden plötzlich feucht, als ich vor ihr stehe.

»Was machst du hier?«, frage ich. Die Worte kommen barscher heraus als beabsichtigt und lassen sie zurückweichen.

Sie verschränkt die Finger ineinander. »Ich ... äh ... bin hier, um ... äh ... mit dir zu reden.« Ihre sonst so funkelnden und lebhaften Augen sind blutunterlaufen. »Du warst nicht bei der Beerdigung, also falls du es noch nicht gehört hast, Trey ist begraben worden ...«

»Weiß ich.« Ihr Anblick schneidet mir in die Seele. Trey hatte Pläne mit ihr und ich allein habe sie zunichtegemacht.

»Alle fragen sich, wo du steckst«, sagt sie. »Du musst zurück nach Fremont, Vic. Komm mit mir zurück.«

»Haben sie dich vorgeschickt, damit du mich nach Fremont zurückholst?«, frage ich. »Hast du überall herumerzählt, wo ich die letzten beiden Wochen war?«

»Nein.« Sie tritt einen Schritt zurück und wirkt beleidigt. »Keiner weiß, dass du hier bist.«

»Warum kreuzt du dann um diese Zeit hier auf?«

»Weil mir etwas an dir liegt.« Sie räuspert sich und macht eine kurze Pause, bevor sie hinzufügt: »Sehr viel sogar.«

30

Monica

Vic sieht furchtbar aus. Sein Hemd ist fleckig und sein Haar schmuddelig. Er sieht aus, als hätte er die letzten beiden Wochen auf der Straße geschlafen, ganz so, als hätte er sich aufgegeben.

»Ich will nicht, dass dir etwas an mir liegt«, sagt er. »Nicht nach allem, was ich Trey angetan habe. Es wundert mich eh, dass die Bullen mich noch nicht suchen und wegen Mordes einlochen wollen.«

»Du hast Trey nicht umgebracht, Vic. Es war ...« Ich würde ihm gern die Wahrheit sagen, nämlich dass Trey seinen Tod mitverschuldet hat, aber das kann ich nicht. »Es war ein tragischer Unfall. Und ich gehe nicht heim, bevor du mir versprochen hast, dass du in die Schule und zum Footballteam zurückkehrst. Sie gewinnen nicht ein Spiel ohne dich.«

Er hält sich die Ohren zu. »Ich möchte nicht über die Schule oder Trey oder Football reden.«

»Warum nicht?«

Er zuckt die Schultern.

Ich stemme die Hände in die Hüften und versuche, bestimmt auszusehen. »Du kannst dich nicht dein ganzes Leben lang hier verkriechen.«

»Wieso nicht?«

»Weil es blöd ist.« Ich blicke angestrengt auf meine Schuhe, weil ich mich nicht hochzuschauen getraue, als ich fortfahre: »Trey hätte das nie zugelassen.«

»Ja, nun, Trey ist nicht mehr unter uns, Monica. Und du solltest doch mittlerweile wissen, dass ich blöd *bin*.« Er läuft zur Werkstatt, schließt die Tür auf und erklärt damit unser Gespräch stillschweigend für beendet.

Ich weiß, dass Vics Dad hart zu ihm ist. Er hat ihm nie das Gefühl gegeben, wichtig zu sein oder seine Aufmerksamkeit zu verdienen, es sei denn, es gab einen negativen Anlass oder es war inszeniert für die Öffentlichkeit. Das ist einer der Gründe, warum Vic so verschlossen ist, doch ich werde nicht zulassen, dass ihn das und die Bestürzung über den Verlust von Trey zu Fall bringen.

Ich eile zu ihm. »Es gibt immer einen Ausweg. Du kannst nicht einfach die Schule und den Football sausen lassen.«

»Doch, kann ich«, antwortet er. »Ich will nicht, dass du dir Gedanken um mich machst.«

»Na, dann musst du dich wohl damit abfinden, denn ich mache mir Gedanken um dich, Vic.« Ich strecke meinen Arm aus und berühre sanft seine Hand, aber sobald meine Finger über seine streifen, höre ich ihn laut einatmen. Er zieht seine Hand abrupt weg.

»Geh zurück nach Fremont, Monica«, sagt er.

»Ich bin hier, um dir zu helfen. Schick mich nicht weg.« Meine Augen füllen sich mit Tränen. Niemand weiß, welche Qualen ich innerlich leide. Vic hat keine Ahnung, was wirklich auf dem Spielfeld passiert ist. Und wenn Mr und Mrs Matthews beschließen, diese Information unter Verschluss zu halten, wird er es vielleicht nie erfahren.

Er hebt genervt die Hände. »Geh nach Hause. Ich will dich hier nicht haben.«

Ich darf mich jetzt nicht unterkriegen lassen. »Ich werde nur heimgehen, wenn du bereit bist, wieder zur Schule zu gehen.«

»Also gut«, gibt er nach.

Ich entspanne mich ein wenig. »Wirklich?«

»Ja«, verspricht er. »Wenn du jetzt gehst, komme ich am Montag wieder in die Schule. Nimm mein Angebot lieber an, sonst werfe ich mir deinen Hintern über die Schulter und *sorge dafür*, dass du verschwindest. Du hast keine Wahl. Und nur damit du Bescheid weißt, in dieser Gegend kümmert es niemand die Bohne, wenn du schreist.«

Ich verenge meine Augen und frage mich, ob er das durchziehen würde. »Das würdest du nicht tun.«

Er lacht kurz und zynisch. »Wetten, dass?«

Monica 195

31

Victor

Am Montag sitze ich in Isas Wohnzimmer und gebe vor, nicht an Monica und meine Lüge zu denken, heute wieder in die Schule zu gehen. Als ich an diesem Morgen aufgewacht bin, habe ich tatsächlich in Erwägung gezogen, unter die Dusche zu springen und mich auf den Weg dorthin zu machen. Doch es war nur ein flüchtiger Einfall. Ich werde meinen Abschluss ohnehin nicht schaffen, weil ich so viele Stunden versäumt habe und den Lehrstoff vermutlich nicht nachholen kann, also was soll's.

Als ich gerade den Fernseher einschalten will, um die Gedanken aus meinem nutzlosen Hirn zu verbannen, platzt Isa in einem ihrer übergroßen Overalls herein, die gut zu ihrer übergroßen Latina-Attitüde passen. Mist, hätte ich bloß abgeschlossen. Dann könnte ich so tun, als wäre ich nicht hier.

Ich lehne mich auf der Couch zurück. »Hey.«

»Ich muss jetzt mal durchgreifen.« Sie versperrt mir die Sicht zum Fernseher. »Ich habe es satt, dass du dir den Hintern plattsitzt und nichts tust.«

»Ich habe ein paar schlimme Wochen hinter mir«, meine ich beiläufig. »Ich will einfach in Ruhe gelassen werden.«

»Es tut mir leid, dass du deinen Freund verloren hast. Ich

weiß nur zu gut, wie es sich anfühlt, jemanden zu verlieren, der einem am Herzen liegt. Aber ich versinke unten in Arbeit und du glänzt durch Abwesenheit.« Sie deutet auf meine Kleidung. »Und du siehst *völlig verlottert* aus.«

»Sorry.«

»Sorry? Das ist *alles*?« Ihre dunklen Augen durchbohren mich nun wie Dolche. »Wenn ich die Arbeit nicht schaffe, verliere ich mein letztes Hemd und muss die Werkstatt verkaufen.«

»Ich kann jetzt nicht arbeiten.«

Sie zeigt auf den Fernseher. »Weil du auf dem Arsch sitzen und dir alberne Zeichentrickfilme anschauen musst?«

Ich versuche, ruhig zu bleiben und mich von ihren Worten nicht in Rage bringen zu lassen. »Mach mich nicht blöd an. Das kann ich nicht gebrauchen, Isa.«

»Was nun, willst du den Rest deines Lebens den Penner spielen?«

»Keinen Penner. Ich bevorzuge das Wort ›Freigeist‹.« Ich will, dass sie weggeht und aufhört, mir Vorträge zu halten, damit ich weiter herumlümmeln kann. Sie bringt mich zum Nachdenken. Und ich will nicht nachdenken, besonders heute nicht, wo Monica mich in der Schule erwartet und ich weiß, dass ich sie enttäusche, weil ich wieder schwänze.

»Du benimmst dich wie ein Idiot«, keift Isa.

»Ich bin einer. Du warst bei einer Gang, Isa. Du hast große Erfahrung mit Idioten«, sage ich.

Ihr Gesicht läuft puterrot an. »*Wag* es nicht, damit anzufangen, Vic.«

»Ich mein ja bloß … vielleicht kannst du mir ein paar Tipps geben.«

Sie nimmt die Fernbedienung und drischt damit auf meine

Brust ein. Ihre Gang-Tätowierungen kriegt sie nicht mehr los, doch das Bandenleben hat sie hinter sich gelassen, als ihre Freunde von der Gang erschossen wurden, der sie ihre Treue geschworen hatte.

»Du bist nicht der Erste, der jemanden verliert, du unsensibler *pendejo*«, zischt sie, bevor sie hinausstürmt. Ihre beißenden Worte sollen mich treffen.

Und sie treffen mich. Mitten ins Herz.

Ich frage mich, wie viel tiefer ich noch sinken kann.

32

Monica

Heute ist mir das Aufwachen leicht gefallen. Die Vorfreude darauf, Vic in der Schule zu sehen, hat mich aus dem Bett springen und die Schmerzen in meinen Gelenken vergessen lassen. Seit Treys Tod ist alles ein völliges Chaos. Wenn Vic wieder zur Schule geht, kehrt etwas Normalität in mein Leben zurück – zumindest rede ich mir das ein.

Ich parke auf dem Schulparkplatz und betrete mit frisch beschwingtem Schritt den Gang der Seniors.

»Hey«, grüße ich Ashtyn und Derek, die vor ihren Spinden sitzen.

Ash schaut zu mir auf. »Du lächelst ja.«

»Ist mir bekannt.«

Sie stößt Derek an. »Siehst du das? Meine beste Freundin hat heute gute Laune.«

Derek nickt. »Yep, das sehe ich.« Er mustert mich und sagt unsicher. »Glückwunsch?« Ash knufft ihn in den Arm und er zuckt die Schultern. »Sorry, ich weiß nicht, was ich sagen soll.«

Ash verdreht die Augen und erhebt sich. »Jungs haben einfach keine Ahnung.« Sie hakt sich bei mir unter. »Ich bin froh, dass es dir wieder besser geht«, sagt sie. »Ich habe mir

Sorgen um dich gemacht. Du rufst nie zurück und schickst nur superkurze SMS.«

»Ich weiß, tut mir leid.«

Sie wischt meine Worte mit einer Handbewegung weg. »Es muss dir nicht leidtun, Monica. Ich war hin und her gerissen, ob ich dich aus deinem Schneckenhaus holen oder dich in Ruhe lassen soll. Wir alle vermissen Trey – und Vic.«

Ashtyn und Vic sind gute Freunde, auf dem Footballfeld und außerhalb. Ich weiß, dass es schwer für sie ist, ihn nicht um sich zu haben. Treys Tod hat ein Vakuum in unserem Freundeskreis hinterlassen. Vics Verschwinden hat das Leben unerträglich gemacht, deshalb ist es auch so wichtig, dass er zurückkehrt.

Ich kann die Neuigkeiten nicht länger für mich behalten. »Vic kommt heute in die Schule zurück«, sage ich zu ihr.

Ash reißt die Augen auf. »Was? Bist du sicher? Woher weißt du das?« Ihre Fragen stürmen auf mich ein wie eine Maschinengewehrsalve.

»Ich habe mit ihm gesprochen.«

»Am Telefon?«

Ich schüttle den Kopf. »Nein. Ich habe ihn gesehen.«

»Du hast ihn *gesehen*? Wo?«

»In Fairfield«, antworte ich und ergänze dann: »Im südlichen Teil.« Sie zieht die Stirn kraus und öffnet entsetzt den Mund. Niemand, den wir kennen, traut sich in den Süden von Fairfield, wo Banden die Straße beherrschen.

»Und er hat dir wirklich gesagt, dass er wieder zur Schule geht?«

Ich nicke. »Yep. Er hat es versprochen.«

Doch in der dritten Stunde ist Vic immer noch nicht aufgetaucht.

In der sechsten Stunde fehlt jede Spur von ihm.

In der siebten Stunde fange ich an, mich aufzuregen, weil es klar ist, dass er sich nicht blicken lassen wird.

In der neunten Stunde bin ich stocksauer.

Nach der Schule gehe ich zum Cheerleading-Training. Ich habe oft gefehlt, aber ich weiß, dass Bree mich vertritt.

Ich treffe sie auf dem Rasen vor der Tribüne an, wo sie sich mit dem Rest der Truppe warmmacht.

»Wow. Dich hätte ich hier nicht erwartet«, sagt Bree, als ich zu ihr laufe.

Ich streife mein Kapuzenshirt ab und werfe meine Wasserflasche ins Gras. »Ich wollte nicht noch mehr Trainingsstunden verpassen.«

Bree wirkt durcheinander. »Wir haben damit gerechnet, dass du dir eine längere Auszeit nimmst, Monica.«

»Na ja, nun bin ich wieder hier.«

Die Mädchen sind verstummt und alle haben ihre Augen auf mich gerichtet. Ich sehe die Truppe an und bemerke, dass sie in Reih und Glied stehen. Und Cassidy Richards hat meinen Platz eingenommen.

»Was ist los?«

»Cassidy ist für dich eingesprungen«, erklärt Bree. »Bis du zurückkommst.«

»Ich bin zurück.«

»Nein. Ich meine … endgültig zurück. Du hast in den letzten Wochen so viel vom Training versäumt, und weil wir nicht wussten, ob du überhaupt zurückkehrst, haben wir eine neue Nummer einstudiert …« Sie strahlt von einem Ohr zum anderen und ihr Pferdeschwanz wippt um ihren Kopf herum. »Du solltest sie dir einmal anschauen! Sie ist wirklich cool. Cassidy war in den letzten Frühjahrsferien in

Monica 201

einem Cheerleading-Camp in Kalifornien, und dort haben sie ihr ein paar Sachen gezeigt, die sie uns beigebracht hat.«

»Das ist ja wunderbar«, ringe ich mir ab. »Ich kann es nicht erwarten, die Nummer zu sehen.«

Ein Schrei der Erleichterung kommt Bree über die Lippen. »Oh, wie schön! Okay, setz dich hier hin«, sagt sie aufgeregt und deutet auf einen Fleck am Boden. »Wir tanzen die Nummer und du siehst zu. Es wird dich umwerfen!«

Ich hocke mich ins Gras und verfolge die Choreo zu einer Musik, die ich noch nie gehört habe, dann eine komplizierte F-Formation mit absolut abgefahrenen Bewegungen, die gut zu den Schritten passen.

Fakt ist, dass Cassidy ganze Arbeit leistet. Meine Arthritis macht sich prompt noch stärker bemerkbar. Ich massiere meine Gelenke in der Hoffnung, den permanenten Schmerz zu lindern.

»Wow«, ist alles, was ich hervorbringe, als die Nummer vorbei ist.

Bree beklatscht ein paarmal die Mädchen – und sich selbst. »Also hat es dir gefallen, Monica? Es ist *klasse*, oder?«

Ich nicke und mein Nacken fühlt sich schwerfällig und steif an. »Es ist *wirklich* klasse.«

Bree ist nie besonders taktvoll und auch jetzt macht sie keine Ausnahme. Sie ist total mit sich beschäftigt. Sie ist eine meiner besten Freundinnen, doch manchmal frage ich mich, ob es mit unserer Freundschaft vorbei wäre, wenn ich eines Tages womöglich nicht mehr Co-Captain der Cheerleaderinnen bin. »Ich dachte, wir sollten die Nummer nicht zur Motivationskundgebung zeigen, sondern lieber damit bis zur Halbzeit des nächsten Matchs warten.« Sie kniet neben mir nieder. »Natürlich können wir dir die Formation beibringen, damit du Cassidys Platz einnehmen kannst. Es sei denn, du möchtest ihr den Vortritt lassen, wo du doch so viel verpasst hast ...«

»Natürlich«, falle ich ihr ins Wort. Ich tue so, als wäre es keine große Sache. »Cassidy macht das ganz toll. Sie sollte ganz vorn stehen und die Führung übernehmen.«

»Wirklich?« Cassidy bekommt große Augen, und ihre Hände schnellen zu ihrem Mund hoch, als hätte sie gerade das ganz große Los gezogen. »Meinst du das ernst?«

»Ja.« Und es ist nicht gelogen, als ich ergänze: »Ich meine, ihr seht umwerfend aus. Bree hat recht. Wenn alle einverstanden sind, ziehe ich mich zurück und überlasse es euch, die Saison zu beenden.«

»Du willst die Truppe verlassen?«, fragt Bree.

Ich nicke. »Ja.« Eigentlich will ich gar nicht aufhören, aber es ist ja ganz offensichtlich, dass ich ersetzt worden bin und keiner von mir erwartet, dass ich dieses Jahr noch einmal auftrete.

Ich schaue ihnen noch eine Weile zu und fühle mich wie eine Verwandte, die allen lästig geworden ist. Als die anderen hineingehen, um sich abzukühlen, nehme ich meine Wasserflasche und ziehe mir das Kapuzenshirt wieder über.

Ich habe immer gedacht, mein Leben würde nach Plan verlaufen.

Wie sich herausstellt, habe ich mich da geirrt.

33

Victor

Ich kann mir nicht verzeihen, dass ich Treys Beerdigung verpasst habe.

Ich konnte nicht mit der Menge von Menschen umgehen, die einem Jungen die letzte Ehre erwiesen haben, der der Held unserer Heimatstadt war. Er war auf dem Wag, Jahrgangsbester zu werden, ein Ivy-League-College zu besuchen und etwas aus sich zu machen. Die Einwohner von Fremont hätten sich immer daran erinnern können, dass einer aus ihrer Stadt Großes geleistet hat.

Nun, jetzt ist Trey tot.

Und Fremont wird sich an mich nur als den Versager erinnern, der verantwortlich für den Tod ihres Helden ist.

Das ist mein Vermächtnis.

Ich habe den Friedhof gemieden, denn Treys Grab zu sehen, bedeutet, dass all dies wirklich geschehen ist. Wenn ich auf Isas Couch liege, kann ich mir einreden, dass die Außenwelt nicht existiert. Wenn ich schlafe, kann ich der Realität entkommen und die Tatsache vergessen, dass mir der Boden unter den Füßen weggebrochen ist.

Doch sobald ich aufwache, überkommt mich die Wirklichkeit wie ein Albtraum.

Ich kann die Augen vor Treys Tod nicht länger verschließen. Dass ich die Tatsache ignoriere, dass mein bester Freund unter der Erde liegt, belegt einmal mehr, dass ich ein nichtswürdiger Mensch bin, der es nicht verdient hat, dieselbe Luft zu atmen, die Trey eigentlich noch atmen sollte.

Ich vermisse ihn so furchtbar sehr.

Nachdem ich geduscht und mir saubere Sachen angezogen habe, verlasse ich Isas Wohnung und fahre zum Friedhof. Die ganze Zeit über zittere ich und bin innerlich butterweich. Ich will mich nicht der Tatsache stellen, dass mein Freund gestorben ist. Und dass ich dafür verantwortlich bin, ist einfach … Ich schaffe das nicht.

Doch es muss sein.

Für Trey.

Vielleicht habe ich mein letztes bisschen Würde verloren, aber ich habe Respekt vor meinem besten Freund. Und sein Grab zu besuchen, ist das Mindeste, was ich tun kann.

Es ist nicht schwer, die Stelle zu finden, an der Trey beerdigt worden ist. Ein Meer an Blumen liegt im Gras um den Hügel aus Erde, der immer noch den Ort markiert, wo sie den Sarg versenkt haben. Beim Anblick des kleinen, provisorischen Grabsteins aus Holz mit dem Namen TREY AARON MATTHEWS werden meine Augen feucht.

Ich laufe zum Grab und eine Welle von Emotionen überkommt mich. Scheiße. In meiner Kehle ist ein blöder Klumpen, der einfach nicht weggehen will, egal, wie oft ich schlucke. Das ist so hart. Die Wirklichkeit ist beschissen. Ich hasse es.

Ich neige meinen Kopf.

Was soll ich sagen? Soll ich einfach anfangen, mit ihm zu reden?

»Hey, Mann«, murmle ich und wische mir eine Träne weg.

Trey ist hier, ich kann seine Anwesenheit spüren. Verdammt, wie ich ihn kenne, hat er vermutlich Gott dazu überredet, ihm zu gestatten, seinen Körper selbst zu bewachen.

»Es tut mir s-s-so leid.« Ich würge die Worte hervor.

Doch meine Entschuldigung wird nicht angenommen. Kann sie auch gar nicht, weil Trey nicht mehr existiert. Ich werde mit dieser lähmenden Schuld bis ans Ende meiner Tage leben müssen, weil er mir meine Sünden nie vergeben wird.

»Ich weiß nicht mehr weiter. Was soll ich tun, Trey? Wir wollten für immer Freunde bleiben.«

Warum ist »für immer« nur so kurz?

»Hier, ich habe dir etwas mitgebracht«, sage ich und halte ihm eine hübsche gelbe Rose hin. »Ich habe sie von Isas Rosenbüschen hinter der Werkstatt geklaut. Sie wird sie nicht vermissen, das schwöre ich. Sie hat zu viel damit zu tun, Bernies Liebesbekundungen zurückzuweisen.«

Ich stehe da, starre auf den Erdhügel und stelle mir den Sarg vor, in dem mein bester Freund friedlich ruht.

»Weißt du, ich brauche deine Hilfe«, fahre ich fort. »Ich habe es nicht verdient, noch hier zu sein. Wenn ich könnte, würde ich mit dir tauschen, Trey. Ehrlich.«

Wenn ich mich umbringe, wäre mein Elend vorüber.

Ich habe Trey im Stich gelassen und mein Team auch. Seit Treys Tod haben sie jedes Spiel verloren. Ich bin ein Feigling, denn ich sollte in der Lage sein, aufrecht zu stehen und mir anzuhören, dass ich ein Stück Scheiße bin und meinem Team die Chance auf die Landesmeisterschaft versaut habe.

Es ist meine Schuld.

Und das nagt an mir.

Alles, was ich hatte, waren Football und meine Mannschaftskameraden. Wenn mein Alter mir erzählt hat, dass ich zu nichts zu gebrauchen sei, waren meine Teamkollegen gleich zur Stelle, um mir zu sagen, dass ich etwas tauge. Als Cassidy mich im Internet schlechtgemacht hat, haben meine Teamkameraden darüber gelacht, statt ihren Vorwurf, ich sei ein Idiot, zu bestätigen.

Jetzt habe ich kein Team mehr. Und auch keinen besten Freund. Meine Schwestern haben niemanden mehr, der sie beschützt. Ich habe alles verloren, was mir wichtig war.

Und obendrein verabscheut mich das Mädchen, an dem mir am meisten liegt, das Mädchen, das nie mein sein wird.

Ein Sonnenstrahl fällt auf den Erdhügel. Er hat eine komische Form, wie ein Blitz.

Das ist das einzige Zeichen, das ich von Trey bekomme.

Was soll das bedeuten? Ich weiß es nicht. Wenn es andersherum gekommen wäre, wüsste Trey bestimmt eine Antwort. Er hatte immer eine Antwort.

Ich hingegen habe keine.

34

Monica

»Hast du mit der Sozialarbeiterin geredet?«, fragt mich
Mom, als ich am Morgen die Treppen hinunterlaufe.

»Nicht wirklich. Warum?«

Sie zuckt die Schultern. »Weil deinem Vater und mir aufgefallen ist, dass du dich verändert hast. Du scheinst mehr
Energie zu haben, und ich habe dich doch tatsächlich mit
einem Lächeln erwischt, als du gestern vom Cheerleading-
Training heimgekommen bist. Ich habe dich seit Wochen
nicht mehr lächeln sehen.«

Ach ja, ich habe ihr die Neuigkeiten ja noch gar nicht
berichtet.

»Ich habe mit dem Cheerleading aufgehört«, teile ich ihr
mit.

»Wie bitte?«

»Ja. Und bevor du ausflippst, ich habe es so gewollt. Mein
Körper schafft das nicht mehr. Und es bedeutet mir auch
nichts mehr seit, na ja, du weißt schon.«

Sie runzelt die Stirn und sieht aus, als würde sie gleich
losheulen. »Es tut mir so leid, Süße.«

»Kannst du bitte damit aufhören. Es geht mir gut. Ich
werde schon wieder. Versprochen.«

Mom tätschelt mir den Kopf. »Dein Dad und ich sind besorgt um dich. Wir wissen, dass Treys Tod dich hart getroffen hat. Ich will nicht behaupten, dass wir geglaubt hätten, ihr würdet später einmal heiraten, doch wir haben gemerkt, dass dir viel an ihm lag.«

Ich nicke. Mir lag viel an ihm, aber nicht genug.

»Soll ich dich zur Schule bringen und wieder abholen?«, fragt sie.

»Nein. Genau genommen habe ich einen Job nach der Schule.« Als ich ihr entsetztes Gesicht sehe und weiß, dass sie mir gleich Löcher in den Bauch fragen wird, lüge ich und ergänze: »Es ist ehrenamtlich. Im Rehazentrum. Ich brauche die Freiwilligen-Stunden für den Schulabschluss, und na ja, da ich jetzt nicht mehr beim Cheerleading dabei bin, habe ich Zeit dafür.«

»Oh. Okay.« Sie nimmt ihre Handtasche und Schlüssel. »Wenn du etwas brauchst, ruf mich einfach an. Und schreib mir bitte eine Nachricht, wann du zu Hause sein wirst.« Sie zieht eine Augenbraue hoch. »Abgemacht?«

»Abgemacht.«

»Und wenn du Schmerzen bekommst oder mehr als eine Stunde stehen musst, sag ihnen, bei dir müssen sie Ausnahmen machen aufgrund deines Gesundheitszustands.«

»Alles klar. Mir passiert schon nichts, Mom«, sage ich und schiebe sie zur Tür hinaus. »Mach dir keine Sorgen um mich.«

»Ich mache mir *immer* Sorgen um dich, Süße«, antwortet sie.

Genau das ist das Problem.

Ich habe es satt, dass die Leute mich über Trey oder meine Krankheit definieren. Natürlich war Trey lange Zeit ein wichtiger Teil meines Lebens … na ja, bis er angefangen hat, mich zu betrügen und Pillen zu schlucken, damit er den Alltag durchsteht. Ich habe mich mit ihm in den vergangenen Monaten so einsam gefühlt, als wären wir nicht einmal mehr befreundet. Zuerst wollte ich nicht wahrhaben, dass sich unsere Beziehung verändert hat. Doch die nackte Wahrheit ist, dass er sich verändert und mich im Regen stehen lassen hat.

Hat meine Taubheit dazu beigetragen, dass ich niemandem etwas von den Drogen erzählt habe?

Ich muss die Schuldgefühle loswerden, die ich seit Treys Tod mit mir herumschleppe. Wenn ich in der Autowerkstatt bin, vergesse ich sie. Ich vergesse meine Trauer. Und ich fühle mich so, als wäre ich tatsächlich zu etwas nutze.

Isa behandelt mich nicht, als wäre ich aus Zucker. Es ist ihr egal, dass ich aus Fremont komme und gesundheitliche Probleme habe. Und das finde ich toll.

Dass Vic in ihrer Wohnung lebt, entfacht eine Glut in mir, die mir gefehlt hat. Ich habe dieses innere Feuer seit Langem nicht mehr gespürt.

Als ich in die Schule komme, steuere ich direkt das Büro des Cheerleading-Coachs an und informiere sie offiziell über meinen Austritt aus der Truppe. Sie scheint nicht überrascht oder sauer zu sein, sondern lächelt und sagt zu mir, für die Trauerverarbeitung sei es wichtig, dass ich mich auf mich selbst konzentriere.

»Ich habe mit dem Cheerleading aufgehört«, teile ich Ashtyn mit, als wir gemeinsam zur ersten Stunde laufen.

Sie bekommt große Augen. »Echt?«

Ich nicke. »Yep.«

Meine beste Freundin verlangsamt den Schritt und sagt: »Irgendetwas ist los. Das merke ich doch.«

Ich mustere die Bücher in meiner Hand. »Nichts ist los. Ich habe so viel vom Training verpasst und es ist alles so komisch seit Treys Tod. Ich brauche mal eine Abwechslung.«

»Abwechslung? Was denn für eine Abwechslung«, fragt sie mit Besorgnis in ihrer Stimme.

»Einfach eine Abwechslung, das ist alles.«

Sie wirft mir einen Seitenblick zu. »Ich mache mir Gedanken um dich.«

»Das ist ja das Problem.« Ich bleibe stehen und sage ihr, was ich auf dem Herzen habe. »Ich habe es satt, dass sich alle Sorgen um mich machen, Ash. Als hätte ich eine Wolke über dem Kopf, und jeder versucht, mir einen Schirm hinzuhalten, damit ich nicht nass werde. Das schränkt mich total ein.« Ich blicke zu Boden. »Ich erwarte nicht, dass du das verstehst.«

»Es ist egal, ob ich es verstehe oder nicht, Monica. Ich habe dich schon hundertmal gefragt, warum du dir immer die Handgelenke massierst, aber du verrätst es mir nicht. Du hältst so viel zurück, sogar vor mir.« Sie zuckt die Schultern. »Wenn du deine Ruhe haben willst, lasse ich dich in Ruhe. Aber du musst wissen, dass ich da bin, wenn du mich brauchst. Immer.«

Ich schaue ihr in die Augen und kann sehen, dass sie mir nicht böse ist.

»Ich hab dich lieb«, sage ich zu ihr.

Sie umarmt mich. »Ich hab dich auch lieb.« Im Weglaufen droht sie mir mit dem Finger. »Doch ich warne dich. Ich lasse dir ein wenig Raum, aber nicht für immer. Wenn ich in ein paar Wochen nichts von dir gehört habe, kampiere ich auf dem Rasen vor deinem Haus. Und du weißt, wie sehr ich

Monica 211

Zelten und Krabbeltierchen hasse. Irgendwann brauche ich meine beste Freundin zurück.«

»Du hast doch Bree«, erwidere ich.

Ihre Antwort ist ein herzhaftes Lachen, das durch die Gänge der Fremont High schallt. »Falls du denkst, Bree und du spielen in der gleichen Liga, hast du dich geschnitten. Ich weiß nicht, was ich ohne dich machen soll, Mädchen. Wir sind beste Freundinnen fürs Leben. Ich weiß, das klingt abgedroschen, ist aber die Wahrheit.«

Während des übrigen Tages lasse ich mich durch den Unterricht treiben und warte sehnsüchtig darauf, dass die Schulglocke zum letzten Mal läutet, damit ich in die Werkstatt kann.

Nach Schulschluss stürme ich aus dem Gebäude und eile nach Fairfield zu meinem Job – und zu Vic.

Vic muss begreifen, dass ich nicht das hilflose Mädchen bin, für das er mich hält.

Ich werde ihm beweisen, dass er sich irrt, auch wenn ich dabei an meine Grenzen gehen muss.

35

Victor

Es ist nicht leicht, nach meinen Schwestern zu schauen, besonders weil eine von beiden fest entschlossen ist, mir aus dem Weg zu gehen.

Ich treffe Marissa in der Bibliothek von Fremont. Ich laufe zu dem Platz, den sie für sich reserviert hat. Ich trage ein Kapuzenshirt und verdecke mein Gesicht so weit wie möglich.

»Geht's dir gut?«, frage ich Marissa.

Sie wirft mir einen kurzen Blick zu und schiebt sich die Brille hoch. »Ganz superb.«

»Superb? Ach echt?« Ich runzle die Stirn. »Marissa, du weißt, dass ich nicht die leiseste Ahnung habe, was das bedeutet. Sprich Englisch.« Ihre ausgefallene Wortwahl erinnert mich an Trey.

»Das *ist* Englisch, Vic«, sagt sie in einem majestätischen Tonfall, der typisch für sie ist. »Es bedeutet, dass es mir gut geht. Wie schlägst du dich? Ich weiß, dass Trey dein bester Freund war.«

Ich zucke die Schultern. »Ich komme schon klar.« Das Tolle an Marissa ist, dass sie nicht neugierig ist, kein Theater macht und nicht zu viele Fragen stellt. »Wie geht's Dani?«

»Sie ist vor ein paar Tagen von zu Hause weggelaufen«, antwortet sie. »Aber seit gestern ist sie zurück. *Papá* war stinksauer.«

»Das kann ich mir vorstellen.« Ich frage mich kurz, ob sie sich davongestohlen hat, um mit Bonk zusammen zu sein. Der Typ weiß es auszunutzen, dass der große Bruder seiner Flamme nicht im Bilde ist und sie nicht beschützen kann. »Immer noch keine Nachricht von Mom?«

Sie schmunzelt. »Nein. Sie wird nicht zurückkommen, weißt du doch.«

Ich habe gewusst, dass Mom Mexiko wohl nicht mehr verlassen wird, doch ich habe es meinen Schwestern gegenüber nie erwähnt. Das hätte niemandem etwas genützt. Darüber zu reden, hätte sie nicht zurückgebracht. Etwas zu wissen, ist eine Sache. Es auszusprechen, hebt es auf eine neue Stufe der Realität.

Ich möchte nicht, dass Marissa sich im Stich gelassen fühlt. Ich bin vielleicht körperlich nicht mehr anwesend, doch ich bin immer noch ihr großer Bruder. »Brauchst du irgendetwas von mir?«, erkundige ich mich.

Sie schaut mich an mit ihren großen braunen Augen, die unschuldig, aber durchdringend sind. »Ich kann nicht behaupten, dass ich dich nicht brauchen würde, denn das wäre gelogen. Dani braucht dich auch, selbst wenn sie es nie zugeben würde.« Sie seufzt. »Aber wie Mom hast du es wohl nicht mehr ausgehalten. Ich hoffe nur ...« Ihre Stimme versagt.

»Dass ich zurückkehre?«

Sie nickt. »Ja.«

»Ich werde immer ein Auge auf dich haben, *manita*.«

»Das weiß ich.« Sie erhebt sich und wirft sich den Rucksack über. »Doch versprich mir etwas.«

»Was denn?«

Sie schenkt mir ein schwaches Lächeln. »Ich weiß, dass dich die Sache mit Trey fertigmacht. Aber du musst darüber hinwegkommen und glücklich werden. Wenn das bedeutet, dass du nie mehr nach Hause kommst, verstehe ich das. Mom braucht den Abstand auch.«

Glücklich? Das ist nie ein Ziel von mir gewesen. »Bist *du* glücklich?«

Sie kichert leise. »Mir geht's superb.«

Mit meiner Schwester zu sprechen, schnürt mir die Kehle zu. Ich ziehe sie an mich und umarme sie fest. »Wenn du mich brauchst, ruf mich an, und ich komme wie der Wind.«

Sie klammert sich an mich. »Ich weiß. Pass einfach auf dich auf, Vic.«

Nachdem wir noch ein paar Minuten weitergeredet haben, stehle ich mich aus der Bibliothek. Auf meinem Weg zurück zu Isa denke ich an das, was Marissa gesagt hat. Sie will, dass ich glücklich bin. Sie weiß, dass ich keine Ahnung habe, was das bedeutet. Glück gehört ebenso wenig zu meinem Wortschatz wie superb, oder wie auch immer dieses Wort hieß.

Die Arbeit in der Autowerkstatt macht mich zufrieden. In Monicas Gegenwart zu sein, auch wenn ich sie nur von der anderen Seite des Raumes aus betrachte, beruhigt mich auf eine Art, wie es sonst niemand vermag.

Vielleicht wird mich die Kombination aus beidem so nahe ans Glücklichsein heranführen, wie es bei mir eben möglich ist.

36

Monica

Als ich Enriques Autowerkstatt betrete, bin ich wild entschlossen, mit Vic zu reden. Er hat sich in Isas Wohnung verbarrikadiert, während ich unten gearbeitet habe und mich nicht konzentrieren konnte, weil ich wusste, dass er in meiner Nähe ist. Isa hat mir Aufgaben in der Buchhaltung übertragen und mich gebeten, die Werkstatt sauberzumachen, doch an die Autos hat sie mich noch nicht herangelassen.

Heute wollte sie eigentlich damit anfangen, mich zur Mechanikerin auszubilden. Bernie, der andere Typ, der hier arbeitet, ist schon so oft gefeuert worden, dass mir völlig schleierhaft ist, warum er jedes Mal zurückkommt.

Aber jetzt ist Bernie nicht hier.

Isa beugt sich mit einem anderen Typen unter die Motorhaube eines Wagens. Ein Adrenalinstoß rauscht durch meine Adern bei der Vorstellung, Vic zu sehen.

Hoch erhobenen Hauptes sage ich mit fester Stimme: »Ich bin bereit für meinen ersten Ausbildungstag.«

Der Typ schaut auf. Es ist nicht Vic. Er hat dunkles Haar, das ihm in die Stirn fällt, und eine selbstbewusste Ausstrahlung, die mich an Vic erinnert.

»Ich muss erst mit Vic reden, wenn das in Ordnung ist«, sage ich zu Isa.

»Ich habe nichts dagegen, aber er ist nicht hier«, antwortet sie.

»Nicht?« Wow. Soweit ich von Isa weiß, hat er sich seit dem Unfall in der Wohnung im oberen Stock verschanzt. »Wohin ist er denn?«

»Keine Ahnung.« Isa deutet auf die Wand. »Wenn du dann so weit bist, dort hängt ein Overall. Zieh ihn dir über, damit deine Klamotten nicht schmutzig werden.«

»Danke.« Ich nehme ihn vom Haken und schlüpfe hinein. Er verströmt den Duft eines Männerdeos und den vertrauten Geruch eines Jungen ... Vics Geruch. Nachdem ich den Reißverschluss hochgezogen habe, schaue ich auf das Namensschild, das vorn aufgestickt ist – VICTOR.

Es ist seltsam, aber ich fühle mich selbstbewusster, allein dadurch dass ich Vics Overall trage. Als ob in der Minute, in der ich ihn angezogen habe, Vics bestimmte Art auf mich abgefärbt hätte. Das Wissen, seinen Platz einzunehmen, obwohl er mir das nicht zugetraut hätte, verleiht mir neue Entschlossenheit.

Ich laufe zu Isa und dem Typen hinüber, der ihr bei der Reparatur des Wagens hilft. Ich versuche, nicht an Vic und sein Verbleiben zu denken, doch ich bekomme ihn nicht aus dem Kopf. Wo könnte er wohl hingefahren sein?

»Fertig«, sage ich zu den beiden. »Schickt mich an die Arbeit.«

Isa und der Typ sehen mich an. »Wie viel verstehst du denn von Autos?«, fragt er.

»Nicht viel.«

Monica 217

Er zieht eine Augenbraue hoch. »Weißt du, wie man Öl wechselt? Oder ein Rad?«

Zeit, sie mit der bitteren Wahrheit zu konfrontieren. »Ich weiß, wie man tankt. Und darauf beschränken sich meine Kenntnisse so ziemlich. Aber obwohl ich keine praktische Erfahrung habe, habe ich mir schon einmal ein Video über einen Ölwechsel angeschaut. Und auch eins über einen Radwechsel, obwohl ich mich an die Details nicht mehr genau erinnern kann.«

Dem Typen entfährt ein leises Lachen. »Isa, du hast eine Automcchanikerin angestellt, die keinen blassen Schimmer von Autos hat.«

»Das ist mir klar. Doch sie arbeitet umsonst und sie wird sich schon machen.« Isa haut dem Typen auf die Schulter. »Du kannst sie ja ausbilden, Alex. Ich vertraue dir da. Mann, du hast mir alles beigebracht, was ich über Autos weiß.«

Ich nicke. »Ich lerne schnell«, füge ich hastig hinzu. »Und mein Dad hat mir gezeigt, wie man mit manueller Gangschaltung fährt.«

Der Typ wirkt unbeeindruckt. »Ich schätze, ich kann ihr zeigen, wie man einen Ölwechsel macht, das Getriebeöl ablässt und Bremsbeläge auswechselt.«

»Du bist der Beste«, sagt Isa. »Ich habe vergessen, euch vorzustellen. Monica, das ist mein Freund Alex. Wir sind zusammen aufgewachsen. Er ist ein Genie, wenn es um Autoreparatur geht.« Sie sieht zu Boden und tritt von einem Bein aufs andere. »Fakt ist, dass es ohne ihn und seine Frau die Werkstatt schon lange nicht mehr gäbe.«

Alex schüttelt den Kopf, als wäre das Lob unangebracht. »*No es gran cosa*. Bernie hat dir auch geholfen, und du bist einfach nur zu stur, ihm dafür zu danken.«

»Sag nicht, es sei keine große Sache«, beharrt Isa. »Ist es doch. Und sprich nie wieder das B-Wort aus. Als ich heute Morgen mit Brittany über Vic und die Probleme in der Werkstatt geredet habe, habe ich nicht damit gerechnet, dass sie dich gleich herschickt.« Sie schnippt eine imaginäre Fussel von ihrem Overall. »Du hast mit deinem Studium zu tun, Alex. Brit und du, ihr müsst mich nicht retten. Du hast ein Kind, um das du dich kümmern musst, und eine schwangere Frau.«

Isa tut mir leid. Sie wirkt und verhält sich taff, aber sie hat gerade durchblicken lassen, dass sie verletzlich und unglücklich ist. Ich würde sie ja umarmen, so wie Ashtyn und ich uns umarmen, wenn wir traurig sind, doch ich habe Angst, dass Isa mir dann eine reinhaut. Sie schüchtert mich ein, aber das gefällt mir irgendwie, weil sie mich nicht wie eine zarte Diva behandelt.

»Ist schon in Ordnung«, sagt Alex. »Brit und ich möchten dir helfen, also geh an die Arbeit, und ich zeige Monica ein paar Dinge, damit sie nicht herumsteht und *nada* macht.«

Isa meint, sie müsse eine Besorgung machen, und lässt mich dann in Alex' Obhut. Ich bin hibbelig, weil glasklar ist, dass ich kein bisschen zur Automechanikerin tauge. Doch es ist beruhigend zu wissen, dass Alex mich unterstützen wird. Er sieht auch nicht so aus, als würde ihn das stören oder nerven.

Ich blicke wieder auf das Namensschild auf meiner Brust – VICTOR. Er hat nichts unversucht gelassen, um Isa davon abzubringen, mir einen Job zu geben. Auch Trey hat mir nicht zugetraut, dass ich mir die Hände schmutzig mache. Aber ich werde mich davon nicht beeindrucken lassen. Dass sie kein Vertrauen in mich haben, wird mich nicht da-

Monica 219

von abhalten, allen, einschließlich mir selbst, zu beweisen, dass ich zu so etwas in der Lage bin.

»Komm mit«, fordert Alex mich auf und führt mich zu einem großen Werkzeugkasten in der Mitte der Werkstatt. »Ich bringe dir die Grundlagen des Ölwechsels bei.«

Während er mit mir unter einen Wagen kriecht, halte ich mir schützend eine Hand über den Kopf, als ob das etwas bringen würde, wenn das Auto auf uns fällt. »Wenn das Auto nun herabstürzt und uns zerquetscht?«, frage ich.

»Das passiert schon nicht«, antwortet er. »Die Hebebühne ist stabil.«

Ich schiele auf die Rampe, auf der das Auto steht. Ich bin nicht davon überzeugt, dass sie sicher ist, doch Alex tut so, als wäre es keine große Sache, wenn ein dreitausend Pfund schwerer Metallklumpen auf ihn draufkracht und ihn zermalmt.

»Hier«, sagt er und leuchtet mit der Taschenlampe unter das Auto. »Zuerst musst du die Ablassschraube an der Ölwanne finden. Siehst du sie dort?«

Ich stütze mit der Hand meinen Rücken, damit ich meinen Körper drehen kann, ohne dass meine Wirbelsäule übermäßig beansprucht wird. »Nein.«

Er stöhnt fast unmerklich. »Gib mir deine Hand«, sagt er und legt dann meine Finger an die Ablassschraube. »Spürst du das?«, erkundigt er sich.

»Ja, ich spüre es.«

»Alles klar, Fuentes. Von hier an übernehme ich«, tönt eine bekannte Stimme aus dem vorderen Bereich der Werkstatt. Es ist Vic und er blickt finster drein. »Wenn jemand Monica zeigt, was zu tun ist, dann bin ich das ab sofort.«

220 Monica

37

Victor

Als ich in die Werkstatt komme, steht dieser Alex Fuentes, mit dem Isa auf die Highschool gegangen ist, unter einem Buick und zeigt Monica, wie man einen Ölwechsel macht. Das wäre ja nicht weiter dramatisch, wenn Fuentes wie ein Grottenolm oder dieser Nerd Bernie aussehen würde, aber Fehlanzeige.

Eher das Gegenteil.

Dieser *pendejo* gleicht einem Model oder Schauspieler und er stellt seine Muskelpakete in einem schwarzen Träger-hemd zur Schau. Als seine Hand Monicas berührt, während er ihr zeigt, wie man das Öl am Auto ablässt, ballen sich meine Hände zu Fäusten.

Ich habe Alex seit Ewigkeiten nicht mehr gesehen. Enrique war sein Cousin. Angeblich studiert Fuentes an der Northwestern Medizin oder so etwas in der Richtung. Früher war er öfter hier, doch das war, bevor ich begonnen habe, für Isa zu arbeiten.

»Ach ja?«, sagt Alex. »Denn nach allem, was ich von Isa weiß, sitzt du dir oben in ihrer Wohnung den Hintern platt. Ich helfe Isa, weil du dich zu nichts aufraffen kannst«, grollt Alex, während er Monica unter dem Auto zurücklässt und ein Ölauffangbecken holt.

»Leck mich, Mann«, erwidere ich. Er hat keine Ahnung, was für eine Scheiße ich durchgemacht habe. Ich lasse es mir nicht gefallen, dass er oder irgendein anderer über mich urteilt.

Alex bleibt stehen und dreht sich zu mir um. »Was hast du gesagt?«

»Leck. Mich.«

»Vic, hör auf, dich wie ein Idiot zu benehmen«, mischt Monica sich ein. »Er hat recht.«

»Kein Problem, Monica.« Alex wirkt amüsiert, dass jemand einen Kerl wie ihn herausfordert. »Hör zu, *amigo*«, sagt er und kommt näher. »Du kannst dich entweder nützlich machen oder dich zum Teufel scheren. Was soll's sein?«

Er hält mir das Auffangbecken hin, während wir einander herausfordernd anstarren.

»Victor«, sagt Monica in warnendem Tonfall.

Ich wende den Blick nicht von Fuentes ab, aber Monicas Stimme dringt in mein Ohr. Mein Instinkt rät mir, den ersten Schlag zu landen, besonders bei einem Typen wie Fuentes, der nicht klein beigeben wird. Mein Gemüt ist erhitzt und mein Blut pulst durch meine Adern. Ist mir scheißegal, dass er ein harter Hund ist. Ich habe keine Angst. Wir können es gern an Ort und Stelle ausfechten.

Doch Trey ist nicht mehr da, um Monica vor allem und jedem zu beschützen, und daher rede ich mir ein, dass das von nun an meine Aufgabe ist.

Und da ich nicht ihr Beschützer sein kann, wenn sie wütend auf mich ist, gebe ich mich geschlagen.

Mein Blick bleibt an dem Auffangbecken hängen, das Alex immer noch in der Hand hält.

222   Victor

Ich schnappe mir das Teil und verdrehe die Augen, als Alex zufrieden nickt.

»Du erinnerst mich an mich, als ich ein Punk war«, sagt Fuentes. »Habe vor Kraft und Elan nur so gestrotzt. Warte nur, bis du ein Mädchen triffst, das dich in die Knie zwingt. Auch Typen wie du sind nicht davor gefeit, *güey*.«

»Ja, wenn du meinst«, murmle ich und bin froh, dass er eine Frau und ein Kind hat, die ihn in Trab halten, sodass er nicht Tag und Nacht hier herumhängen kann. »Ich bin kein bisschen wie du.«

»Du hast ja keine Ahnung.«

Ich klettere unter das Auto und stelle mich neben Monica, die meinen Overall trägt. Er ist ihr zu groß, aber Menschenskind, sie könnte für jedes Magazin posieren.

»Ich will nicht, dass du mich anleitest.« Sie deutet auf Alex. »Ich möchte lieber, dass er das macht.«

Alles, was ich mir in diesem Moment wünsche, ist, Fuentes das höhnische Grinsen aus dem Gesicht zu wischen.

»Warum?«, frage ich total bedient.

»Weil er nett ist.«

»*Ich* bin nett«, sage ich zu ihr.

»Nein, bist du nicht.« Sie stemmt eine Hand in die Hüften. »Du hast mich komplett hängen lassen. Willst du wissen, was ich denke?«

»Nö.«

»Ich sag's dir aber trotzdem.« Sie tritt an mich heran und bohrt mir den Finger in die Brust. »Ich denke, dass du dich in irgendeine dunkle Ecke verzogen hast, damit du alle wegschicken und das Leben und die Realität verdrängen kannst. Und stell dir vor, Vic. Mir geht es auch beschissen. Ich schlage mich ebenso wie du mit Treys Tod herum. Also wenn du bereit bist, dich wieder zu den Lebenden zu gesellen und mit mir zu reden, schön und gut. Doch wenn du dich weiterhin verkriechen und isolieren willst, dann geh mir aus den Augen.«

Alex lacht. *¿Andas bien*, Vic? Die Braut hat wirklich *huevos*. Sieh dich lieber vor.«

»Kümmre dich um deinen Scheiß, Fuentes. Ich habe alles im Griff.«

Er grinst. »Na klar, Mann. Ich arbeite dort drüben an einem anderen Auto. Falls du Ärger mit deiner *chica* bekommst, sag mir Bescheid.«

Ich verrate ihm nicht, dass sie die *chica* meines besten Freundes war, nicht meine.

Als er außer Hörweite ist, wende ich mich Monica zu. Das Haar hängt ihr ins Gesicht und ihre Finger sind voller Fett vom Ölfilter. Sie sieht wie eine Prinzessin aus, die in eine Schlammpfütze gefallen ist. »Hier«, sage ich und reiche ihr ein Handtuch. »Deine Hände sind schmutzig.«

Sie nimmt zögernd das Handtuch.

»Hörst du mir zu, während ich dir zeige, wie das geht?«, frage ich.

Sie reckt das Kinn hoch. »Vielleicht.«

»Du hast ein Problem mit deiner Einstellung entwickelt, Monica.«

»Vielleicht habe ich ein paar Sachen herausgefunden, die mir die Laune verdorben haben.«

»Was zum Beispiel?«

Sie schweigt. Ich will ihr mein Herz ausschütten, ihr sagen, dass ich mich schrecklich fühle wegen dem, was ich Trey angetan habe. Doch ich kann es nicht.

Ich mache ihr vor, wie man Öl wechselt. Sie folgt meinen

224   *Victor*

Anweisungen wie ein Roboter. Wir üben das an drei Autos, bevor ich sie einen Ölwechsel allein durchführen lasse. Mir entgeht nicht, dass sie dabei ihren Rücken stützt.

Ich fordere sie auf, Pausen einzulegen, aber sie lehnt ab.

Über die eine Sache, die uns vermutlich beide beschäftigt, reden wir nicht – nämlich was auf dem Footballfeld passiert ist, als Trey starb. Ich will ganz bestimmt nicht darüber reden. Ich würde mir beide Beine abhacken, wenn das meinen besten Freund zurückbrächte. Scheiße, ich würde mein Leben im Austausch für Treys geben.

Ich bemühe mich, Monica nicht zu nahe zu kommen, denn es ist nun einmal so, dass ich mich immer noch zu ihr hingezogen fühle. Das nervt unendlich. Ich bin hier, um sie zur Mechanikerin auszubilden und sie zu beschützen, nicht mehr und nicht weniger.

»Ich bin dann mal weg«, sagt Alex nach einer Weile. Er hält sein Handy hoch. »Meine Frau bombardiert mich mit SMS und fragt mich, wann ich heimkomme. Sag Isa, dass ich wegmusste, aber der Ford fertig ist und der Monte Carlo einen neuen Gurt gebraucht hat, den ich montiert habe.«

Monica winkt ihm mit einem strahlenden, freundlichen Lächeln auf ihrem herzförmigen Gesicht hinterher. »War nett, dich kennenzulernen, Alex.«

Er nickt ihr zu. »Hat mich auch gefreut. Bis später, Vic.« Er geht und lässt uns allein in der Werkstatt zurück.

Jetzt sind nur noch Monica und ich hier. Sonst keiner.

Ich räuspere mich und laufe zum Werkzeugkasten. Sie geht hinter mir her. Ich kann ihre Gegenwart spüren, weil mir keine Regung von ihr entgeht.

»Kann ich dir etwas sagen, ohne dass du gleich sauer wirst?«, fragt sie.

Victor 225

»Schieß los!«

»Versprichst du mir, dass du nicht sauer wirst?«

»Klar. Meinetwegen.«

»Komm zurück in die Schule, Vic«, bittet sie. »Wenn nicht um deinetwillen oder um Treys willen, dann tu es für das Footballteam. Wir wollten dieses Jahr die Landesmeisterschaft holen. Die letzten beiden Spiele haben wir verloren. Wenn du da gewesen wärst ...« Sie lässt den Satz unvollendet.

»Was dann?«, frage ich und pfeffere ein Handtuch auf den Boden. »Wenn ich da gewesen wäre, hätten wir gewonnen? Trey war der, der am schnellsten rennen konnte. Trey hat die Touchdowns gemacht. Ich kann bloß Leute tackeln, das ist alles. Ich bin ein blöder Roboter. Jeder kann meinen Platz einnehmen.«

»Das ist nicht wahr. Ich habe dich beobachtet. Du kannst dich in den Quarterback hineinversetzen, Vic. Als ob du instinktiv wüsstest, was die gegnerische Mannschaft vorhat.« Sie nimmt das Handtuch auf, das ich gerade weggeschleudert habe. »Und egal, was du denkst, du bist nicht nur gut im Tackling. Alle schauen zu dir auf, denn du spielst mit der Überzeugung, dass du jedes Spiel gewinnen kannst. Ohne dich sind sie am Ende ... Sie verlieren ohne dich.«

»Du schnallst einfach nicht, dass ich nur eine doofe, nutzlose Kampfmaschine bin.«

Ich laufe rückwärts. Ich muss hier weg und nach oben gehen, wo ich mich wieder einigeln kann. Ich habe mir eingeredet, dass ich ihr helfen will, eine Mechanikerin zu werden. Dass ich sie beschützen will.

Doch da habe ich mir wohl etwas vorgemacht.

Ich habe ihr meine Hilfe angeboten, weil ich in ihrer Nähe

sein will. Ich will in ihrer Nähe sein, wann immer ich die Gelegenheit dazu habe. Es geht nicht um Trey oder irgendeinen anderen.

Aber sie ist aus einem anderen Grund hier.

Sie ist hier, um etwas zu erreichen, das Trey ihr nicht zugetraut hat, das wir alle ihr nicht zugetraut haben. Sie ist hier, um mich zu überzeugen, nach Fremont zurückzukehren. Sie ist nicht hier, weil sie meine Nähe sucht.

Ich bin so ein Idiot.

»Wohin willst du?«, ruft sie.

Ich muss Abstand zu ihr halten. Wenn nicht, gerate ich in Versuchung, ihr meine wahren Gefühle zu offenbaren und sie in meine Arme zu schließen. »Ich muss mal an die frische Luft.«

»Hör endlich auf wegzulaufen.« Sie versucht, mir in die Augen zu sehen. »Du bist nicht nutzlos, Vic. Du hast Gefühle. Lass sie raus, anstatt alles in dich reinzufressen.«

»Kann ich nicht.« Denn meine Gefühle zu zeigen, bedeutet Trey zu verraten. Also sage ich zu ihr: »Ich habe keine.«

Nun blickt sie unerschrocken zu mir auf. Ich nehme an, sie wird mir einreden, dass ich besser daran tue, über meine Gefühle zu reden und wieder zur Schule zu gehen. Ich nehme an, sie wird mir sagen, dass ich das Footballteam unterstützen muss. Ich nehme an, sie wird wütend werden, weil ich den Erwartungen der anderen, einschließlich ihrer, nicht entspreche.

Doch das tut sie nicht.

Stattdessen stellt sie sich auf die Zehenspitzen und fasst mir ins Haar. »Du hast Gefühle«, sagt sie leise, bevor sie meinen Kopf zu sich herunterzieht und ihre sanften Lippen an meine drückt. »Und ich werde es dir beweisen.«

Dios mío.

In Gedanken habe ich Monica schon tausendmal geküsst. Ich hätte mir nie träumen lassen, dass es so ist ... ihre weichen, nassen Lippen auf meinen, ihre Hände, die sich in meinem Haar vergraben haben, und ihr süßer Atem, der sich mit meinem vermischt.

Tatsache ist, dass mein Körper darauf reagiert, dass er auf sie reagiert. Ich habe mich schon immer magisch zu ihr hingezogen gefühlt, aber gewusst, dass sie aufgrund meiner Loyalität gegenüber Trey unerreichbar für mich ist.

Oh Mann. Das kann doch nicht wahr sein.

Doch, ist es.

Und ich will nicht, dass es aufhört.

All meine Sorgen und Gedanken sind verschwunden. Ich lebe nur im Hier und Jetzt. Es ist schon so lange her, dass ich diesen inneren Frieden gespürt habe, dass es mich von Grund auf erschüttert.

Sie stöhnt, als sie den Mund öffnet und mit ihrer Zunge nach meiner tastet. Ich fühle, wie glühende Lava durch meine schmelzenden Adern rinnt, als sich unsere Zungen begegnen und sich in einem langsamen, sinnlichen Tanz ineinander verflechten. Sie schmeckt so verdammt gut, dass ich stundenlang so weitermachen könnte – oder für immer.

So muss das Paradies schmecken.

Ich strecke die Hände aus, halte ihren Kopf in meiner Handfläche und liebkose ihren Nacken, während wir uns ins Zeug legen, als hätten wir uns unser Leben lang nach diesen Küssen gesehnt. Sie sind feucht, schlüpfrig und supererotisch. Das ist der Stoff, aus dem meine Fantasien sind. Allein sie zu küssen, lässt meinen Körper völlig durchdrehen.

»Oh Vic«, stöhnt sie und reibt ihre Lippen auf meinen hin und her. »Ich bin so verloren. Ich brauche dich.«

Scheiße.

Sie *braucht* mich?

Die Wirklichkeit trifft mich wie ein Schlag ins Gesicht.

Das ist Monica, das Mädchen, das aus so vielen Gründen unerreichbar ist. Ich bin verantwortlich für den Tod meines besten Freundes und jetzt küsse ich seine Freundin. Ich breche jede Regel, jede Norm und jede Grenze, die jemals geschaffen oder erdacht worden sind. Auch wenn ich sie mehr begehre als die Luft zum Atmen, spielt das keine Rolle.

Es braucht eine übermenschliche Anstrengung, um sich aus ihrer Umarmung zu lösen und den Moment zu beenden.

»Was *machen* wir hier?«, frage ich mit einer Stimme, die heiser vor Begierde ist. »Das ist so krank. Du bist Treys Freundin, Monica. Ich habe ihn auf dem Gewissen und jetzt küsse ich sein Mädchen.« Ich wische mir mit dem Handrücken über die Lippen. »Das ist ein Fehler. Das hätte nicht passieren dürfen.«

Sie schaut zu mir auf mit diesen leuchtend grünen Augen, während sie von mir wegtritt. Der Ausdruck in ihnen ändert sich rasch von Leidenschaft zu Scham.

»Okay«, sagt sie und nickt. »Nichts passiert.«

38

Monica

Ich möchte Vic die Wahrheit sagen, nämlich dass er nicht für Treys Tod verantwortlich ist.

Ich möchte ihm erklären, dass Trey und ich uns getrennt haben.

Ich möchte ihm erklären, dass Trey Drogen genommen und mich schon seit einer Weile betrogen hat.

Die Drogen haben Treys Körper geschadet. Das Wissen um das, was wirklich mit Trey geschehen ist, lastet schwer auf mir.

Du bist Treys Freundin, hat Vic gerade gesagt.

Aber ich war nicht seine Freundin.

Ich will Treys Andenken nicht beschmutzen, doch die Wahrheit zurückzuhalten, bringt mich schier um den Verstand.

Vic ist der einzige Mensch, den ich näher an mich heranlassen möchte. Wenn er die Wahrheit wüsste …

Doch er kennt sie nicht.

Und ich kann sie ihm nicht verraten.

Stattdessen habe ich ihn geküsst und ihm gesagt, dass ich ihn brauche. Ich bin so eine bescheuerte Kuh.

Ich will nicht so tun, als würde es mich nicht fertigmachen, dass Vic den Kuss aus seinem Gedächtnis streichen will. Die Art, wie er sich den Mund mit dem Handrücken abgewischt hat, als hätte ich ihn mit einer ansteckenden Krankheit infiziert, hat mir einen Stich versetzt.

Aber ich brauche ihn nun einmal.

Als er mir den Rücken zukehrt und aus der Werkstatt geht, will ich ihn zurückrufen. Doch stattdessen stehe ich wie vom Donner gerührt.

Ich streiche mit den Fingern über meine Lippen, die immer noch von unserem Kuss prickeln. Mein Körper fühlt sich so lebendig an, wie seit Monaten nicht, und ich habe keine Schmerzen. Mein Adrenalin muss ein Rekordniveau erreicht haben, denn ich spüre nicht einmal mehr das permanente, dumpfe Ziehen in Rücken und Handgelenken.

Ich höre, wie sich ein Motorrad von der Werkstatt entfernt. Vic macht sich wieder einmal aus dem Staub.

»Feigling«, schimpfe ich leise.

Während ich immer noch stocksteif dastehe, kommt Isa zur Tür herein. »Hey«, grüßt sie. »War das Vic, der da gerade weggefahren ist?«

Ich nicke. »Yep.«

»Wohin will er denn?«

Ich kann Isa jetzt nicht in die Augen schauen, denn dann wird sie sofort merken, dass etwas vorgefallen ist. Obendrein spüre ich, dass mir gleich die Tränen kommen. »Er hat irgendetwas von Kino gefaselt.«

Isa zieht eine Augenbraue hoch. »Ach ja?«

Ich zucke die Schultern. »Oder so etwas in der Art.«

»Aha.« Ein kleines Lächeln umspielt Isas Mund. »Ich sage dir was. Ich tu mal so, als ob ich dir glaube. Wie klingt das?«

»Das wäre toll.«

Monica 231

Isa deutet auf meinen Overall. »Es ist ein langer Tag gewesen. Warum machst du nicht Feierabend und kommst morgen wieder?«

Ich schaue mich um und sehe all die aufgereihten Autos, die auf Reparatur warten. Die Stadt möchte Isa dabei unterstützen, die Werkstatt am Laufen zu halten, obwohl Isa zugibt, keine Autoexpertin zu sein.

»Warum behältst du den Laden?«, frage ich sie. Es gibt einfachere und glamourösere Jobs.

»Aus Respekt vor dem Mann, der ihn mir vermacht hat.« Sie blickt auf ihre ölverschmierten Hände. »Er wollte, dass ich glücklich werde. Die Werkstatt hält mich mit beiden Beinen auf dem Boden und gibt meinem Leben einen Sinn. Ich weiß nicht. Wenn ich den Laden nicht hätte, würde ich mich vermutlich immer noch mit den Latino Bloods herumtreiben.«

»Also sorgt die Werkstatt dafür, dass du dir keine Probleme mehr einhandelst?«

Sie deutet auf ihre zerrissenen, ölbefleckten Jeans. »Sie sorgt dafür, dass ich immer schmutzig bin und keinen Ärger mache. Du bist ein Mädchen, das man nicht davor zurückhalten muss, Ärger zu machen, Monica. Mir fällt kein Grund ein, warum du hier bist, es sei denn, es geht um Vic.«

»Ich möchte nicht darüber reden.«

Sie lässt sich nicht abweisen. »Das glaube ich dir gern. Vielleicht, nur vielleicht, versuchst du ja aber, dir ein paar Probleme mit meinem Cousin einzuhandeln.«

39

Victor

Ich habe Monica Fox geküsst.

Das stimmt eigentlich nicht ganz. Sie hat mich geküsst. Zuerst habe ich überwältigt und benommen dagestanden wie ein blöder, unerfahrener Trottel. Ihr Haar hat nach Blumen geduftet, ihre Lippen haben nach Honig geschmeckt und ihr Stöhnen hat mich ganz verrückt gemacht.

Es war um Längen besser als in meinen kühnsten Träumen.

Wie bin ich nur in diese Situation geraten? Monica hätte zu Hause und nicht in Enriques Autowerkstatt sein sollen. Dann wäre ich nicht allein mit ihr gewesen und hätte Sachen gemacht, die ich mal lieber wieder vergesse.

Ja, klar. Als ob ich das jemals könnte.

Ich fühle mich wie ein liebeskranker Freshman. Mein Herz rast immer noch, das Adrenalin pumpt durch meinen Körper, und allein die Erinnerung, wie ihre Finger sich in meinen Haaren vergraben haben, lässt mir das Blut in die Leisten schießen.

Papá hatte recht. Ich bin wirklich erbärmlich.

Auch wenn ich es Monica gegenüber nicht zugegeben habe, bedrückt es mich plötzlich sehr, dass ich mein Team im Regen stehen lassen habe. Zu wissen, dass sie seit Treys Tod jedes Spiel verloren haben, ist wie ein Tritt in die Magengrube. Und zu allem Überfluss bin ich nicht nur schuld am Tod meines besten Freundes, sondern habe auch noch seine Freundin geküsst. Ein größerer *pendejo* kann man ja wohl nicht mehr werden.

Mein Leben ist eine einzige verpfuschte Scheiße.

Ich fahre durch die Gegend, bis die Dunkelheit anbricht. Die huschenden Schatten und die ständigen Schreie, die durch die Nacht hallen, erinnern daran, dass das hier nicht die sicherste Gegend ist. Ich glaube nicht, dass *mi papá* jemals einen Fuß in diesen Teil von Fairfield gesetzt hat. Er rümpft die Nase über jeden, der kein Geld hat, als wäre er eine Schande für die Gesellschaft.

Die Ironie dabei ist, dass *papá* in einem Ghetto aufgewachsen ist.

Ich betrete eine zwielichtige Bar am Stadtrand. Der Ort ist nichts für Schwächlinge, zumal sich hier Bandenmitglieder herumtreiben, die nur auf einen Streit aus sind.

»Was soll's denn sein?«, fragt mich der Barkeeper.

»Irgendwas vom Fass«, antworte ich.

Ich muss Monica, das Team, Trey und alles, was passiert ist, vergessen.

Ich muss vergessen, dass es mich gibt. Mich ins Koma zu saufen, scheint mir ein guter Einfall zu sein.

Ohne nach Alter oder Personalausweis zu fragen, reicht der Barkeeper mir einen Humpen mit irgendeinem gepanschten Bier, das zum Kotzen schmeckt. Nach vier weiteren ist das Zeug dann doch verdammt lecker.

»Hey«, sagt ein Typ und dreht mich an der Schulter um, damit er mich besser sehen kann. Er trägt Jeans und ein bierbeflecktes Muskelshirt. »Bist du nicht der Junge, der vor ein paar Wochen im Training Trey Matthews, diesen Footballer von der Fremont, umgelegt hat?«

Ich antworte nicht, sondern wende mich wieder meinem Bier zu.

»Charlie, schenk dem Jungen noch ein Bier ein«, sagt der Typ. »Er hat uns einen Gefallen getan, als er den All-State-Spieler unter die Erde befördert hat.«

Meine Faust schnellt vor, bevor er sich ducken oder ausweichen kann. Er liegt auf dem Boden und ich werde von zwei Türstehern aus dem Lokal gezerrt und auf den Schotterparkplatz geworfen. Alles ist wie in Watte gepackt. Na ja, außer der Visage von dem Typen, nachdem er über Treys Tod gelästert hat.

Ich setze mich auf, nachdem ich auf den Kies aufgeschlagen bin, und die Welt beginnt sich zu drehen.

Ich bin betrunken.

Verflucht.

Ich kann natürlich mit dem Motorrad zurück zur Werkstatt fahren, doch wenn ich ehrlich bin, schaffe ich das wahrscheinlich nicht, ohne hinzustürzen oder mich zu übergeben. So beschließe ich zu laufen, was ätzend ist, weil Isas Wohnung am anderen Ende der Stadt liegt.

In diese Spelunke zu flüchten, war eine Scheißidee.

Zwanzig Minuten später stolpere ich in die Werkstatt und steuere die Wohnung im oberen Stock an. Isa sitzt auf der Couch, auf der ich die letzten Wochen geschlafen habe. Sie zu ignorieren, ist wohl das Klügste, was ich tun kann, denn sobald ich meinen Mund zum Reden öffne, fehlen meinem Hirn die Worte.

»Wo warst du?«, will Isa wissen.

Victor 235

»Nirgendwo«, antworte ich, während ich zur Couch torkle.

»Bist du betrunken?«

»Ich hoffe doch.« Ich merke, dass ich lalle.

»Tss, tss«, macht sie ein paarmal. »Was würden Dani oder Marissa von dir halten, wenn sie dich so sehen könnten?«

»Ist mir doch scheißegal.«

»Okay, ich formulier's mal so«, sagt Isa, und ihr Temperament fegt über mich wie ein Tornado. »Wenn nun Dani und Marissa so betrunken nach Hause kommen würden wie du – was dann?«

Ich bin zwar sturzbesoffen, doch die Antwort liegt auf der Hand. »Ich würde ihnen *und* der Person, die ihnen Alkohol ausgeschenkt hat, in den Arsch treten.«

»Genau.« Sie steht auf und geht auf mich los. »Wenn du dich das nächste Mal zulötest, denk nicht einmal dran, zu mir zu kommen, oder ich trete *dir* in den Arsch.«

»Wenn du glaubst, du kannst mir in den Arsch treten, Isa, dann versuch's doch mal.« Ich lege mich hin, weil sich alles dreht und ich gleich kotzen muss.

»Alkohol löst deine Probleme nicht, Cousin. Und er bringt dich nicht aufs College.«

Ich wollte es mir lange Zeit nicht eingestehen, aber Tatsache ist, dass ich nicht aufs College gehen werde. Oh Mann, vermutlich hatte ich auch nie die geringste Chance dazu. Wenn überhaupt, hätte ich es nur über den Football geschafft und wäre wahrscheinlich schon im ersten Semester rausgeflogen.

Für Monica ist ein Kerl wie ich unzumutbar. Trey war jemand, der ihr eine Zukunft und Stabilität versprechen konnte, etwas, das ich ihr niemals würde bieten können. Ich muss ihr beweisen, dass ich das komplette Gegenteil von Trey bin. Ich bin jemand, der ihre Küsse oder ihre Aufmerksamkeit nicht verdient.

Ich verdiene eigentlich gar nichts mehr.

Ich lebe nun hier im Süden Fairfields und arbeite in einer heruntergekommenen Autowerkstatt. Ich will mich der Realität nicht stellen. Ich rede mir ein, dass ich auf Dani und Marissa aufpassen kann, auch wenn ich nicht mehr zu Hause wohne.

Als die Übelkeit nachlässt, überspült mich eine beruhigende Woge der Gelassenheit und verleiht mir die Kraft, Isa die Wahrheit zu sagen.

»Ich habe meinen besten Freund ermordet«, gestehe ich ihr. »Und dann habe ich seine Freundin geküsst.«

Meine Cousine runzelt die Stirn. »Ermordet? Vic, ich habe Zeitung gelesen. Es war ein Unfall.«

»Bist du sicher?«, frage ich, während ich mich auf die braune, ausgeleierte Couch zurücksinken lasse. »Ich wollte wie er sein, Isa. Ich wollte sein Leben. Ich wollte sein beschissenes Superhirn. Mann, ich wollte seine Freundin.«

Isa wirft mir eine Decke über. »Es war ein Unfall, Vic. Nichts weiter. Und das weiß ich genau, weil ich dich kenne. Wir sind miteinander verwandt.«

Ich schüttle den Kopf. »Dass wir verwandt sind, bedeutet einen Scheißdreck. Ich bin auch mit meinem Alten verwandt und er kann meinen Anblick nicht ertragen. Und nach heute Abend glaube ich, dass auch Monica mich nie wiedersehen will.«

»Ich denke, dass Monica dich mag, Vic.«

»Du hast Wahnvorstellungen«, kläre ich sie auf. »Komplette Wahnvorstellungen.«

Victor 237

Isa lacht. »Ich bin nicht diejenige, die sich zulaufen lassen hat, um die Wirklichkeit zu vergessen, Vic. Du bist das.«

»Genauso ist es.«

»Eines Tages wirst du aufwachen und merken, dass du dein Leben wegwirfst – aus lauter Angst.«

Blödsinn! »Ich fürchte mich vor gar nichts.«

»Aha«, macht Isa. »Red dir das nur weiter ein, vielleicht glaubst du es dann irgendwann auch.«

40

Monica

Den Rest der Woche meide ich Enriques Autowerkstatt. Es kribbelt in meinem Bauch, wenn ich mich frage, ob Vic mich anrufen wird. Doch er tut es nicht. Enttäuschung und Gekränktheit machen sich in meiner Brust breit wie ein Krebsgeschwür.

Es war dumm, ihn zu küssen, aber in jenem Moment wollte ich nur seine Stärke spüren und mich an seinen warmen Körper schmiegen. Okay, ich wollte ihm auch seelisch nahekommen – und körperlich. Ich wollte die Vergangenheit vergessen und nur an die Gegenwart denken.

Ich bin ja so blöd.

Am Freitagabend gehe ich nicht zum Footballspiel. Stattdessen bleibe ich zu Hause und lege mich ins Bett. Ich kann nicht aufhören, an Vic zu denken und wie er mich angesehen hat, nachdem wir uns geküsst hatten. Er war außer sich, als hätte mein Kuss alles verändert und ihm bliebe nur noch die Flucht. Wir waren einmal Freunde, die sich supergut verstanden haben. Er war immer schonungslos offen zu mir, auch wenn er damit meine Gefühle verletzt hat.

Jetzt sehne ich mich nach dieser Offenheit. Ich sehne mich nach dem alten Vic.

»Alles in Ordnung?«, fragt mich Mom.

Ich zucke die Schultern.

»Ist es wegen Trey? Oder spielt deine Arthritis verrückt? Wir können fragen, ob wir die Medikamentendosis erhöhen können, falls …«

Ich richte mich langsam auf. »Ich brauche nicht noch mehr Medikamente, Mom. Wirklich. Und es ist nicht wegen Trey.« Ich kann ihr natürlich nicht sagen, dass es um einen anderen geht.

Beim Anblick ihrer sorgenvollen Miene wünschte ich mir, ich würde mich heute Abend nicht so erbärmlich fühlen. Ehrlich gesagt habe ich körperliche Schmerzen, doch die habe ich im Griff. Ich bin niedergeschlagen und deprimiert, weil ich Gefühle für jemanden hege, der mich nicht will.

»Willst du mit mir und Dad ins Kino gehen?«, fragt Mom mit einem hoffnungsvollen Lächeln.

»Nein«, antworte ich ihr. »Ihr beiden müsst mal wieder zu zweit ausgehen. Ich komme schon klar.«

»Warum rufst du nicht eine Freundin an?«

»Weil alle beim Footballspiel sind, Mom.«

»Oh. Das habe ich ganz vergessen.« Ich glaube zwar, dass sie erleichtert war über meinen Rückzug aus dem Team, denn sie hat immer befürchtet, dass ich meinen Körper überstrapaziere. Aber jetzt wird ihr klar, dass nun alle meine Freunde während der Spiele beschäftigt sind und ich nur zuschauen oder zu Hause bleiben kann.

»Ich komme zurecht. Versprochen. Geh mit Dad ins Kino und amüsiert euch gut.«

»Okay«, meint Mom. »Aber wenn du Gesellschaft brauchst, schick mir eine SMS. Ich lasse mein Handy an.«

»Okay.«

Als meine Eltern gegangen sind, starre ich wieder an die Decke.

41

Victor

Am Samstag blicke ich in den Spiegel und denke an meine Teamkameraden. Sie haben gestern wieder verloren. Ich habe das gesamte Spiel im Radio verfolgt und bin jedes Mal zusammengezuckt, wenn Fremont den Ball fallen lassen hat oder die Receiver einen Pass nicht empfangen haben. Monica glaubt, ich hätte keine Ahnung, wie es um die Mannschaft steht, aber ich checke jede Woche ihre Statistik.

Es ist meine Schuld, dass sie verlieren.

Ich wünschte, ich könnte mit ihnen reden, ihnen sagen, sie sollen clever spielen und aufhören, jeden Zug überzuanalysieren. Ich möchte ihnen sagen, dass sie für Trey gewinnen sollen, dass sie ihre Gegner vom Feld fegen würden, wenn sie mit dem Herzen ebenso sehr wie mit dem Kopf bei der Sache wären.

Aber ich habe ihnen gar nichts zu sagen. Ich bin vermutlich der meistgehasste Junge an der Fremont. Auch Monica muss mich hassen.

Ich schließe die Augen und denke an sie. Allein der Gedanke an sie ist tröstlich.

Obwohl ich gerade alles dafür getan habe, dass sie mich

nie wieder so ansehen wird, wie sie es direkt nach unserem Kuss getan hat. Sie hat gesagt, sie brauche mich.

Sie wird nie wissen, wie sehr ich sie brauche.

42

Monica

»Steh auf.«

Es ist Samstagabend, und ich hatte eigentlich vor, den Abend im Bett zu verbringen und Handyspiele zu machen. Das war, bevor Ashtyn und Bree bei mir zu Hause aufgekreuzt sind.

Bree thront über mir mit einem Becher Wasser in der Hand. »Ich habe gesagt, *steh auf, Monica. Sofort.*«

Ich ziehe mir die Decke über den Kopf. »Warum?«

Ash reißt mir die Decke weg. »Weil wir beschlossen haben, dass du mit uns in den Club Mystique gehst.«

Ich schüttle den Kopf. »Nein. Ich kann nicht ausgehen. Nicht heute Abend.« Vielleicht nie mehr. Ich will nicht tanzen oder Musik hören. Früher sind wir ständig dorthin. Club Mystique gestattet Minderjährigen den Zutritt, aber ohne ein »Über 21«-Armband bekommt man keinen Alkohol. Das hat uns nie gestört. Wenn Ash, Bree und ich zusammen sind, brauchen wir keinen Alkohol, um den Laden aufzumischen und einen Heidenspaß zu haben.

»Doch, kannst du«, sagt Bree, und ihre großen Silberkreolen schaukeln bei jeder ihrer Kopfbewegungen. »Ich kenne den Türsteher, und er lässt uns sofort rein, ohne dass wir anstehen müssen. Du brauchst das mal wieder, Monica.«

Ich schaue rüber zu Ashtyn, aus der immer die Vernunft spricht. Sicher wird sie doch merken, dass es eine dumme Idee ist, mich zum Ausgehen zu bewegen.

»Ash, bitte zwing mich nicht.«

Meine beste Freundin, der ich nie in den Rücken fallen würde, schnappt sich meine Decke und schleudert sie vom Bett. Ich hatte wohl vergessen, dass sie Football in der Jungsmannschaft spielt – sie ist nicht zimperlich und trainiert unter dem härtesten Coach im Mittleren Westen.

»Sorry, Monica«, sagt Ashtyn. »Bree hat recht. Du verkriechst dich in deinem Zimmer. Du musst mal raus und dich ein bisschen amüsieren. Dieses Mal lasse ich keine Ausrede gelten.«

»Ich will mich nicht amüsieren«, beschwere ich mich und reibe meine Hände aneinander, um die permanenten Schmerzen in den Gelenken zu lindern. »Ich möchte einfach hier liegen und den Rest meines Lebens vor mich hinschmollen.«

»Na ja, das machen nur Loserinnen, und ich bin zu cool, um mit einer Loserin befreundet zu sein«, meint Bree, nachdem sie den bedrohlichen Becher Wasser abgestellt hat und meinen Kleiderschrank mustert. »Also, heb deinen Hintern aus dem Bett, und geh unter die Dusche, damit du nicht wie altes Sushi riechst. Wir gehen in einer Stunde los, auch wenn du noch in deinen hässlichen Jogginghosen steckst.«

»Die sind bequem«, verteidige ich meine Kleiderwahl.

»Wir sind nicht auf bequem aus. Wir wollen heiß und sexy aussehen.« Bree hält einen kleinen roten Fetzen hoch, an dem das Preisschild noch baumelt. »Hör zu, wir sind hier,

Monica 245

um dich zu retten. Du hast die Wahl – mach einen auf Jammerlappen oder komm mit uns. Wofür entscheidest du dich?«

Manchmal muss man seine Komfortzone verlassen, um sich wirklich lebendig zu fühlen. Das waren Vics Worte, als er letzten Winter in den eiskalten Lake Michigan sprang.

Ich sagte ihm, er sei verrückt.

Statt einer Antwort hob er mich hoch und sprang mit mir – und meinen Klamotten – in das eisige Wasser. Trey fand das lustig, bis Vic ihn auch in die Fluten drängte.

Vic hat mir immer wieder vorgeworfen, dass ich ein vorsichtiges und vorhersehbares Leben führe. Während ich mich in das winzige rote Kleid zwänge, das Bree für mich ausgesucht hat, wünschte ich, Vic könnte mich sehen. Heute Abend bin ich nicht vorsichtig oder vorhersehbar. Ich werde ausgehen und Trey und seine Geheimnisse vergessen. Ich werde Vic und seine warmen Lippen und die Leidenschaft, die er aus allen Poren verströmt, vergessen.

Ich dusche und schaue mich prüfend im Spiegel an. Als ich mich vorbeuge, um Eyeliner aufzutragen, fängt mein Rücken an zu stechen. Ich werfe mir eine Tablette ein.

Ich frage mich, was Vic wohl gerade macht. Er hat den Kontakt zu mir abgebrochen, seit ich ihn geküsst habe. Kummer macht sich breit, weil ich ihn nicht vergessen kann.

Was ist nur los mit mir?

Nur der Gedanke daran, Vic zu küssen, sendet schon ein Prickeln durch meinen Körper. Ich will nichts für Vic empfinden, aber allein durch den Versuch, das Knistern zwischen uns zu ignorieren, geht das Gefühl noch nicht weg.

Ich wünschte, er würde mit mir darüber reden, anstatt so zu tun, als gäbe es mich nicht.

Bevor wir mein Zimmer verlassen, prüfen Ash und Bree mein Outfit. Sie haben keine Ahnung von meinem Liebeskummer.

»Du siehst umwerfend aus«, sagt Ash zu mir. »Und vergiss nicht, dass der heutige Abend dir gehört. Amüsier dich. Leg alle Hemmungen ab. Vergiss den Scheiß der letzten Wochen und konzentrier dich einen Moment nur darauf, glücklich zu sein. Versprich mir, dass du es versuchst.«

Ich zwinge mich zu einem breiten, aufgesetzten Lächeln. »Versprochen.«

Heute Abend geht es um mich, darum, meine Komfortzone zu verlassen und Vic und alles andere zu vergessen. Ich hole tief Luft. Ich schaffe das.

Glaube ich.

Als wir zum Club Mystique kommen, dröhnt laute Musik aus dem Inneren des Clubs, und eine endlose Menschenschlange wartet auf Einlass. Mädchen in sexy Kleidern, dunklem Make-up und langen Haaren sind hier in der Überzahl. Normalerweise kann ich mich gut in diesem Umfeld bewegen, aber ich bin befangen, und die Schmerztablette fängt an zu wirken. Sie macht mich ganz kirre.

Plötzlich wünschte ich, Vic wäre an meiner Seite. Er wirkt immer so zuversichtlich bei allem, was er tut. Was einem zeitweise auch echt auf die Nerven gehen kann. Ich wäre auch gern so souverän. Na, wenigstens kann ich so tun, als ob. Bree nimmt Schauspielunterricht. Sie sagt, man müsse zu der Person werden, die man spiele. Man müsse hundertprozentig dabei sein oder es lassen.

Heute Abend bin ich hundertprozentig dabei.

Ich packe das. Ich kann so entschlossen sein wie Vic. Mich unter das Volk zu mischen, ist kein Problem.

Monica 247

Ein paar Mädchen laufen auf dem Fußweg zum Club. Sie haben schnurglattes Haar und falsche Fingernägel, die viel zu lang sind, als dass man sie zu irgendetwas gebrauchen könnte, außer um Jungs anzulocken. Und sie tragen Stilettos, durch die sie mich um Längen überragen.

Als wir nach vorn gehen, um mit dem Türsteher zu reden, den Bree kennt, werfen uns einige der Wartenden giftige Blicke zu. Aber das ist Bree egal, zumal wir auch sofort in den Club gelassen werden.

Sobald wir uns durch den überfüllten Eingang gedrängt haben, drückt uns ein megagebräunter Typ, der ein T-Shirt mit der Aufschrift GRAS-FLÜSTERER trägt, einen Becher in die Hand. »Hier«, sagt er. »Geht aufs Haus.«

Ashtyn schürzt ihre Oberlippe verächtlich und beugt sich zu mir. »Trink das nicht. Da ist wahrscheinlich irgendwas drin.« Sie nimmt mir den Becher weg und kippt den Inhalt in einen Blumentopf in der Ecke. Doch Bree ist drauf und dran, den Drink zu leeren.

»Bree!«, rufe ich, entreiße ihr den Becher und schütte ihn in den Blumentopf. »Wenn da nun was drin ist?«, schreie ich über die laute, hämmernde Musik.

Sie zuckt die Schultern. »Was, wenn nicht?«

»Ich lasse nicht zu, dass du dieses Risiko eingehst.«

»Na ja, dann besorgen wir uns halt etwas, das nicht gepanscht ist. Die Bar ist dort drüben!« Bree übertönt die dröhnende Musik und zeigt das »Über 21«-Armband, das sie ihrem Türsteherfreund aus dem Kreuz geleiert hat. Sie deutet auf die andere Seite des Clubs, dann nimmt sie meine Hand und führt mich zur Bar, während der gruslige GRAS-FLÜSTERER uns hinterherglotzt.

In dem kleinen Club drängen sich so viele Leute, dass es

bei einem Brand wahrscheinlich gefährlich wird. Es riecht nach Schweiß, Bier und Dope. Ich glaube, die meisten von uns würden nicht mit heiler Haut davonkommen, wenn ein Feuer ausbricht.

Ich bahne mir den Weg durch die Massen, an einer Hand halte ich Bree und an der anderen Ashtyn. Die Musik ist so laut, dass ich davon ein Pfeifen im Ohr bekomme, und der Beat vom Bass lässt den Boden vibrieren.

Bree flirtet schon bald mit dem Barkeeper, der uns eine Runde Shots serviert.

Und dann noch eine. Und dann noch eine.

»Ich werde wohl Derek anrufen müssen, damit er uns abholt«, meint Ashtyn. »Ich bin schon beduselt.«

»Mir geht's gut«, antworte ich. Mir gefällt die Wärme, die durch meinen Körper strömt. Im Moment spüre ich keinen Schmerz – nicht das kleinste bisschen.

»Willste tanzen?«, fragt mich ein Typ mit wuscheligem braunen Haar, dem Bier vom Kinn tropft.

Ähm … »Eigentlich fühle ich mich hier ganz wohl.«

»Geh tanzen, Monica!«, sagt Bree und schiebt mich zu dem Typen.

Wie bin ich nur in diese Situation geraten? Nicht dass ich noch nie etwas getrunken hätte. Das schon. Aber das … war bloß ein paarmal mit meinen Freunden. Ich habe mir noch nie mit einem Haufen Fremder in einem Club die Kante gegeben.

Er führt mich auf die Tanzfläche und wir beginnen zu tanzen. Ich versuche, die Tatsache auszublenden, dass er seine Hände auf meinen Hüften hat und ich mir nicht sicher bin, ob er nicht gerade auch meinen Hintern begrapscht hat. Ich trete einen Schritt zurück von ihm, doch er zieht mich wieder an sich.

»Komm schon, sei ein bisschen nett«, flüstert er mir ins Ohr.

Ich bin keine so gute Schauspielerin wie Bree. Ich ergreife seine Hand, die meinen Arm festhält, und kratze ihn mit meinen Fingernägeln.

»Au! Schlampe!«, schreit er über die laute Musik.

Als er mich loslässt, torkle ich durch die Menge und stolpere ein paarmal auf meinem Weg.

Ich glaube, ich bin betrunken.

Aber als ich ein Mädchen mit leuchtend pinkfarbenem Haar sehe, bin ich plötzlich wieder nüchtern. Sie steht in der Ecke und wirft sich eine gelbe Pille ein. Als sich unsere Blicke begegnen, taucht sie in der Menge unter.

»Zara!«, brülle ich so laut ich kann und bemühe mich, ihr durch das Meer der trinkenden und tanzenden Menschen zu folgen.

Einen Moment lang glaube ich, sie verloren zu haben, aber dann erhasche ich einen Blick auf das pinkfarbene Haar, als sie auf die Toilette verschwindet. Sofort schiebe ich mich durch die Menge, ihr hinterher. Auf der Toilette keine Spur von Fräulein Pink. Sie muss in einer der Kabinen sein.

»Hey, Zara«, sage ich und versuche, nicht zu lallen. »Ich muss mit dir reden. Ich gehe erst, wenn wir uns unterhalten haben.«

Plötzlich öffnet sich die Tür einer Kabine. Zara Hughes – das hübsche Mädchen auf den Fotos mit Trey. *Für immer und ewig.*

»Weißt du, wer ich bin?«, frage ich sie.

»Ja.« Sie wirkt nervös und nimmt die Tür in Augenschein. Will sie etwa davonlaufen, um einer Auseinandersetzung zu entgehen? »Ich weiß, wer du bist«, antwortet sie.

Ein paar Mädchen, die auf eine freie Kabine warten, hören uns zu. Da wir uns wohl kaum mal ungestört unterhalten könnten, kann ich meinem Herzen auch Luft machen.

»Ich, äh …« Ich überlege, was ich sagen soll, aber mein Hirn ist benebelt, und ich merke, dass die Leute anfangen, uns anzustarren.

Ich betrachte Zaras pinkfarbene Haare, pinkfarbene Lippen und ihre makellose Haut. Auch wenn ich es gern glauben würde, wirkt sie nicht wie ein Flittchen oder als habe sie Trey einfach verführt. Sie sieht traurig aus, als hätte sie gerade die Liebe ihres Lebens verloren.

Ich muss nicht in sie dringen. Allein der Anblick der Tränen, die sich in ihren Augen sammeln, verrät mir die Wahrheit. Sie war in Trey verliebt. Und soweit ich auf den Bildern, die ich in seinem Zimmer gefunden habe, erkennen kann, war er auch in sie verliebt.

Ich krame in meiner Handtasche und ziehe die Bilder von den beiden hervor. »Hier«, sage ich. »Die habe ich in Treys Zimmer gefunden.«

Sie nimmt mir zögernd die Bilder aus der Hand. Eine Träne rinnt ihr über die Wange, während sie eines nach dem anderen sehnsüchtig betrachtet.

»Danke«, sagt sie und presst die Fotos an ihre Brust.

Ich will gerade gehen, als Zara ruft: »Es tut mir so leid, Monica.«

Ich nicke. Und schaue sie lange Zeit an. »Mir auch.«

Zurück im Club erblicke ich Ashtyn und Bree auf der Tanzfläche mit ein paar Leuten aus Fremont. Sie winken mich zu sich, aber als ich zu ihnen will, rempelt mich ein Typ in einem grauen Kapuzenshirt an, der sich den Weg durch die Menge bahnt.

Monica 251

Ein Teil seines Gesichts wird von der Kapuze verdeckt, doch als ich ihn anschaue, hebt er langsam den Kopf, und ich kann seine dunklen, funkelnden Augen erkennen.

Mir stockt der Atem.

Ich bin nicht so betrunken, um nicht zu kapieren, dass diese Augen nur einer Person gehören können.

Victor Salazar.

43

Victor

Ich will eigentlich nur noch raus aus diesem Club, aber ich gehe nicht ohne meine Schwester. Club Mystique. Im Lauf der Jahre war ich ein paarmal mit meinen Freunden in diesem Laden, wo Teenager mit über Einundzwanzigjährigen abfeiern können.

Irgendein *gringo*, auf dessen T-Shirt GRAS-FLÜSTERER steht, kommt auf mich zu. »Hast du was zu rauchen, Mann?«

Rauchen?

»Nein. Ich suche nur jemanden«, wimmle ich ihn ab.

»Tun wir das nicht alle«, antwortet GRAS-FLÜSTERER.

Jemand tippt mir auf die Schulter und ruft irgendetwas, das ich wegen der Musik nicht verstehen kann.

Ich drehe mich genervt um. »Was zur Hölle wi…«

Mir bleibt die Spucke weg, denn vor mir steht eine fleischgewordene Göttin. Monica Fox könnte nicht in der Menge verschwinden, selbst wenn sie es wollte. Das lockige Haar des Mädchens ist lang und schön, ihr Gesicht atemberaubend, und sie hat eine Aura um sich, durch die sie alle Blicke auf sich zieht.

Auch meinen.

Victor 253

Doch ihre Augen sind glasig, und sie sieht aus, als würde sie gleich hinfallen. Ich will sie festhalten, aber sie schlägt meine Hand weg. »Fass mich nicht an!« Ihre Worte sind verwaschen.

»Du bist betrunken.«

»Ich bin angeheitert«, sagt sie langsam. »Das ist ein Unterschied.«

»Okay, wenn du meinst.« Ich schiele hinter sie und erspähe meine Schwester in einer Ecke des Clubs. Bonk hat den Arm um sie gelegt, als würde sie ihm gehören, und mein Blut fängt an zu kochen. »Ich muss gehen«, sage ich zu Monica.

»Klar. Weglaufen kannst du ja gut.«

Ich sage nichts.

»Hör auf, mich zu ignorieren, Vic.«

»Ich ignoriere dich nicht.« Ich würde ihr gern sagen, dass ich sie nur zu ihrem eigenen Schutz links liegen lasse, aber das glaubt sie mir sowieso nicht.

Sie packt meine Schulter und zieht mich zu sich herunter, damit ich sie verstehen kann.

»Ich gehe nicht weg, und ich lasse nicht zu, dass du dich von mir abwendest«, schreit sie praktisch über die Musik. »Du kannst dich nicht für immer verstecken.«

Ich gebe mein Vorhaben auf, Dani zu retten, und fasse Monica an der Hand.

Sie zieht ihre Hand zurück. »Wohin bringst du mich?«

»Nach draußen.«

»Aber vielleicht will ich ja gar nicht nach draußen.« Sie reckt den Hals und blickt suchend auf die Tanzfläche. »Ich bin mit Bree und Ashtyn hier. Meinen *Freundinnen*.«

»Und du gehst mit mir.« Ich fasse sie wieder an der Hand

und führe sie nach draußen. Sie stolpert ein paarmal über ihre eigenen Füße.

»Wie viel hast du getrunken?«, will ich wissen.

»Keine Ahnung«, antwortet sie und hält ihren freien Arm nach oben, als würde ich sie in Handschellen abführen. »Genug, um mich wirklich, wirklich, *wirklich* gut und wirklich, wirklich besoffen zu fühlen.«

Ach, du Scheiße. »Du bist sternhagelvoll.«

»Bin ich nicht. Okay, vielleicht doch. Ich weiß nicht mal, warum es mich überhaupt kümmert, dass du hier bist und dass du mich hasst.«

»Ich hasse dich nicht«, sage ich leise zu ihr, während wir uns durch die Menge schieben.

Monica schaut mit einer Mischung aus Wut und Trotz zu mir auf. »Ich habe dich geküsst und dir war das scheißegal. Du hast sogar gesagt, dass es ein Fehler war. Im Moment hasse ich dich.«

Sie lehnt sich zurück und blickt mir direkt in die Augen. Oh Mann, jetzt habe ich den Salat. Zumal sie nach hinten taumelt und ich sie auffangen muss.

Monica mustert ein paar Leute um uns herum, dann sieht sie mich wieder mit diesen Augen an, die von innen heraus zu leuchten scheinen. »Du versaust dir dein Leben. Trey hätte dich windelweich geprügelt, wenn er wüsste, was aus dir geworden ist.« Sie verengt die Augen und wartet auf eine Reaktion von mir. »Es ist egal, ob du mich hasst oder nicht, Vic. Ich hasse dich.«

»Na ja, das ist auch gut so.«

»Warum?«

»Weil du immer noch die Freundin von meinem besten Freund bist«, antworte ich schlichtweg. »Darum.«

Victor 255

»Hey!«, höre ich jemanden rufen. »Ist das Vic Salazar? Yo, ich habe deine Schwester mit Matthew Bonk gesehen. Sie schlecken sich an der Bar das Gesicht ab.«

Verflucht.

»Ich muss los.«

Ich packe Monica an den Schultern und schaue ihr in die Augen. Ich möchte ihr eigentlich wieder nahe sein, ihr sagen, dass ich immer für sie da sein werde, was es auch sei. Doch es würde alles verkomplizieren, wenn ich ehrlich zu ihr bin. »Ich muss weg«, sage ich zu ihr. »Aber ich kann dich so nicht allein lassen.«

»Geh doch. Hau ab. Ich brauche dich *und* deine blöden Küsse nicht.« Sie schüttelt meine Hände ab. »Du verstehst es meisterhaft, Menschen hängen zu lassen, wenn sie dich brauchen, Vic. Das ist echt dein Spezialgebiet.«

»Du begreifst das nicht. Trey und ich waren beste Freunde.« Im Augenblick bin ich völlig am Ende. »Ich kann nicht … Ich kann das nicht.«

»Du weißt *nichts* über mich und Trey!«, schreit Monica.

»Ich weiß, dass er dich geliebt hat«, widerspreche ich.

»Einen Scheißdreck weißt du, Vic. Du bildest dir da nur was ein, aber du bist ihm ebenso auf den Leim gegangen wie ich. Du glaubst, Trey gekannt zu haben, aber er hatte Geheimnisse vor uns beiden.« Sie blickt zum Clubeingang, wo Bree und Ashtyn stehen und sie zu sich winken. Doch dann muss Ashtyn mich erkannt haben, denn sie kommt angelaufen.

»Oh mein Gott! Vic!«, ruft sie. Ich habe sie seit dem Unfall nicht mehr gesehen, aber es ist nicht der Zeitpunkt zum Reden. Nicht jetzt.

»Kümmre dich um sie, Ash«, sage ich und schiebe Monica in Ashtyns Arme.

»Warte, willst du gehen?«

»Ja.« Ich laufe zurück in den Club.

Denn Bonk hat ein Date mit meiner Schwester – und mit meiner Faust.

44

Monica

»Hast du dich schon einmal in jemanden verliebt, den du hasst?«, frage ich Isa am Montag, während wir zusammen an einem Auto arbeiten.

»Oh *chica*, ich habe mich in viele Männer verliebt, die ich gehasst habe.«

»Wer war dein erster Freund?«

Sie legt den Schraubenschlüssel weg, den sie in der Hand hält, und seufzt. »Sein Name war Paco. Wir waren nicht offiziell zusammen oder so, aber ich war siebzehn und total in ihn verknallt. Ich habe davon geträumt, dass wir eines Tages heiraten und Kinder haben.«

»Was ist passiert?«

»Er wurde ermordet.« Sie schnieft ein paarmal, dann nimmt sie den Schraubenschlüssel auf und macht sich wieder an die Arbeit. »Danach habe ich die Gang verlassen, aber das hat ihn auch nicht zurückgebracht.«

»Das tut mir leid.«

»Mir auch.« Sie wirft mir einen Seitenblick zu. »Was ist eigentlich zwischen dir und meinem Cousin?«

Ich spüre, wie mir das Blut in die Wangen schießt. »Nichts.«

»Verarsch mich nicht. Ich sehe, wie du ihn anschaust.«

»Wir sind wohl nur Freunde, schätze ich.« Obwohl das genau genommen nicht stimmt. »Eigentlich hasse ich ihn im Moment. Wir sind nicht mehr wirklich befreundet.«

Sie nickt verständnisvoll. »Alex, komm her!«

Alex, der heute wieder aushilft, lässt das Auto stehen, an dem er gerade arbeitet, und kommt zu uns herüber. »Erzähl Monica mal, wie Brit und du euch auf den ersten Blick ineinander verliebt habt.«

»Ich konnte sie nicht ausstehen«, sagt er. »Und sie mich auch nicht. Wir kamen aus verschiedenen Welten, und ich habe geglaubt, wir seien wie Feuer und Wasser.« Er lacht. »Wer hätte gedacht, dass sie meine Seelenverwandte ist.«

»*Ich*«, meint Isa.

Er grinst. »Das stimmt.«

»Hast du als Mann irgendeinen Rat für Monica?«

»Ja«, antwortet Alex. »Meine Frau hat nie aufgehört, mich herauszufordern. Das hat dazu geführt, dass ich ein besserer Mensch sein wollte.«

Ich habe auch versucht, Vic herauszufordern, aber anstatt ein besserer Mensch werden zu wollen, hat er sich einfach aufgegeben.

Plötzlich öffnet sich die Werkstatttür. Bernie steht auf der Schwelle in einem maßgeschneiderten Anzug und hält ein riesiges Rosenbouquet in seiner Hand.

»Kommst du gerade von einer Beerdigung?«, flachst Isa.

»Nein«, sagt Bernie todernst. »Ich will mit dir ausgehen.«

Isa weicht zurück. »Ich habe dir doch gesagt, ich bin nicht zu haben.« Sie schaut Alex mit zusammengekniffenen Augen an. »Halt bloß deine Klappe, Alex.«

Alex hebt die Hände. »Ich sage doch gar nichts, Isa.«

Bernie reicht Isa die Blumen. »Geh mit mir aus.«

»Ich kann nicht«, entgegnet sie.

»Wieso nicht?«

»Weil …« Isa schmeißt die Blumen in den Müll. Sie läuft ein paar Schritte weg, doch dann eilt sie zurück zum Mülleimer und holt die Blumen wieder heraus. »Warum tust du mir das an, verdammt noch mal, Bernie?«

»Ich versuche nur, dich zu lieben«, antwortet er.

»Na ja, alle Kerle, die ich geliebt habe, sind tot. Willst du sterben?«

»Das werde ich früher oder später«, erwidert er. »Ich habe keine Angst vor dem Tod. Und ich habe keine Angst vor dir. Geh mit mir aus.«

»Ich habe einen Haufen Arbeit.«

»Ich helfe dir später dabei.«

»Ich habe dich gefeuert, Arschloch.« Isas Worte sind hart, aber die Art, wie sie den riesigen Strauß umklammert, als ob ihr Glück davon abhinge, verrät ihre wahren Gefühle.

»Du kannst mich tausendmal rausschmeißen, ich komme doch zurück«, sagt Bernie. »Du und ich wären ein wunderbares Team. Geh mit mir heute Abend aus. Wenn du mich danach bittest, dich in Ruhe zu lassen, dann … na ja … denke ich darüber nach.«

»Jetzt mach schon«, mischt Alex sich ein. »Gib dem armen *gringo* eine Chance.«

Isa funkelt ihn an. »Ich habe dich nicht um deine Meinung gebeten, Fuentes.«

Alex zuckt die Schultern.

Ich habe Angst, wenn ich Isa einen Ratschlag gebe, schreit sie mich an oder schickt mich auf der Stelle nach Hause.

260 *Monica*

Doch ich mache es trotzdem. »Er wird nicht aufgeben«, sage ich. »Und die Blumen sind superschön.«

Isa seufzt laut. Sie braucht lange für eine Antwort. Schließlich schluckt sie und sagt leise: »Na schön. Aber ich muss mich erst umziehen.«

»Bitte nicht«, erwidert Bernie, nimmt ihre Hand und hält Isa zurück. »Ich führe dich so aus, wie du bist.«

»Du bist ein Trottel«, meint sie.

»Ich weiß. Und ich wette, du bist noch nie mit einem Trottel ausgegangen, Isa. Aber ich sag dir was: Trottel sind die besten Ehemänner.«

Isa verdreht die Augen und wendet sich dann zu mir um, als Bernie sie nach draußen geleitet. »Falls du heute Abend vorbeikommen und mit Vic reden willst, mach es ruhig. Ich schätze, bei mir wird's heute spät.«

Ich knabbere nervös auf meiner Unterlippe herum, als sie mir den Schlüssel zur Werkstatt gibt. »Bist du sicher?«

»Mensch, wenn irgendjemand Vic aus seinen düsteren Gedanken reißen kann, dann du.«

»Woher willst du das wissen?«

Isa zwinkert mir zu. »Ich weiß nicht viel, aber ich weiß, dass er eine Heidenangst vor dir hat. Und er fürchtet sich sonst vor rein gar nichts.«

✳ ✳ ✳

Um elf Uhr abends schleiche ich mich aus dem Haus und die Worte von Isa und Alex schwirren mir im Kopf herum. Ich will zu Vic und ihn aus der Reserve locken, egal wie. Ich werde ihm zeigen, dass er so vieles im Leben verpasst.

Außerdem muss ich herausfinden, ob die Gefühle, die ich für ihn hege, wirklich oder eingebildet sind.

Monica

Ich fahre mit klopfendem Herzen und zitternden Händen nach Fairfield. Ich umklammere das Lenkrad, um meine Nervosität zu verbergen. Meine Gelenke schmerzen, weil ich schon den ganzen Abend so angespannt bin.

Ich parke vor der Werkstatt und betrete die dunkle Halle. Ein kleines Licht leuchtet den Weg zu Isas Wohnung im oberen Stock, die zu Vics Unterschlupf geworden ist.

Ich will gerade die Treppe hochgehen, als eine Stimme durch die Dunkelheit tönt. »Monica?«

Als ich Vics Stimme höre, drehe ich mich um. Er lehnt gegen die Stoßstange eines Wagens.

»Wir müssen reden, Vic.«

»Worüber willst du reden?«, fragt er und kommt auf mich zu.

»Über wichtige Angelegenheiten.«

»Ich komme nicht zurück nach Fremont, also kannst du dir deine Worte sparen.«

»Ich weiß.« Ich schaue ihn unverwandt an. »Und trotzdem müssen wir uns mal ernsthaft unterhalten.«

Ich nehme meinen Mut zusammen, um Vic die ganze Wahrheit zu sagen. Ich spüre, dass ich zu viel zurückgehalten habe.

Heute Abend werde ich Farbe bekennen und Vic meine Gefühle offenbaren.

Selbst auf die Gefahr hin, dass ihn das von mir wegstößt.

45

Victor

Der schwache Schein von den Straßenlaternen, der durch die milchigen Scheiben der Werkstatt dringt, bietet gerade so viel Licht, dass ich Monicas Kleidung erkennen kann.

Ich versuche, die Tatsache zu überspielen, dass wir allein sind. Ich habe keine Ahnung, warum sie hier ist und was sie will. Doch egal, was es ist, ich darf keine Gefühle zeigen und muss auf Distanz bleiben. Ich werde Monica nicht in mein verpfuschtes Leben hineinziehen.

Sie läuft zu einem alten, rostigen Truck auf einer der Hebebühnen hinüber. »Den habe ich repariert.«

»Cool«, sage ich und beäuge den Truck. »Ich fühle mich nützlich, wenn ich etwas Kaputtes ganzmachen kann. Vermutlich geht es dir auch so.«

»Wo wir gerade von kaputt sprechen – ich möchte dich etwas fragen«, beginnt sie. »Wusstest du, dass Trey mich betrogen hat?«

»Nein. Das hätte er niemals getan.« Trey war Monica vom ersten Tag an verfallen. Mann, als er im Freshman-Jahr anfing, mit ihr auszugehen, mussten wir Regeln aufstellen, wie oft am Tag er ihren Namen sagen oder über sie reden durfte.

Jet hat sich darüber lustig gemacht, wie sehr er an ihrer Leine hing.

»Dann hast du ihn nicht sehr gut gekannt.«

Er war mein bester Freund, natürlich habe ich ihn gekannt. Im Wartebereich der Werkstatt steht eine Reihe Stühle. Ich setze mich auf einen, strecke die Beine aus und beobachte Monica durch meine gesenkten Lider hindurch, während sie im Raum umherstreift.

Monica neben dem Truck stehen zu sehen, ist wie einen Schmetterling neben einem alten, ausgelatschten Schuh zu erblicken. Sie passen nicht zueinander, aber in beiden findet sich Schönheit. Monica wendet sich um und ertappt mich dabei, wie ich sie beobachte.

»Sei einfach ehrlich zu mir«, bittet sie.

Ganz ehrlich möchte ich sie in meine Arme schließen.

Aber die einzige Wahrheit, die ich mit ihr teilen kann, ist: »Ganz ehrlich, ich hasse Käse, wenn er am Stück ist, aber mag ihn, wenn er geschmolzen ist.«

Sie verzieht den Mund zu einem Lächeln und nickt. »Ich rede davon, dass Trey mich betrogen hat.«

»Davon weiß ich nichts. Ich rede von Käse.«

Das Licht fällt auf ihre zusammengepressten Hände. »Ich möchte nichts über deine komischen Käsevorlieben hören. Ich möchte über Trey reden, denn du und ich kommen nicht weiter, solange du die Wahrheit nicht kennst. Trey hat mich mit einem Mädchen namens Zara Hughes betrogen. Kennst du sie?«

»Zara Hughes?«

Sie richtet sich auf und holt tief Luft, als rüste sie sich für all die schlechten Neuigkeiten, die ich ihr über Zara und Trey gleich unterbreiten werde. »Sag mir alles. Lass nichts aus.«

»Okay«, sage ich nach einer Weile. »Ich kenne sie. Trey hat ihr ziemlich viele SMS geschrieben, aber er hat gesagt, sie seien nur befreundet. Sie geht auf die Fairfield.«

»Wo haben sie sich kennengelernt?«

»Weiß nicht. Auf dem Lollapalooza, glaube ich.«

Sie nickt, während sie das Gehörte in sich aufnimmt.

»Er war in sie verliebt, Vic«, sagt sie schließlich. »Ich habe Fotos von den beiden von Anfang des Sommers gefunden. Er hat sie angesehen wie ... na ja, sagen wir einfach, wie er mich schon lange nicht mehr angesehen hatte.«

Ich blicke angestrengt auf den Werkzeugkasten. Oh Mann, ich will nicht, dass sie die Art, wie *ich* sie ansehe, analysiert.

Das alles bringt mich völlig durcheinander. Trey war in Monica verliebt. Ich meine, ja, er hat mit Zara geredet und sich vielleicht ein paarmal mit ihr getroffen, aber ...

Ich möchte nicht glauben, dass Trey Monica hintergangen hat. Wie konnte er? *Warum* sollte er? Monica ist ein wahnsinnig treues, hingebungsvolles Mädchen, das Trey alles gegeben hat, was ein Kerl sich wünschen kann. Sie ist loyal, witzig und klug, von schön ganz zu schweigen.

Sie ist das Mädchen, aus dem Träume und Fantasien gemacht sind.

»Er war nicht perfekt, weißt du«, flüstert sie verletzt.

Ich hatte ihn vor Augen. Er hatte das Leben, was ich mir immer gewünscht habe. Eltern, die sich sorgen, eine natürliche sportliche Begabung und ein Gehirn, das es mit dem Einsteins aufnehmen konnte. Und zu allem Überfluss hatte er auch noch das perfekte Mädchen.

»Ich wüsste es, wenn er herumgevögelt hätte, Monica«, sage ich bestimmt. »Er hätte es nicht vor mir verbergen können.«

Victor 265

»Da täuschst du dich.« Sie legt den Kopf schräg und ein Lichtstrahl trifft ihre fragenden Augen.

Ich kann das nicht. Nicht hier und nicht jetzt, wo ich das Bedürfnis habe, sie zu trösten.

Nun sind ihre Augen voller Tränen und Kummer. Verdammt, ich kann nicht zusehen, wie sie zu Boden geht. Es bricht mir das Herz. »Wir haben uns vor seinem Tod getrennt, Vic. Er wollte, dass ich es vor den anderen geheim halte, bis Homecoming vorüber ist.«

»Nein.« Ich gehe zu ihr, nehme ihr Kinn vorsichtig in meine Hände und bringe sie dazu, zu mir aufzuschauen. »Trey wollte dich glücklich machen. Er hat dich geliebt.«

Ihre weiche, warme Hand fasst nach oben und ergreift mein Handgelenk. »Vielleicht hat er versucht, mich glücklich zu machen, aber das war nicht echt. Er hat mir die Beziehung vorgegaukelt, von der er glaubte, dass ich sie haben will, aber es war nur eine Fassade. Er hat mich schon eine Weile betrogen. Seit Weihnachten – oder womöglich schon eher.«

Um ihr nichts von meinem inneren Kampf zu offenbaren, trete ich ein paar Schritte weg von ihr und schaffe so eine Distanz zwischen uns. »Du weißt nicht, wovon du redest, Monica. Trey hat dich geliebt …«

»Hör auf!«, schreit sie. »Trey Matthews war nicht der Heilige, für den ihn alle halten.« Ihre Hände ballen sich an den Seiten zu Fäusten. »Er hat mir eingeredet, er wäre mir treu, doch das war er nicht. Er hat mir das Versprechen abgenommen, seine Geheimnisse zu bewahren, aber er hat ein großes Geheimnis vor uns beiden gehabt. Ja, er war klug und schien alles zu haben. Aber das war erstunken und erlogen. Und jetzt hege ich Gefühle für dich und will ihnen freien Lauf lassen.«

»Meine Welt ist dunkel, Monica. Dorthin willst du mir nicht folgen.«

»Vielleicht will ich es doch.« Sehnsucht schimmert in ihren ausdrucksstarken Augen. »Hilf mir, der Wirklichkeit zu entfliehen, Vic. Lass mich vergessen, dass ich in einem Meer aus Fragen und Lügen und Verrat ertrinke.«

»Dafür bin ich der Falsche.« Ihr Sanftmut und ihre Schönheit werden mich so gefangen nehmen, dass ich sie nicht mehr gehen lassen will.

Sie schließt den Abstand zwischen uns. »Nimm mich mit in deine Welt. *Bitte.* Ich mache auch kein Theater, versprochen.«

Ach, du Scheiße.

Sie schaut mich eindringlich an und wartet auf meine Antwort. »Schlaf mit mir, Vic. Zeig mir, dass ich nicht allein bin. Ich fühle mich so einsam.«

Fast kneife ich, aber dann räuspere ich mich und mustere gebannt ihren zarten Hals und den Ansatz ihrer Brust, der aus ihrem T-Shirt hervorschaut. Ich begehre sie so sehr, aus einer Reihe von Gründen. Wem, zum Geier, will ich denn hier etwas vormachen? Ich könnte ihr niemals widerstehen.

»Bist du dir sicher, dass du das willst?«, frage ich.

Sie schluckt heftig. »Ja«, flüstert sie atemlos.

Mist, ich versuche, einen auf cool zu machen und so zu tun, als ob ich nur einer Freundin einen Gefallen tue. Tatsache ist jedoch, dass meine Gefühle gerade Achterbahn fahren.

Ich werde sie heute Nacht mit Liebe, Leidenschaft und Zuneigung überschütten.

Victor 267

Ich hoffe nur, dass ich sie am Morgen gehen lassen kann. Sie hat mich um eine Flucht aus der Wirklichkeit gebeten. Sie hat nicht gesagt, dass es für immer sein muss.

46

Monica

Ich kann nicht glauben, dass es passieren wird. Ich bin aufgeregt, nervös, und meine Beine zittern, aber ich will es. Vic ist der Mensch, der mich festhalten und mich glauben machen kann, dass alles wieder in Ordnung kommen wird. In seiner Gegenwart fühle ich mich immer sicher, und ich weiß, dass er mir nicht wehtun wird.

Er beugt sich vor und flüstert mir ins Ohr: »Entspann dich einfach und lass dich von mir umsorgen.«

Nun ist er so nahe, dass ich das Knistern zwischen uns förmlich spüren kann.

»Danke«, sage ich und bemühe mich angestrengt, das Zittern in meiner Stimme zu unterdrücken.

Er lehnt sich zurück und zieht fragend eine Augenbraue hoch. »Danke?«

»Ich meine … Ich meine natürlich nicht danke. Ich meine, ja, das ist es, was ich will.« Ich schlage eine Hand vors Gesicht. »Ich bin so ein Trottel. Ich weiß nicht, was ich sagen soll, Vic. Ich bewege mich hier irgendwie auf unbekanntem Terrain.«

Mein Herz rast, als er meine Hand ergreift.

Er lässt den Blick von meinen Augen zu meiner Brust und

Monica 269

tiefer schweifen, und ich wünschte mir, dass er mich festhalten würde, denn mein Körper ist nun ein einziges Nervenbündel. Vic ist selbstbewusst und sieht umwerfend aus. Das habe ich schon immer gewusst, doch ich habe ihn nie mit diesen Augen betrachtet. Jetzt tue ich es und plötzlich bin ich supergehemmt.

Nur die Vorstellung, dass Vic mich gleich an intimen Stellen berühren wird, lässt meinen Körper vor Aufregung erschaudern.

Ich versuche, gleichmäßig zu atmen, denn ich weiß, dass diese Nacht alles zwischen uns verändern kann, wenn wir es nur zulassen.

»Folge mir«, fordert er, und in seiner Stimme schwingt Begierde.

Mein Puls wird schneller und ich erstarre. »Wohin gehen wir?«

»Du hast doch nicht gedacht, dass wir es auf dem Boden machen, oder?«

»Weiß nicht«, sage ich verlegen. »Ich habe eigentlich keinen Plan.«

»Ganz offensichtlich nicht. Komm«, sagt er, nimmt meine Hand und führt mich die Treppen hoch zu Isas Wohnung über der Werkstatt. Sie ist klein, doch hübsch und gemütlich. An einer Wand hängen Blumenbilder, an der anderen ein paar Porträts. Eins zeigt Vic und Isa in der Werkstatt. Sie hält einen Schraubenschlüssel über ihn, als möchte sie ihm damit eins über das Fell ziehen. Er hat einfach die Arme vor seiner breiten Brust verschränkt und blickt todernst. Vic, wie er leibt und lebt.

Er führt mich vor die Couch und dreht mich so, dass ich ihn ansehen muss. Seine karamellbraune Haut ist makellos,

270 *Monica*

und seine Muskeln, die unter seinem T-Shirt hervortreten, erinnern daran, dass er ein unglaublicher Athlet ist, stark und leistungsfähig. Plötzlich sehne ich mich nach seiner Berührung und fühle mich wahnsinnig zu ihm hingezogen.

Ob er merkt, dass ich mehr als bereit bin, der Wirklichkeit mit ihm zu entfliehen?

»Schließ deine Augen«, sagt er sanft, aber bestimmt.

Mir wird schwindlig und ich strecke die Arme nach ihm aus. »Willst du mich einer meiner Sinne berauben?«

»Du willst doch der Realität entkommen, oder?« Ich spüre ein leises Kitzeln, als er mit den Fingerspitzen kleine Muster auf meine Handgelenke malt. Meine Haut kribbelt bei jeder Berührung und lässt den dumpfen Schmerz der Arthritis verblassen.

Er lässt meine Handgelenke los und schickt seine Finger auf Wanderschaft, an meinen Armen entlang zu den Schultern und bis zum Hals. Seine Berührung ist hauchzart, fast wie eine Feder. Und als seine Finger von meinen Lippen zu meinem Kinn, Hals und tiefer zu meinem Brustansatz streifen, steht mein Körper auf einmal in Flammen.

»Vic, das fühlt sich unglaublich gut an.«

»Soll ich weitermachen?«, haucht er mir sanft ins Ohr.

»Ja.«

Während seine Hände meine zarte Haut liebkosen, spüre ich, wie seine warmen Lippen meine streifen.

»Verlierst du gern die Kontrolle?«, will er wissen und küsst mich einmal. Zweimal. Als meine Zunge sich auf die Suche nach seiner macht, sind seine Lippen plötzlich weg. Er hat sich mir entzogen.

Das ist Folter.

»Küss mich«, fordere ich. »Jetzt, bitte.«

Monica

»Geduld. Nur keine Eile.«

Ich spüre, wie seine Finger über dem T-Shirt sanft um eine meiner Brustwarzen kreisen. Dann bewegt er die Hand zur anderen. Die Leidenschaft in mir ist entfacht wie ein Feuer und ein Stöhnen entweicht meinem Mund.

»Gefällt dir das?«, fragt er.

»Sag ich dir nicht«, antworte ich und bemühe mich, die kleinen, lustvollen Seufzer zu unterdrücken, während er sanft die empfindsamen Spitzen massiert.

»Dein Körper verrät dich«, sagt er amüsiert.

Er küsst mich wieder.

Und dann noch einmal.

Dieses Mal kann ich nicht anders. Das Stöhnen, das meinem Mund entweicht, schallt durch den Raum. Ich bin froh, dass unten niemand ist, denn ich bin mir sicher, dass man mich bis dorthin hören kann.

Als meine Zunge sich wieder vorwagt, wartet sein süßer Mund auf mich. Wir küssen uns leidenschaftlicher.

»Du schmeckst so gut«, raunt er, während seine Lippen auf meinen ruhen.

Seine sinnlichen Küsse sind berauschend, und als seine Hand auf meinem T-Shirt sanft über meine Brustwarzen streicht, erst über die eine, dann über die andere, will ich mehr.

Ich schlinge die Arme um seinen Hals und presse ihn an mich, während er sich auf die Couch sinken lässt und mich rittlings auf sich zieht.

Ich spüre den mir noch fremden, kräftigen, muskulösen Körper an meinen Schenkeln. Leidenschaft und Sehnsucht benebeln mir das Hirn, doch ich weiß, dass ich in diesem Augenblick ihm nahe sein und von ihm gehalten werden will.

Und von keinem anderen.

Plötzlich habe ich meine Probleme, Schmerzen und alles andere vergessen. Zum ersten Mal seit Langem fühle ich mich frei. Ich will im Moment leben und nicht an die Welt außerhalb dieser kleinen Wohnung denken.

Ich weiß, das ist Vic, der Junge, der sein Leben wegwirft und ständig auf der Flucht ist. Aber genau jetzt ist er alles, was ich will und was ich vermisst habe. Ich möchte mit ihm entfliehen. Zusammen können wir zur Ruhe kommen und wahre Nähe spüren, auch wenn es nur für eine Nacht ist.

Er sitzt fast reglos, doch ich kann seinen schnellen Atem hören. Ich will ihn aus der Fassung bringen, will, dass er ebenso wie ich die Kontrolle verliert, an der ihm so viel liegt. Ich stütze mich mit den Händen auf seinen Schultern ab und spüre dann seine Muskeln, als ich seinen Körper mit meinen Fingern erkunde.

»Was machst du da?«, fragt er, und seine Stimme ist rau und schleppend.

»Ich übernehme die Kontrolle«, antworte ich und reibe meine Hüften sanft an ihm. Ich kann seinen warmen Körper durch meine Jeans fühlen.

Er stöhnt auf, als ich sein steifes Glied berühre. »Du bringst mich um den Verstand.«

Ich beuge mich vor und flüstere ihm ins Ohr. »Warum? Weil du Angst hast zuzugeben, dass es dir gefällt?«

»Ich habe keine Angst, es zuzugeben, Baby«, sagt er. »Ich finde es superschön. Du machst mich wahnsinnig, weil ich es kaum schaffe, mich zurückzuhalten.«

Ich fühle sein Herz hämmern, hart und schnell, während ich mich erst langsam und dann immer schneller auf ihm

Monica 273

bewege. Es tut gut, an nichts außer an diesen Moment zu denken.

»Halt dich nicht mehr zurück.« Ich höre auf, meine Hüften zu bewegen, und lasse meine Finger über seinen Bizeps streifen. »Fass mich an, Vic. Lass mich alles um uns herum vergessen.«

Er sitzt still, als denke er darüber nach. »Das will ich«, sagt er. »Du hast ja keine Ahnung, wie sehr ich das will.«

Ich packe ihn. »Dann halt dich nicht mehr zurück. Keine Angst, ich werde nach der heutigen Nacht nichts von dir erwarten. Wir entfliehen nur der Realität, richtig?« Mein Körper verzehrt sich nach seiner Berührung. Mit einem Schwung ziehe ich mir das T-Shirt über den Kopf, dann nehme ich seine Hände und lege sie um meine Hüfte.

Ich beuge mich vor, sodass unsere Lippen sich begegnen, denn ich küsse diesen Jungen einfach zu gern. Seine Küsse versetzen mich in Trance und ich möchte das Gefühl nicht zerstören. »Fass mich an, Victor Salazar.«

Er flucht leise, dann umfassen seine Hände auf einmal meinen Hintern und ziehen mich zu ihm heran, während er den Rhythmus vorgibt. Ich beuge mich nach unten, vergrabe meine Hände in seinem dicken Haar und werfe den Kopf zurück.

Sein Mund ist in meiner Halsgrube, er leckt über meine Schlagader und küsst sie dann. Ich kann mich nicht daran erinnern, dass mein Körper jemals vor Aufregung so geprickelt hat, nun, da seine Zunge über meine heiße Haut streift, tiefer … und tiefer.

»Sag mir, wie sehr dir das gefällt«, stöhnt er, den Mund an meiner Haut.

Als ich merke, wie seine Zunge die Umrandung meines Büstenhalters nachfährt, fange ich an zu keuchen und will mehr. »Ich möchte, dass du nie mehr aufhörst«, sage ich zu ihm und bedeute ihm weiterzumachen, als er mit den Händen nach hinten fasst. Mit einer schnellen Fingerbewegung ist mein BH geöffnet und fällt zu Boden. Vic stützt meinen Rücken, damit meine Gelenke sich nicht verkrampfen.

Seine Zunge wandert zu meinem empfindlichen Ohrläppchen und dann nach unten, sie leckt über Teile meines Körpers, die sich anfühlen, als stünden sie in Flammen.

Ehe ich weiß, wie mir geschieht, liegen seine und meine Kleidung auf dem Boden, und wir sind nackt.

»Schau mich an«, sagt er und nimmt mein Gesicht in seine Hände. Einen intensiven Moment lang, das schwöre ich, kann ich seine Seele durch seine Augen sehen.

Auf einmal ist alles zu intensiv, zu real.

Ich will meine Augen schließen und so tun, als wäre ich der Wirklichkeit entrückt, doch ich fühle mich verletzlicher als je zuvor. Gefühle, von denen ich nicht wusste, dass sie existieren, drohen in Form von Tränen aufzusteigen.

Das kann ich nicht zulassen.

Ich unterdrücke die Welle an Emotionen, die mich überkommt, und dränge sie weit zurück. »Lass es uns tun«, sage ich.

Seine Lippen sind auf meinen. Zuerst sind sie weich und sanft. Meine Zunge sucht nach seiner und wie im Rausch bewege ich meine Hüfte rhythmisch gegen seine. Er küsst mich mit einer wilden Entschlossenheit, die mich seelisch und körperlich in eine andere Dimension katapultiert. Ich habe mich noch nie so gefühlt. Seine Zunge gleitet feucht

Monica 275

über meine und unser Stöhnen vermischt sich mit der Nachtluft.

Ich tauche voll und ganz in diesen Moment ein. Mir ist schwindlig, und ich bin benommen, aber das fühlt sich gut an. Ich fühle mich lebendig. Meine Sorgen und Nöte scheinen sich in Luft aufgelöst zu haben.

»Geht es dir gut?«, fragt er. »Macht deine Arthritis das mit?«

»Mir geht es gut. Mehr als gut«, flüstere ich.

Ich hebe meinen Körper kurz ab und will einen Schritt weitergehen. Ich spüre die Unabänderlichkeit – es gibt nun kein Zurück mehr.

»Warte«, sagt er mit angespannter Stimme. Er ergreift meine Hüfte und unterbricht mich. Dann sucht er nach seinen Hosen auf dem Boden und zieht das Portemonnaie aus der Gesäßtasche hervor. Darinnen ist ein in Silberfolie eingewickeltes Kondom.

»Sorry, das habe ich ganz vergessen«, sage ich und hoffe, dass er das Zittern in meiner Stimme nicht bemerkt.

»Kein Problem.« Er zieht mich auf sich, nun geschützt. »Du bist perfekt«, beruhigt er mich.

Ich lasse meinen Körper auf seinen sinken, und seine warmen Worte dringen bis auf den Grund meiner Seele.

Doch als ich zusammenzucke, als ich mich wieder bewegen will, hört er auf. »Was ist? Tu ich dir weh?«

»Es ist nichts.«

»Es ist nicht nichts, sondern deine Arthritis. Du bestimmst das Tempo, Baby.«

Er lässt mich einen Rhythmus suchen, bis der Schmerz nachlässt und sich ein wohliges Gefühl dahinter breitmacht. Vics Lippen sind auf meinem Körper, und seine Hände streichen über meine Haut, bis die Lust mich fast um den

Verstand bringt. Er atmet schleppend, während er sich langsam mit mir bewegt, meinen Rücken streichelt und seine Hand dann zwischen uns bringt.

Himmel. Noch nie habe ich … Er weiß, wie man ein Mädchen auf Touren bringt, so viel steht fest. Ich merke, dass er mich mit seinen Händen stützt, damit meine Gelenke nicht zu sehr schmerzen.

Bald darauf keuchen und schwitzen wir, streicheln uns am ganzen Körper und bewegen uns gemeinsam für eine scheinbare Ewigkeit. Ich möchte, dass es nie aufhört.

Ich spüre keine Schmerzen. Nur Lust.

»Ich warte auf dich«, flüstert er mir mit angespannter Stimme ins Ohr. »Halt dich nicht mehr zurück. Lass dich mit mir fallen.«

»Ich habe Angst, Vic.«

Er verschränkt seine Finger mit meinen. »Hab keine Angst. Wir sind zusammen. Du bist nicht allein.«

Seine Worte verfehlen ihr Ziel nicht. Ich bin nicht allein. Er ist hier. Er wird mich beschützen, selbst wenn ich vergesse, mich selbst zu schützen. Ich gebe die Kontrolle auf und lasse mich fallen.

Vic zuckt zusammen, und ich merke, wie er sich verkrampft. Ich schaue ihm in die Augen, und mein Körper erschaudert unkontrolliert, als ich zu den Sternen fliege und langsam wieder zurück auf die Erde sinke.

Wow.

Ich hätte nie gedacht, dass es so sein kann.

Unser schweres Atmen erfüllt die Luft.

»Ich kann nicht glauben, dass wir das getan haben«, sage ich leise, meinen Mund an seinen Lippen, als mein Körper sich allmählich wieder beruhigt. »Ich zittere.«

Monica 277

»Ich auch.« Er streicht mir das Haar aus dem Gesicht. »Das war ganz schön heftig.«

»Ja.«

Nachdem ich ein paar Minuten in seinen Armen gelegen habe, richtet er sich auf. »Aber erzähl's keinem, okay?«, sagt er.

»Was meinst du damit?«

»Ich will einfach nicht, dass es jemand erfährt.«

Mir wird schwer ums Herz. »Ich bin keine Klatschtante. Aber wenn das nun kein One-Night-Stand war?«

Er wirft mir einen Seitenblick zu. »Das *muss* ein One-Night-Stand gewesen sein.«

Die Worte schneiden mir in die Seele. Ich erhebe mich rasch. »Du hattest von Anfang an recht, Vic. Du bist ein Idiot. Obwohl, Arschloch trifft es eher.«

Er wirft abwehrend die Hände hoch. »Was soll ich denn sagen? Wir können ja schlecht ein Paar werden.«

»Richtig. Ich möchte, dass du gar nichts mehr sagst«, rufe ich wütend aus und greife mir meine Handtasche.

»Dann ist es ja gut.« Er wendet sich ab, als ob mein Anblick ihn dazu brächte, alles, was heute Abend vorgefallen ist, zu bereuen.

»Hör zu, Vic. Ich habe dich nicht gebeten, mit mir zusammen zu sein oder dich in irgendeiner Weise zu mir zu bekennen, falls du dir deshalb Sorgen machst.«

»Das macht mir keine Sorgen, aber …« Er geht noch weiter weg von mir und die Distanz zwischen uns wächst mit jedem seiner Schritte. »Wir können auf keinen Fall ein Paar werden. Trey war mein bester Freund.«

Mir ist, als würde man mir die Luft zum Atmen nehmen. »*Wir* sind auch Freunde. Trey ist nicht mehr da, Vic. Ich bin hier. Und ich *bin* eine Freundin von dir.«

278 *Monica*

Nun dreht er sich zu mir um, sein Kiefer ist angespannt und sein Körper starr. »Ich mache es mir nun einmal nicht zur Gewohnheit, mit Freunden zu vögeln. Oder mit den Freundinnen oder Ex-Freundinnen meiner Freunde.«

»Weil du so hohe moralische Ansprüche hast?« Ich verdrehe die Augen. »Du hättest nicht mit mir schlafen müssen, Vic. Tut mir leid, dass du dich dazu verpflichtet gefühlt hast. Mein Fehler.«

In dem Versuch, mir ein letztes bisschen Würde zu bewahren, verlasse ich hoch erhobenen Hauptes die kleine Wohnung und laufe nach unten in die Werkstatt. Vic kämpft mit seiner Jeans, als ich durch die Halle zur Eingangstür schreite. Ich fasse gerade nach dem Griff, als plötzlich jemand die Tür aufreißt und mich erschreckt.

Es ist Isa.

»Was zum Teu...«, sagt sie, dann schaltet sie sofort das Licht an und sieht Vic und mich in der Werkstatt. Vic hat kein Hemd an und seine Hose steht noch offen. Und ich sehe sicherlich auch ordentlich zerwühlt aus. »Ihr habt mir vielleicht einen Schrecken eingejagt, Leute.«

»Sorry. Ich bin nur vorbeigekommen, weil ich mit Vic reden wollte ... und, äh ...«, bringe ich hervor.

»Na klar«, antwortet sie und schaut dann von ihm zu mir. »Ist alles in Ordnung bei euch? Ihr seht aus, als hättet ihr die Schnauze gestrichen voll von der Welt oder voneinander. Oder beides. Du kannst gern hierbleiben und ihr klärt das in Ruhe.«

»Ich gehe lieber, denn Vic will mich hier nicht haben«, sage ich.

»Das ist nicht wahr«, schaltet er sich ein, und seine Stimme ist ebenso angespannt wie sein blöder Kiefer.

Ich fahre herum. »Ist es doch. Lüg nicht.«

»Also ist *nichts* in Ordnung«, bemerkt Isa. »Warum setzen wir uns nicht zusammen und reden darüber, ja?«

»Es gibt nichts zu bereden«, sagt Vic, als wäre er ein Märtyrer, der alles opfere, um mir in der Stunde der Not beizustehen. »Ich habe ihr schon gesagt, dass mir alles leidtut, was heute Abend passiert ist.«

Isabel schlägt die Hand vor den Mund und reißt die Augen auf. »Whoa. Was heißt ›alles‹?«, fragt sie mit gedämpfter Stimme durch ihre Hand hindurch.

Vic überhört Isas Frage. Stattdessen sagt er: »Ich meine, du wolltest, dass ich dich festhalte und dir helfe, der Wirklichkeit zu entfliehen. Du hast gesagt, es gäbe nur diese eine Nacht. *Du* wolltest das …«

Isa läuft zu Vic und fuchtelt ihm mit der Hand vor dem Gesicht herum. »Yo, Vic. Vielleicht hältst du jetzt einfach mal die Klappe.«

»Nein, red ruhig weiter«, versetze ich sarkastisch und würde ihm seine Verbitterung gern ausprügeln. »Du bist ja gerade richtig in Fahrt. Warum aufhören?«

Er schüttelt den Kopf. »Ich bin fertig.«

»Sicher?«, frage ich.

Er nickt. »Sicher.«

Das Letzte, was ich will, ist, dass Vic mich bemitleidet oder mir das Gefühl gibt, ich hätte ihn dazu gebracht, eine Dummheit zu begehen. Habe ich ihn dazu gebracht? Eine Welle der Panik überkommt mich, denn ich habe Vic die Wahrheit verschwiegen. Ich sage ihm nicht, dass ich in letzter Zeit ständig das Bedürfnis habe, ihn anzurufen, wenn ich nicht mehr klarkomme. Ich sage ihm nicht, dass alles andere an Bedeutung verliert, wenn ich bei ihm bin. Ich sage ihm nicht, dass ein Teil von mir erleichtert war, als ich die Wahrheit über Zara Hughes herausgefunden habe.

Ich bohre ihm den Finger in die Brust. »Ich brauche dein Mitleid nicht, Vic. Ich schaffe von jetzt an auch alles allein.«

»Klar«, sagt er und schaut auf meinen Finger. »Mann, das war ein One-Night-Stand. Du hast es doch selbst gesagt.«

»Red dir das nur weiter ein«, sage ich und rausche dann aus der Tür.

47

Victor

Nachdem Monica gegangen ist, wirft mir Isa einen missbilligenden Blick zu.

»Was?«

Sie deutet nach draußen, wo man Monicas Auto hört. »Fahr ihr nach.«

»Kann ich nicht.«

»Warum nicht?«

Es gibt unzählige Gründe, warum ich ihr nicht folgen und sie hierher zurücklocken kann. »Sie wollte einen One-Night-Stand, Isa. Eine Flucht aus der Realität. Ich war der Kerl, den sie sich dafür ausgesucht hat. Und nun ist es vorbei. Ende der Geschichte.«

Isa verdreht die Augen, in ihren Gesten und ihrer Körpersprache ist sie nun durch und durch Latina. »Du bist ein Idiot, Victor Salazar. Ein kompletter Idiot. Du könntest eigentlich ein Buch darüber schreiben. *Ratgeber eines Idioten zum Idiotendasein.*«

Sie seufzt tief, schüttelt den Kopf und schickt sich an, die Treppen zu ihrer Wohnung hochzugehen.

»Warum bin ich ein Idiot?«

»Weil sie dich braucht.«

»Sie hat einen warmen Körper gebraucht, einen Typen, der sie festhält und ihr eine schöne Nacht bereitet.« Soweit ich weiß, hätte sie auch Jet genommen, wenn er heute Abend statt meiner hier gewesen wäre.

Sie macht auf dem Absatz kehrt und versetzt mir einen kräftigen Stoß an die Brust. »Sie hat sich für dich entschieden, *pendejo*, und nicht für irgendeinen anderen Kerl. Du bist so beschränkt, dass ich gar nicht glauben kann, dass du tatsächlich ein Hirn in der Birne hast.«

»Danke.«

Was soll ich denn machen? Monicas Gespiele sein, bis sie mich überhat und sich, wenn sie mal wieder einsam ist, einen Typen schnappt, der ihrer würdiger ist als ich?

»Geh nach Hause, Vic, denn dort gehörst du hin, oder?«

»Nein.« Ich folge ihr nach oben in die Wohnung. »Ich gehöre nicht nach Fremont.«

»Willst du mich für dumm verkaufen?«

»Ich kann mein Bett nicht mit Monica teilen. Sie war mit Trey zusammen.«

Isa nimmt den Kopf zwischen ihre Hände. »Aber du hast doch schon dein Bett mit ihr geteilt. Krieg das in deinen dicken Schädel, Vic.« Sie hebt den Kopf. »Mag sein, dass Trey mit ihr gegangen ist, aber er ist nicht mehr da. Was soll sie denn machen? Den Rest ihres Lebens trauern?«

»Nein. Ich krieg den Scheiß schon alleine klar«, sage ich.

»Warum denn? Du bist nicht allein, Vic, also hör doch mal auf, dich so aufzuführen, als wärst du es.«

Plötzlich weiß ich, was in Monica vorgeht. Seit Treys Tod habe ich mich einsam und verlassen gefühlt. Das war nur in den Momenten nicht so, in denen Monica um mich war, ob

Victor 283

wir uns nun gestritten, geküsst oder nur nebeneinander gestanden und gearbeitet haben.

Als ich mich eine Stunde später auf die Couch lege und an Isas Decke starre, kommt meine Cousine herein in einem ihrer übergroßen T-Shirts, die sie zum Schlafen anzieht.

»Ich bin heute Abend mit Bernie ausgegangen.«

»Wow. Wirklich?«

»Ja.« Sie atmet tief durch und setzt sich neben mich. »Er möchte, dass der Laden hier funktioniert, weißt du.«

Zuerst weiß ich nicht, wovon sie spricht, aber dann dämmert es mir. »Enriques Autowerkstatt?«

»Ja. Ich weiß, dass du schon immer manche der Autos, die hier so reinkommen, wieder aufmöbeln wolltest, wie die alten Mustangs und Caddys. Enrique hatte das auch vor. Ich habe dir nie das Ersatzlager gezeigt. Er hatte sich die notwendige Ausrüstung angeschafft und wollte expandieren, als er starb.«

»Das hast du mir nie erzählt.«

»Na ja, ich trage das Herz halt nicht auf der Zunge. Ich behalte vieles für mich. Wie du, Cousin. Bernie hat Geld. Er will in das Geschäft investieren und daraus etwas Großes machen. Und er will mich heiraten.«

»Dich heiraten? Was hast du geantwortet?«

»Was glaubst du denn? Ich habe ihm gesagt, dass er sich verpissen soll. Das hat er als ›ja‹ interpretiert.«

»Du liebst ihn, nicht wahr?«

Sie nickt und Tränen steigen ihr in die Augen. »Ich habe Angst, ihn zu verlieren, denn jeder, den ich liebe, wird aus meinem Leben gerissen.« Sie zwirbelt nervös ihr Haar in den Fingern. »Ich weiß, dass du vermutlich aufs College gehen und dir einen schicken, akademischen Grad zulegen

willst, aber vielleicht könntest du uns ja trotzdem helfen.«
Sie räuspert sich, weil ihre Stimme zittert. »Ich will den
Laden nicht verlieren, Vic. Du kannst auch zurück zur
Schule und hier an den Wochenenden arbeiten, bis du dei-
nen Abschluss gemacht hast.«

Ich verschweige ihr die Wahrheit, nämlich dass ich es vermutlich eh nie aufs College geschafft hätte. Dafür bin ich
einfach nicht schlau genug. Aber das hier – das gibt mir die
Gelegenheit, etwas zu tun, in dem ich tatsächlich gut bin.

»Du solltest nicht so große Hoffnungen auf mich setzen«,
sage ich zu ihr. »Was ich auch anfasse, mache ich kaputt.«

»Ich weiß.« Sie tätschelt mir das Bein. »Aber es ist Zeit,
das Blatt zu wenden, denn du gehst mir langsam ernsthaft
auf den Senkel. Bring dein Leben in Ordnung, Vic. Dann
können du und Bernie mir helfen, meins auf die Reihe zu
kriegen.«

»Und wenn ich mein Leben nicht in Ordnung bringen
kann?«

Sie lässt ihr unverkennbares Lächeln aufblitzen. »Dann
bist du ein noch viel größerer Idiot, als ich dachte.«

48

Monica

»Was geht in Ihnen vor, Monica? Teilen Sie Ihre Gedanken mit uns.«

Ich sitze in der Praxis von Dr. Singer und schaue zu, wie meine Mom sich die Tränen mit einem Papiertaschentuch abwischt. Meine Eltern haben mir eine Schulbefreiung geschrieben, als sie gemerkt haben, dass ich gestern Nacht lange weg war. Ich habe ihnen nicht gesagt, wo ich war.

Mom ist gerade fertig geworden, dem Therapeuten zu erzählen, wie sehr sie sich um mich sorgt. Mein Dad legt tröstend den Arm um Mom und schaut mich an, als wäre ich aus Glas und würde jeden Moment zerschellen.

»Mir geht's ganz gut«, sage ich zu den beiden und möchte, dass sie ihre Aufmerksamkeit endlich etwas anderem widmen. »Wirklich.«

Dr. Singer reibt sich das Kinn und lässt sich meine Worte durch seinen klugen Schädel gehen. »›Ganz gut‹ ist so vage, Monica. Können Sie das ein bisschen näher ausführen?«

»Nein.«

»Du weißt, dass wir immer für dich da sind«, wirft Dad ein.

»Weiß ich.«

»Du redest nicht über dich, Monica«, meint Mom, und auf ihrem schwarzen, glänzenden Haar spiegelt sich das Licht von Dr. Singers Lampe. »Wenn wir nicht wissen, wie es dir geht, fühlen wir uns ratlos. Und dann schleichst du dich spätabends aus dem Haus und sagst uns nicht, wo du warst. Das ist besorgniserregend, besonders in deinem *Zustand*.«

Ich darf nicht sagen, dass es mir ganz gut geht. Aber das trifft den Nagel auf den Kopf. Es geht mir nicht supertoll. Es geht mir nicht superschlecht. Es geht mir ganz gut.

»Was wollt ihr denn noch hören? War ich deprimiert? Ja. Weine ich manchmal? Ja. Schmerzt mein Körper an den meisten Tagen? Klar.« Ich lehne mich auf der Ledercouch zurück. »Ich will nicht über mich reden, weil ich nicht kann. Nicht jetzt jedenfalls.«

»Wir wollen doch einfach nur, dass du glücklich bist«, beeilt sich Dad zu versichern.

Mom wischt sich über ihre feuchten Augen, die nun voller Tränen sind. »Du frisst alles in dich rein und igelst dich ein.«

»Ich war mit Ash und Bree im Club Mystique«, verteidige ich mich. »Schon vergessen?«

»Das war ein toller erster Schritt«, sagt Dad. »Geh raus und unternimm etwas, das dir Spaß macht. Trey würde das auch wollen, Süße.«

Ich schiele auf die Digitaluhr auf Dr. Singers Schreibtisch. Nur noch vier Minuten, bis die Sitzung vorbei ist. Ich weiß nicht, ob ich danach in die Werkstatt gehe. Ich will Vic nicht über den Weg laufen, nach allem, was letzte Nacht passiert ist.

Er hat gesagt, er sei mein One-Night-Stand gewesen.

Aber eigentlich ist es so, dass er mein bester Freund ist.

Monica 287

»Heilen ist ein Prozess, Monica«, klärt Dr. Singer mich auf. »Und jeder drückt seine Gefühle auf unterschiedliche Art aus.« Er zieht eine kleine Broschüre hervor. »Ihre Eltern und ich glauben, dass es vielleicht gut für Sie ist, wenn Sie an einer Trauergruppe für Teenager teilnehmen. Sie richtet sich an Jugendliche, die einen geliebten Menschen verloren haben.«

Mom nickt mir unter Tränen zu. Ich hasse es, sie so zu sehen, als wäre sie am Boden zerstört und ein Teil ihres Lebensglücks hinge von mir ab.

»Die Gruppe trifft sich im Glenbrook Hospital im ambulanten Bereich«, erklärt Dr. Singer. »Vielleicht stellen Sie ja fest, dass es Ihnen eher liegt, Ihre Erfahrungen mit Jugendlichen zu teilen, die sich mit den gleichen Gefühlen herumschlagen wie Sie.«

Das brauche ich nun ganz und gar nicht. Ich will es auch nicht. Und doch lasse ich mir die Broschüre von Dr. Singer geben, damit alle zufrieden sind. »Ich versuch's.«

Dr. Singer lächelt.

Dad nickt beifällig und stolz.

Mom schnieft ein paarmal, während sie meine Hand ergreift und sie fest drückt.

»Du bist ein wunderbares Mädchen, Monica«, sagt Dad. »Und wir lieben dich. Vergiss das nie. Du bist eine Überlebenskünstlerin.«

So fühle ich mich eigentlich im Moment nicht. Es fühlt sich eher so an, als würde ich gerade so meinen Kopf über Wasser halten, aber könnte jede Minute untergehen.

Ich beäuge die Broschüre der Teenager-Trauergruppe. Ich würde sie eigentlich gern vor allen Augen zerreißen, aber stattdessen falte ich sie zusammen und stopfe sie in die Tasche meiner Jeans.

Das ist die Strafe für meine Geheimniskrämerei – ich werde alles tun, damit sich meine Eltern weniger Sorgen machen, auch wenn es mir damit beschissen geht.

49

Victor

Es ist nicht einfach, Monica zu finden, zumal sie weder auf Anrufe noch auf Nachrichten reagiert. Ich bin seit Wochen nicht mehr in Fremont gewesen.

Ich spüre, wie sich die Muskeln in meinem Nacken verkrampfen, als ich in dem alten GT, den Isa mir geliehen hat, durch die Stadt fahre.

Ich fahre ja schließlich nicht jeden Tag zu Monicas Haus. Ich weiß, dass ihre Mom mich für einen Schläger hält und Pickel bekommt, sobald sie mich sieht. Normalerweise würde mich das auf Abstand halten, aber ich bin nicht mehr der, der ich einmal war.

Ich bin wild entschlossen, mich mit dem einzigen Mädchen zu treffen, das meinem Leben einen Sinn gibt.

Ich klingle an der Tür. Keiner macht auf.

Mist.

Ich fahre zu Ashtyn. Vielleicht weiß sie ja, wo Monica steckt.

Ashtyns Schwester öffnet die Tür, sie trägt nichts außer einem knappen Bikini und der dazu passenden Sonnenbräune.

»Ist Ash zu Hause?«, frage ich.

»Nein. Ich glaube, sie ist beim Footballtraining oder so ähnlich«, antwortet sie und pustet dann auf ihre Nägel, als wären sie frisch lackiert.

»Danke. Wenn du sie siehst, sag ihr, dass ich hier gewesen bin.«

Ich habe keine Ahnung, wo ich jetzt hinfahren soll, bis ich an der Polizeistation gegenüber vom Glenbrook Hospital vorbeikomme.

Da bin ich noch nie hingefahren … freiwillig.

Der Empfangsbereich der Polizeistation ist klein und an den Wänden hängen Porträts der Officer. Helden, nennen sie sich. Ich wünschte, ich wäre ein Held. Oh Mann, ich bin ein Niemand.

Das stimmt eigentlich nicht ganz. Ich bin der Typ, der ständig in Schlägereien verwickelt ist und seinen Freund auf dem Footballfeld umgebracht hat.

»Kann ich Ihnen helfen?«, fragt mich der Polizist am Empfang.

»Ja, äh ….« Ich räuspere mich. »Kann ich mit Officer Stone sprechen?«

Der Typ, der mich nach meiner Auseinandersetzung mit Bonk verhaftet hat, betritt eine Minute später die Lobby.

»Victor Salazar«, sagt er. »Mit Ihnen hatte ich nicht gerechnet.«

Das glaube ich gern. *Ich auch nicht*, liegt es mir auf der Zunge.

»Ich muss mit Ihnen reden.« Ich schaue auf die anderen Menschen im Raum. »Unter vier Augen.«

Er nickt und führt mich dann in den hinteren Bereich. Ich kenne diesen Ort wie meine Westentasche und war sogar schon in dem Verhörraum, in den er mich nun führt.

»Es ist Ihnen ausgezeichnet gelungen, nach dem Unfall mit Trey Matthews an der Fremont High abzutauchen«, sagt er, als ich mich auf einem der Stühle niederlasse. »Wir haben Sie gesucht, zumal Coach Dieter Sie als vermisst gemeldet hat.«

»Coach Dieter hat mich als vermisst gemeldet?«

Er nickt. »Yep. Er hat sich um Ihre Sicherheit und Ihr Wohlergehen Sorgen gemacht.« Er zuckt die Schultern. »Aber Sie sind ja volljährig, Victor. Sie sind achtzehn, und wenn Sie verschwinden wollen, ist das Ihr gutes Recht.«

»Moment mal, jetzt verstehe ich gar nichts mehr.« Ich schüttle den Kopf. »Wollen Sie mich denn nicht verhören oder festnehmen?«

»Weshalb denn?«, fragt er und zieht verwundert die Stirn kraus.

Es ist hart, die Worte auszusprechen, denn ich habe einen verdammten Klumpen in der Kehle und bin mega angespannt. »Ich habe meinen besten Freund getötet.«

»Allen Berichten des Trainerstabs, der Spieler und der Ärzte zufolge war es ein Unfall. Glauben Sie mir, Victor, wenn wir den Verdacht gehabt hätten, dass Sie den Tod verursacht hätten, wären Sie in der Sekunde, in der Sie hier hereinspaziert sind, verhaftet worden.« Officer Stone lehnt sich auf seinem Stuhl zurück. »Wenn Sie mit dem Tod von Trey Matthews nicht zurechtkommen, gibt es im Krankenhaus gegenüber eine Trauergruppe für Jugendliche …«

»Es geht mir gut.« Ich brauche keine Trauergruppe.

»Victor, weglaufen löst keine Probleme. Warten Sie hier.« Er lässt mich in dem kalten, betonierten Raum allein und kehrt kurz darauf zurück. »Das ist der Brief, den Coach Dieter uns nach dem Unfall geschickt hat.«

Darin heißt es:

An die zuständige Abteilung:

Ich habe letzte Woche einen meiner Spieler verloren. Trey Matthews war ein vorbildlicher Junge, ein kluger Kopf, der eine strahlende Zukunft vor sich hatte. Ich habe in all meinen Jahren als Coach noch nie einen meiner Schützlinge verloren und der Verlust hat mich hart getroffen. Treys Geist und Intelligenz werden immer Teil der Mannschaft sein, auch wenn er nicht mehr körperlich anwesend ist.

Ich habe letzte Woche noch einen weiteren Spieler verloren: Victor Salazar. Er war ein junger Mann mit einem Kampfgeist, wie ich ihn im Lauf der Jahre nur bei wenigen meiner Sportler je beobachtet habe. Er war wie ein Löwe, bereit, bei der leisesten Regung des Gegners zuzuschlagen. Ich musste ihn ständig zurückhalten, weil er einen angeborenen Instinkt besitzt, seine Teamkameraden zu beschützen. Aber Tatsache ist, dass ich diesen Jungen bewunderte. Ich wünschte, ich hätte die gleiche Leidenschaft aufgebracht, als ich in seinem Alter war. Er spielte eine führende Rolle im Team, und ohne ihn, so fürchte ich, ist meine Mannschaft ohne Halt. Victor ist am Tag von Trey Matthews' Tod verschwunden und ein Teil von mir ist mit meinen Spielern gegangen.

Bitte geben Sie die Suche nach Victor Salazar nicht auf. Er gehört auf die Fremont High, er gehört zu meinem Team und er gehört zu meinem Leben.

Hochachtungsvoll,
Coach Dieter,
Cheftrainer des Footballteams
Fremont High

»Victor, ist alles in Ordnung?«

Ich starre den Brief an. Ich hätte nie gedacht, dass jemand einmal solche Worte über mich schreiben würde, besonders nicht Dieter, ein knallharter Trainer, der keine Emotionen zeigt.

»Ja«, antworte ich und räuspere mich. »Mir geht es gut.«

»Kann ich sonst noch etwas für Sie tun?«

Ich gebe ihm Dieters Brief zurück. »Nein.«

»Dann steht es Ihnen frei zu gehen.«

Ich will die Polizeistation gerade verlassen, als ich Stone nach mir rufen höre: »Victor!«

Ich wende mich zu ihm um. »Ja?«

Er reicht mir eine Broschüre. »Die ist von der Trauergruppe für Jugendliche. Vielleicht wollen Sie ja mal dort vorbeischauen.«

Nachdem er gegangen ist, mustere ich die Broschüre. *Teens helfen Teens.*

Ich schiebe sie in meine Gesäßtasche und laufe zum Parkplatz. Ich muss nicht einer Gruppe von Jugendlichen beitreten, die herumsitzen und sich selbst leidtun.

Aber als ich im Auto sitze und darüber nachdenke, was aus meinem Leben geworden ist, trifft mich die Erkenntnis wie ein Schlag.

Ich schwimme auch in Selbstmitleid.

Scheiße.

50

Monica

Ich gehe in den ambulanten Bereich des Krankenhauses. Am Empfang weist man mir den Weg zur Trauergruppe für Jugendliche.

Ich betrete einen kleinen Raum mit weißen Wänden. In dessen Mitte steht ein Dutzend grauer Stühle im Kreis. Zwei Jungs etwa in meinem Alter haben bereits Platz genommen. Einer hat schulterlanges blondes Haar, trägt ein Fan-T-Shirt einer Band und zerrissene Jeans. Der andere hat kurze rote Haare und Sommersprossen auf Nase und Armen. Sonst ist nur noch ein Mädchen anwesend. Sie hat eine Igelfrisur und große Tunnels im Ohr. Ich weiß nicht, ob sie zu der Gruppe gehört, denn sie steht einfach am Fenster auf der anderen Seite des Raumes und blickt zum Parkplatz hinaus.

Eine Frau, die wohl in ihren Dreißigern ist, kommt ins Zimmer. Sie hat ein warmes Lächeln aufgesetzt und trägt ein Bündel Papiere.

»Ich freue mich über die rege Beteiligung«, sagt sie, während sie sich hinsetzt und ihr Zeug auf den leeren Stuhl neben sich ablegt. Ich denke, wenn diese Frau vier Anwesende für eine rege Beteiligung hält, muss sie die optimistischste Person auf diesem Planeten sein.

Die Frau bedeutet mir, mich auf einem der Stühle niederzulassen. »Willkommen bei der Trauergruppe für Jugendliche.« Sie schaut auf ihre Uhr. »Ich glaube, es ist Zeit anzufangen. Wie wäre es, wenn wir uns der Reihe nach vorstellen und danach weitersehen. Klingt das gut?«

Keiner sagt etwas.

»Dann beginne ich«, meint sie, unbeeindruckt von der passiven Truppe. »Mein Name ist Wendy Kane und ich leite die Jugend-Trauergruppe hier im Krankenhaus. Ich habe zwei Kinder, zwei Hunde und einen Ehemann.«

Sie denkt wohl, wir kichern über den »einen Ehemann«, aber ihre Worte werden nur mit ausdruckslosen Mienen quittiert.

»Ich mache weiter«, sagt der Junge mit dem Band-T-Shirt. Er steckt sich das Haar hinter die Ohren und reckt das Kinn vor, als müsse er den taffen Typen raushängen lassen. »Mein Name ist Brian. Ja, mehr gibt's eigentlich nicht zu erzählen.« Brian lehnt sich zurück und ist mit seiner Vorstellung fertig.

»Ich, äh, bin Perry«, bemerkt der Rothaarige nervös. »Ich, äh, bin hier, weil mein Dad sich vor sechs Monaten irgendwie das Leben genommen hat.«

»*Irgendwie?*«, fragt Brian herausfordernd. »Wie kann man sich denn *irgendwie* das Leben nehmen.«

»Nicht irgendwie«, antwortet Perry. »Ich … ich … ich meine, er hat es getan.«

»Genau.« Brian wirkt zufrieden, den armen Jungen aus der Reserve gelockt zu haben.

»Lass ihn in Ruhe«, sage ich und funkle Brian an.

Wendy klatscht zweimal in die Hände, um unsere Aufmerksamkeit zu gewinnen. »Machen wir einfach mit der

Vorstellungsrunde weiter, okay?« Wendy schaut zu dem Mädchen am Fenster. »Hailey, würden Sie sich vorstellen?«

»Das haben Sie doch gerade getan«, antwortet Hailey und wendet den Blick nicht vom Fenster ab.

»Es wäre schön, wenn Sie sich zu uns in den Kreis gesellen könnten. Möchten Sie sich nicht zu uns setzen?«, erkundigt sich Wendy.

»Nein.«

Wendy wendet sich mit hoffnungsfroher Miene an mich. »Was ist mit Ihnen? Verraten Sie uns, wer Sie sind?«

»Ich bin Monica«, kläre ich sie auf. Und dann, weil sie offensichtlich mehr hören will, ergänze ich: »Mein Exfreund ist gestorben.« Dass Vic nicht mehr Teil meines Lebens sein möchte, lasse ich aus. Was brächte es auch, das zu erwähnen. Deshalb bin ich nicht hier. Ich bin hier, um über meine Trauer über den Verlust eines geliebten Menschen zu reden. Das Problem ist, dass ich auch Vic verloren habe und mich das innerlich zerreißt. »Meine Eltern haben mich hergeschickt, darum bin ich hier.«

»Dann geh nach Hause«, sagt Brian verächtlich.

Perry, der angestrengt zu Boden gestarrt hatte, hebt den Kopf. »Ich glaube, wir sind alle wegen unserer Eltern hier, und nicht, weil wir das wirklich wollen.«

Brian streckt die Beine aus und verschränkt die Arme vor der Brust. »Niemand zwingt mich zu irgendeinem Scheiß. Meine Eltern nicht und auch sonst niemand.«

Von Hailey, die immer noch am Fenster steht, kommt ein lautes Schnauben. »Ja, klar.«

»Du kennst mich doch gar nicht«, entgegnet ihr Brian.

Wendy nimmt ein Blatt Papier aus ihrem Arsenal an Vorräten. »Ich habe ein Spiel für uns mitgebracht.«

Monica 297

»Ich spiele nicht«, murmelt Hailey. »Ohne mich.«

»Was für ein Spiel?«, fragt Perry zögernd.

Wendy rutscht begeistert auf ihrem Stuhl herum, obwohl ich mir sicher bin, dass sie ganz und gar nicht begeistert über diese träge Meute ist. »Es ist ein Spiel, bei dem man Lücken füllt.« Als keiner etwas sagt, fährt sie fort. »Monica, Sie können anfangen.« Sie liest von dem Blatt ab: »Monica, füllen Sie die Lücke. Wenn ich traurig bin …«

»Bin ich gern allein«, antworte ich.

»Das ist erbärmlich«, mischt Brian sich ein.

»Es gibt keine falsche Antwort, Brian«, sagt Wendy zu ihm.

Auch der Rest der Sitzung verläuft auf diese Weise. Mir tut Wendy leid, doch unser mangelndes Interesse scheint ihr nichts auszumachen.

Als die Stunde vorbei ist und ich gerade aufstehen will, kommt jemand zur Tür hereinspaziert.

Ich halte die Luft an.

Es ist Vic in Jeans und T-Shirt, als käme er gerade von der Arbeit in der Autowerkstatt.

»Hey«, grüßt er und fixiert mich mit seinem Blick.

»Hallo. Wollen Sie zur Trauergruppe?«, erkundigt sich Wendy.

Er mustert die anderen im Raum. »Wohl schon.«

»Na ja, da bist du ein bisschen spät dran, Kumpel«, sagt Brian und klopft auf seine Uhr. »Wir sind fertig.«

Ich sehe, wie Vic sich verkrampft, als Brian ihn »Kumpel« nennt, aber er sagt nichts.

»Vergessen Sie nicht, dass wir uns nächste Woche wieder treffen«, erinnert uns Wendy. »Brauchen Sie eine Broschüre über das Programm? Da steht genau drin, warum es gut ist, Ihren Kummer mit Altersgenossen zu teilen.«

»Ich habe schon eine«, lehnt Vic ab.

Ich habe keinen blassen Schimmer, warum er hier ist, doch ich frage ihn auch nicht. Er kann ja tun und lassen, was er will. Ich behandle ihn einfach wie Luft.

Ich folge den anderen aus dem Raum und lasse Vic dabei schlichtweg links liegen.

»Können wir reden?«, fragt er und geht mir nach.

Ich recke mein Kinn hoch. »Ich habe eigentlich nichts mit dir zu bereden.«

»Lauf doch nicht weg.«

»Warum denn nicht, Vic? Das hast du doch auch getan.«

»Aber jetzt nicht mehr.«

Ich unterbreche meinen Weg zum Auto nicht. Vic ist mir dicht auf den Fersen. Ich kann die Spannung zwischen uns förmlich spüren. »Ich möchte nicht mit dir reden.«

»Warum? Weil du die Wahrheit nicht hören willst? Du verstehst es gut, Geheimnisse zu bewahren, Monica. Zu gut. Hör auf, dich hinter deinen Ängsten zu verstecken, und sei ehrlich zu mir. Ich will mich vergewissern, ob du mit dem, was gestern Abend passiert ist, klarkommst.« Er räuspert sich. »Ich habe mich wie ein Arschloch benommen, und, na ja, ich war wohl einfach nicht darauf vorbereitet. Und, Mann oh Mann, vielleicht war es auch eine Spur zu real. Aber ich möchte darüber sprechen.«

»Und ich möchte nicht darüber sprechen. Es ist alles in Ordnung«, sage ich, obwohl es mir die Kehle zuschnürt. Ich möchte ihm die Wahrheit ins Gesicht schleudern, nämlich dass ich mich unglaublich in ihn verliebt habe. Als ich mich ihm gestern körperlich hingab, habe ich ihm auch mein Herz geschenkt.

Monica

Doch ich bin viel zu feige, um ihm zu sagen, dass ich ihn liebe.

»Bist du sicher?«, fragt er.

»Es war keine große Sache.«

Doch Fakt ist, dass es eine große Sache *war*. Ich wollte, dass er mich festhält und mir sagt, dass er sich etwas aus mir macht. Vielleicht wollte ich sogar hören, dass er mich liebt. Ich sollte eigentlich darüber hinweg sein, aber ich bin seitdem ein emotionales Wrack.

»Ich habe viel nachgedacht und es tut mir leid«, sagt er. »Du hast etwas Besseres verdient.«

»Entschuldigung angenommen«, sage ich mit verkniffenem Mund. Ich muss mich vor meinem Kummer schützen. Wenn ich Vic anlüge, löst sich ja vielleicht der Schmerz in meinem Herzen wie von Zauberhand auf. »Und jetzt geh. Ich will nichts mehr mit dir zu tun haben.«

Er schiebt die Hände in die Taschen und tritt einen Schritt zurück von mir. »Meinst du das wirklich? Denn ich will dir eigentlich noch viel mehr sagen.«

Nein. »Ja, ich mein's ernst. Lass mich in Ruhe.« Ich habe Angst, er sagt mir, dass alles, was zwischen uns passiert ist, ein Fehler war. Das könnte ich jetzt nicht ertragen.

»Okay, ich verstehe.« Er entfernt sich noch weiter von mir. »Mach's gut, Monica. Ich werde dich nie wieder belästigen.«

Ich schlucke den Klumpen in meiner Kehle hinunter und sage: »Schön.«

300 *Monica*

51

Victor

»Weißt du eigentlich, dass es vier Uhr dreißig in aller Herr-gottsfrüh ist?«, fragt Isa mich, während sie im Schlafanzug in die Werkstatt stolpert und mich an einem der Wagen arbeiten sieht.

»Yep.«

»Was ist denn los? Ich habe Lärm hier unten gehört und gleich gewusst, dass du es bist. Du hast so eine unverkennbare Art, nicht leise zu sein, wenn du an den Autos herumschraubst. Vor allem wegen der Musik, die du hörst, Vic. Sie ist laut.«

»Sie putscht mich auf.«

»Könntest du dich jetzt wieder schlafen legen und dich vielleicht um sieben aufputschen lassen? Oder von mir aus auch um sechs?«

»Nee. Ich habe jetzt Energie.«

Sie droht mir mit dem Finger. »Lass deine Energie bis sieben woanders aus.«

»Wir haben ein Geschäft, Isa«, erinnere ich sie. »Wenn wir expandieren wollen, müssen wir unseren Scheiß erledigt kriegen.«

Sie kneift bestürzt die Augen zusammen. »Wer bist du und was hast du mit meinem Cousin Vic gemacht?«

Victor 301

»Sehr witzig.«

»Woher die plötzliche Tatkraft?«, will sie wissen, aber dann nickt sie langsam, als ginge ihr ein Licht auf. »Es ist wegen Monica, stimmt's?«

»Ich weiß nicht, wovon du redest.«

»Ich tu mal so, als würde ich dir das abkaufen«, sagt Isa. »So zu tun, als ob, ist ja in letzter Zeit mein Lebensmotto.«

Sie läuft wieder nach oben. »Willst du einen Kaffee?«

»Nee.« Ich wische mir die Hände an einem Lappen ab. »Ich muss mit Coach Dieter reden. Und mit noch ein paar anderen.«

»Gut, okay, ich gehe dann mal wieder ins Bett.«

»Steh auf und kümmre dich drum, dass der Laden hier läuft.«

»Drauf geschissen. Ich brauche meinen Schönheitsschlaf.« Sie wendet sich noch einmal um, bevor sie ihre Wohnung betritt. »Um ehrlich zu sein, bin ich froh, dass du endlich aus deinem tiefen Loch rausgefunden hast.«

»Ja. Ich auch.«

Nach Treys Tod aus Fremont abzuhauen, hat niemandem etwas gebracht, mich eingenommen.

Es ist an der Zeit, mein Leben in Ordnung zu bringen, selbst wenn ich dabei zu Kreuze kriechen muss. Bevor ich die Sache mit Monica regeln kann, muss ich erstmal mit mir selbst wieder ins Reine kommen.

Und heimzukehren ist der einzige Weg, der dahin führt.

Als ich um sechs zur Fremont High laufe, fühle ich mich wie ein Fremder. Obwohl ich nur ein paar Wochen nicht mehr hier gewesen bin, kommt es mir wie eine Ewigkeit vor. Beim Anblick des Footballfeldes bekomme ich große Lust, meine Montur anzulegen und zu spielen.

Ich habe gewusst, dass Dieter wie immer früh da ist. »Hey, Coach«, sage ich, als ich an die offen stehende Tür seines Büros klopfe.

Er legt die Papiere aus der Hand und schaut mich an, als wäre ich ein Geist.

Weil er nichts sagt, betrete ich das Büro. »Ich möchte mit Ihnen reden.« Ich denke zurück an den Tag auf dem Feld, den Tag, an dem mein bester Freund gestorben ist. »Ich, äh …«

Tränen sammeln sich in meinen Augen. Scheiße.

Ich wische sie mit dem Handrücken weg.

»Setz dich, Vic.« Er erhebt sich und schließt die Tür.

Als er sich wieder hingesetzt hat, rede ich mir meinen Kummer von der Seele. Es ist so schwer, die Worte auszusprechen. »Es tut mir leid, was ich Trey angetan habe. Es tut mir so leid. Ich … ich … ich wollte Sie nicht hängen lassen, Coach. Wenn ich ihn nicht so hart attackiert hätte, wäre er noch am Leben. Ich habe alles vermasselt und die Mannschaft zerstört.«

Meine Tränen fließen nun ungehindert.

Ich kann nichts dagegen tun.

Der Mann vor mir ist für mich ein besserer Vater, als mein eigener es je war. Wenn ich in den letzten drei Jahren eine führende Hand gebraucht habe, hat er sie mir gegeben, ohne mich zu beleidigen oder herunterzuputzen.

»Schau mich an, Victor.«

Das mache ich. Ich würde alles für diesen Mann tun, der so viel von seinem Leben für seine Spieler opfert.

»Es war nicht deine Schuld«, sagt Dieter, und seine Augen sind voller Mitgefühl. »Trey ist an einem Herzinfarkt gestorben.«

Victor 303

»Wenn ich ihn nicht so heftig getackelt hätte …« Ich lasse den Satz unvollendet, weil ich es nicht laut sagen will.

»Vic, hör mir zu, und hör mir gut zu, weil ich es nur einmal sagen werde. Trey ist aufgrund von Entscheidungen gestorben, die er getroffen hat. Schlechten Entscheidungen. Ich kann nicht ins Detail gehen, weil die Information vertraulich ist und Trey noch minderjährig war.« Er schaut mich mit offenem Blick an. »Aber er wäre gestorben, auch wenn du ihn nicht zu Boden gebracht hättest. Verstehst du, was ich dir sagen will, Sohn?«

Seine Worte kommen an. Trey hat sich auf irgendwelche Drogen eingelassen und sein Körper hat versagt. Ich habe Jungs von anderen Schulen darüber reden hören, aber ich hätte nie im Leben geglaubt, dass mein bester Freund Drogen nimmt. Monica hatte recht. Trey hatte selbst vor mir Geheimnisse.

Ich nicke. »Ja, Sir. Ich verstehe.«

Durch die Wand dringt der Lärm von Spielern, die in die Umkleide gehen.

»Ich muss zum Training.« Dieter hält mir die Hand hin. »Es war schön, dich wiederzusehen, Victor. Ich bin wirklich froh, dass du vorbeigeschaut hast, und wenn du etwas brauchst, bin ich für dich da. Lass von dir hören!«

Er will sich von mir verabschieden.

»Ich gehe wieder zur Schule«, teile ich ihm mit.

»Das sind gute Neuigkeiten. Schön, das zu hören.«

Er hat die Hand immer noch ausgestreckt und wartet darauf, dass ich sie ergreife, was ich nicht tue.

»Ich will wieder spielen, Coach. Ich will Ihnen und meinen Teamkameraden beweisen, dass ich sie nicht aufgegeben habe.«

Er reibt sich das Kinn. »Du bist mit dem Lehrplan hinterher, Vic. Ich weiß nicht, ob die Verwaltung dich spielen lassen wird. Außerdem haben wir gerade eine Mega-Pechsträhne. Vielleicht willst du ja gar nicht mehr für uns antreten.«

Mit neuer Energie stehe ich auf. »Ich werde für Sie spielen, Coach, selbst wenn ich jeden Einzelnen in der Verwaltung windelweich prügeln muss.« Als er eine Augenbraue hochzieht, ergänze ich: »War nur 'n Witz. Ich werde es durchsetzen, das verspreche ich. Wir holen uns die Landesmeisterschaft. Versprochen, Coach. Ich kann dem Team helfen. Ich weiß es.«

Jetzt schüttle ich Dieters Hand kräftig und bemerke das triumphierende Lächeln auf seinem Gesicht.

»Willkommen zurück, Salazar.«

52

Monica

Vic hat mir vorgeworfen, zu viele Geheimnisse vor anderen zu haben. Ich verberge mein wahres Ich vor allen, selbst vor meinen besten Freunden.

Ich liege wach in meinem Zimmer, starre an die Decke und frage mich, wie vielen anderen Jugendlichen es wohl wie mir geht. Ich behalte Dinge für mich, um mich zu schützen.

Aber ich will mich nicht länger verstecken. Vielleicht sollte ich versuchen, Verletzlichkeit öfter zuzulassen, so wie gestern Nacht, als ich bei Vic war. Durch meine Verletzlichkeit habe ich mich geöffnet und war wirklich ich selbst. Ich will mich nicht mehr hinter Geheimnissen verstecken, egal, ob es Treys, meine oder Vics sind.

Ich hole tief Luft, setze mich vor den Computer und stelle die eingebaute Kamera auf VIDEO.

»Hi, mein Name ist Monica, und ich habe juvenile Arthritis.« Ich atme noch einmal langsam ein, bevor ich fortfahre, denn ich werde nicht so tun, als würde mein Zustand mich oder mein Leben nicht beeinträchtigen. Ich will ehrlich sein, verletzlich und mir selbst treu. »An den meisten Tagen habe ich Schmerzen in den Handgelenken und

Knien«, sage ich in die Kamera. »Manchmal tut mir der Rücken so weh, dass ich mich hinlegen muss, bis die Schmerzen abklingen. Ich komme mir wie eine alte Frau vor, dabei bin ich erst achtzehn. Ich habe meinen Freunden nichts davon erzählt, weil ich keine Sonderbehandlung will. Ich zucke zusammen, wenn ich ›behindert‹ höre. Und weil ich nicht will, dass die anderen denken, ich könnte nicht alles mitmachen, und mich deshalb ausschließen, bin ich Cheerleaderin geworden. Ich habe meinen Körper zum Äußersten getrieben, um meine inneren Qualen zu verbergen. Aber dadurch ließen sie sich nicht vertreiben. Die Angst, dass die anderen mich für körperlich eingeschränkt halten, wenn sie von meinem Zustand erfahren, hat mich dazu gebracht, meine Arthritis zu verschweigen. Aber jetzt hat mir jemand, in den ich mich verliebt habe, gesagt, ich solle mein wahres Ich nicht länger verbergen. Er hat recht. Es ist Zeit, die Maske fallen zu lassen und von meinem Schicksal zu berichten. Ich weiß nicht, ob das anderen Menschen mit juveniler Arthritis hilft oder der Krankheit ein Gesicht gibt. Aber das ist mein Leben.«

Eine Träne formt sich in meinem Auge. Ich wische sie weg, erzähle meine Geschichte zu Ende und stelle sie ins Internet, damit alle es sehen können.

Dann schreibe ich Vic eine SMS.

ICH: Ich muss dir etwas zeigen.

Ich schicke ihm einen Link zum Video.

Und schlafe ein, während ich auf meine Nachrichten starre und auf eine Antwort warte.

53

Victor

Familie. *Familia.*

Bei diesem Wort sind immer so viele beschissene Gefühle hochgekommen. Ich habe das Wort gehasst. Familie bedeutet, mit Menschen verbunden zu sein, egal, ob man sie mag oder nicht. Familie heißt, sich ständig beweisen zu müssen, auch wenn man dafür nur einen Schlag auf die Hand oder eine Beleidigung an den Kopf geworfen bekommt, was manchmal noch mehr wehtut.

Ich habe meine Freunde nie als Erweiterung meiner Familie betrachtet. Es sind Menschen, denen etwas an mir liegt, ob ich nun im Footballteam bin oder nicht, ob ich klug bin oder blöd, oder ob ich Mist baue und mir Ärger einhandle.

Sie mögen mich vorbehaltlos.

Und so fahre ich nach der Schule nun nach Hause.

Marissa springt in meine Arme, als wäre ich ein verloren geglaubter Hund, der gerade den Weg zurück nach Hause gefunden hätte. Was ja auch gar nicht so weit hergeholt ist.

»Ich bin so froh, dass du zurück bist!«, ruft Marissa. »Oder bist du schon wieder auf dem Sprung?«

»Ich bleibe«, antworte ich.

»Was ist mit Dad? Wenn er nun sagt, dass du nicht bleiben darfst?«

»Ich werde schon mit dem Alten fertig, okay? Mach dir deswegen keine Sorgen.«

Dani verdreht die Augen. Sie sitzt auf dem Sofa und verfolgt eine Schmuckpräsentation im Verkaufsfernsehen. »Hier war es super, als du weg warst, echt mal, Vic. Dad interessiert sich einen Scheißdreck für uns, was uns sehr recht ist. Geh dahin zurück, wo du hergekommen bist.«

»Das meint sie nicht so«, sagt Marissa.

»Doch!«, erwidert Dani.

Da fällt es mir wie Schuppen von den Augen. Dani ist die weibliche Version von mir. Sie ist eine Rebellin. Sie wird völlig über die Stränge schlagen, wenn ich nichts dagegen unternehme.

Dani bekommt eine SMS. »Ich bin dann mal weg«, meint sie.

»Wo wollen wir denn hin?«, will ich wissen.

»*Wir* wollen nirgendwohin.« Sie greift sich ihre Handtasche und marschiert zur Tür. »*Ich* habe eine Verabredung.«

»Mit Bonk?«

»Ja. Ach ja, du warst ja weg und weißt es noch gar nicht. Matthew Bonk ist jetzt mein Freund.«

Mist.

Da ist man mal ein paar Wochen weg und schon dated die Schwester Satan höchstpersönlich. Sie schlüpft aus der Tür, aber ich lasse sie nicht entwischen und setze mich auf den Rücksitz von Bonks Auto, während meine Schwester vorn Platz nimmt.

»Was, zum Geier, willst du in meinem Auto, Mann?«, sagt

Bonk. »Ich dachte, du wärst tot. Oder zumindest haben wir das gehofft.«

Ich lasse ein zynisches Grinsen aufblitzen. »Ich bin zurück. Und falls du glaubst, ich lass dich noch mal mit meiner Schwester allein, hast du dich geschnitten. Ich bin ab sofort ihr Anstandswauwau.«

Dani schnellt herum und funkelt mich an. »Steig aus dem Wagen, Vic. Sofort!«

»Nö.« Ich beuge mich vor und lege meine Arme um die beiden. »Ich bin Danis Bruder. Wenn du mit ihr ausgehen willst, musst du damit klarkommen, dass ich dir von nun an im Nacken sitze, Kumpel.«

»Du bist doch völlig gestört«, erwidert Bonk. »Hör zu, Mann. Ich mag deine Schwester. Sehr sogar.«

Dani lächelt ihn an, und es ist ein echtes Lächeln, das ihre Züge weich werden lässt. »Ich mag dich auch sehr.«

Ach, du Scheiße.

»Dann sieht es so aus, als würden wir alle eine Menge Zeit miteinander verbringen.« Ich lehne mich zurück. »Wohin fahren wir zum Abendessen? Sag Marissa, sie soll auch mitkommen. Das wird ein Familienausflug.«

»Das ist ein Albtraum«, sagt Bonk.

Genau.

54

Monica

»Hast du Vic gesehen?«, fragt mich Bree, als ich am Morgen zu meinem Spind laufe.

Beim Klang seines Namens setzt mein Herzschlag kurz aus. »Nein. Wo ist er denn?«

»Na, dort«, sagt Bree und zeigt über den Gang.

Vic steht bei Jet und Derek. Abgesehen von dem Dreitagebart, der ihn nur noch taffer und männlicher erscheinen lässt, wirkt er wie gewohnt selbstbewusst.

Vic und die Jungs sind wohl in ein ernstes Gespräch vertieft. Na ja, Derek und Vic sehen so aus, als unterhielten sie sich ernsthaft. Jet kann gar nicht ernst sein, also nehme ich mal an, dass er einfach nur Witze reißt, um keine Gefühle aufkommen zu lassen, mit denen er in seiner leichtlebigen Art nicht umgehen kann.

Die Jungs drehen sich um und blicken uns an.

»Hey, seht mal, wer zurück ist!«, ruft Jet aufgeregt.

Es scheint Vic zu überraschen, dass Jet sich wirklich über seine Rückkehr freut. Derek, der Vic erst seit ein paar Monaten kennt, da er früher in Kalifornien zur Schule gegangen ist, klopft Vic auf den Rücken. Man merkt, dass die beiden Respekt voreinander haben.

Vic kommt mit schnellen Schritten zu uns herübergelaufen. »Hey«, sagt er, als hätten wir uns eine Weile nicht gesehen.

»Hey«, grüße ich ihn nervös zurück.

Ashtyn, die gerade dazugekommen ist und den Mund vor Staunen nicht zubekommt, schließt Vic fest in ihre Arme. »Ich habe dich vermisst«, sagt sie.

»Ich habe euch auch vermisst, Leute«, antwortet Vic. »Aber hört mal, wenn ihr und das Team nicht einen Zahn zulegt, trete ich nicht mehr für die Mannschaft an.«

Ashtyn und die Jungs sehen völlig verdattert aus. »Du spielst Football? Mit uns?«

»Ich habe mit Finnigan geredet. Sie sagt, solange ich verspreche, jeden Tag ohne Ausnahme in die Schule zu kommen, lässt sie mich spielen.«

»Wo hast du denn die ganze Zeit gesteckt?«, will Bree wissen.

»Ja«, mischt Jet sich ein. »Wir haben schon gedacht, du seist vom Erdboden verschluckt worden. Ehrlich, Mann, es war schon furchtbar, Trey zu verlieren. Dass du auch noch weg warst, hat uns den Rest gegeben. Es ist nun einmal so, dass wir deine hässliche Visage um uns brauchen, Vic.«

»Ich habe mich wohl irgendwie versteckt«, antwortet er. »Aber ich bin zurück.«

Sein Blick bleibt kurz an meinem hängen und seine tiefgründigen braunen Augen verraten so viel über seine inneren Kämpfe. Ich bin froh, dass er hier ist, auch wenn ihm mein Video nichts bedeutet.

»Keine Versteckspiele mehr, Mann«, meint Derek zu Vic. »Versprich uns, dass du zu uns kommst, wenn dir wieder einmal danach ist, dich zu verkriechen.«

Vic wirkt völlig perplex, dass wir alle einen so großen Anteil an seinem Privatleben nehmen, auch wenn es voller Mist und Kummer ist.

»Warum liegt euch denn so sehr an mir?«, fragt er.

»Mann!«, entgegnet Ashtyn. »Weil wir deine Familie sind.«

Vic strahlt wie ein Kind, das sein erstes Eis kriegt. »Danke. Das bedeutet mir viel.«

Die Schulglocke läutet zum ersten Mal, was heißt, dass es noch fünf Minuten bis Unterrichtsbeginn sind. Alle gehen davon, sodass Vic und ich allein zurückbleiben und uns im Gang anstarren.

»Hast du meine Nachricht von gestern Abend bekommen?«, frage ich ihn.

Er nickt. »Habe ich.«

Offensichtlich hat er nicht kapiert, dass ich sie ihm geschickt habe, um ihm zu zeigen, dass ich mich ändere. Und ich habe ihm gestanden, dass ich ihn liebe.

»Ich, äh, muss dir etwas sagen, Vic. Trey hat Drogen genommen. Er hat mich gebeten, ihn damit in Ruhe zu lassen, und ich bin seinem Wunsch nachgekommen. Falls du glaubst, dass ich mich deswegen nicht schuldig fühle, irrst du dich. Ich fühle mich jede Minute an jedem Tag schuldig.« Ich wische mir eine Träne aus dem Augenwinkel und hoffe inständig, dass ich nicht gleich die Beherrschung verliere. »Du warst nicht verantwortlich für seinen Tod, Vic. Falls irgendjemand, dann war ich verantwortlich, weil ich geschwiegen habe.« Eine Riesenlast fällt mir von den Schultern, weil ich es ausgesprochen habe.

Ich schaue ihn an und suche nach einem Anzeichen von Wärme oder Vergebung.

Monica

Stattdessen trägt Vic seine übliche, stoische Miene zur Schau.

»Hör mal, Monica, ich muss los«, sagt er, ganz offenbar beschäftigt.

»Klar. Kein Problem.«

Er eilt den Gang hinunter und mein Herz wird schwer.

Die Stühle in Mr Millers Klasse füllen sich rasch. Unser Lehrer sitzt auf der Kante seines Schreibtisches, als die Schulglocke zum letzten Mal klingelt.

Vic ist nicht da.

Ich höre die anderen leise über Vics Rückkehr tratschen. Ich frage mich kurz, ob er den Unterricht sausen lässt und Mr Miller und seinen Vorträgen lieber aus dem Weg geht.

»Gut.« Mr Miller schielt auf Vics Platz. »Ich habe gehört, dass unser verlorenes Schaf zurück ist, aber offensichtlich ist das nicht …«

Die Sprechanlage piept zweimal, weil es gleich eine Durchsage geben wird.

»Hey, Rebels, hier spricht euer hauseigener Rebell Victor Salazar.«

Ein aufgeregtes Raunen geht durch das Klassenzimmer. Alle fragen sich, was Vic wohl zu sagen hat. Er trägt das Herz nicht gerade auf der Zunge und lässt lieber seine Fäuste anstelle von Worten sprechen.

»Mir, äh, ging es dreckig, als Trey Matthews auf dem Feld gestorben ist, nachdem ich ihn getackelt hatte«, sagt Vic mit leiser Stimme, in der die Unsicherheit unverhohlen mitschwingt. »Er war mein bester Freund. Ich habe mich schuldig gefühlt und hätte gern mit ihm getauscht. Wisst ihr, von klein auf hat man mir eingetrichtert, dass ich ein Nichtsnutz sei. Ich bin so oft heruntergeputzt und als dumm bezeichnet

314 Monica

worden, dass ich es irgendwann selbst geglaubt habe. Trey Matthews hatte es verdient zu leben, nicht ich.« Seine Stimme beginnt zu zittern. »Und ich lasse immer noch andere hängen. Aber letzte Nacht hat mich ein tolles Mädchen zu der Einsicht gebracht, dass ich nicht wertlos bin und meine Fehler wettmachen kann. Ich will ihr nur sagen, dass es mir leidtut, dass ich sie verletzt habe, und ich es für den Rest meines Lebens wiedergutmachen werde. Ich liebe sie so wahnsinnig sehr. Sie bringt mich dazu, ein besserer Mensch sein zu wollen, und sie reißt meine Mauern nieder. Es tut mir leid, dass ich meine Teamkameraden im Stich gelassen habe, und ich werde alles tun, um euch zur Meisterschaft zu verhelfen. Und, Mr Miller, ich hoffe doch, dass ich für die Hausaufgabe, etwas Ungewöhnliches zu tun und damit die Leute aufzurütteln, eine Eins bekomme. Ich habe Sie hoffentlich stolz gemacht.«

Ich presse die Hände an mein wild klopfendes Herz und renne aus dem Klassenzimmer, um Vic zu suchen. Er sitzt im Büro von Direktorin Finnigan. Sie steht neben ihm und hat ein warmes Lächeln auf dem Gesicht.

»Gut gemacht, Mr Salazar«, lobt sie ihn, als er das Mikrofon ausschaltet.

»Vic«, sage ich unter Tränen. Oh Gott, ich liebe diesen Jungen so sehr. Er hat eine raue Schale, aber einen ganz weichen Kern. »Du hast gesagt, du liebst mich.«

»Ja. Ich liebe dich, seit wir Freshman waren. Trey und ich wollten beide mit dir gehen.«

»Aber du hast ihm den Vortritt gelassen«, flüstere ich.

»Er war der bessere Mensch.«

Ich kann nicht glauben, dass das Schicksal uns nun zusammengeführt hat, nach all der Zeit. »Du bist klug und

Monica 315

witzig und supersexy, Vic. Du warst nicht nur der Freund von meinem Freund. Du warst auch mein bester Freund. Trey hat mich nie zu einem besseren Menschen gemacht, *du* schon. Und dafür liebe ich dich. Das zwischen Trey und mir war eine Highschool-Beziehung. Das zwischen dir und mir könnte für immer sein.«

»Für immer?«, fragt er mit einem Nicken. »Das hört sich gut an.«

Ich stelle mich auf die Zehenspitzen und küsse ihn, und es ist mir egal, ob die Leute den Stab über uns brechen oder sich hinter unserem Rücken das Maul zerreißen. Seine warmen Lippen treffen auf meine und ich lasse mich in seine Umarmung sinken.

Direktorin Finnigan räuspert sich. »Keine öffentlichen Liebesbekundungen in der Schule, Sie beide. Schulpolitik.«

Vic lächelt. »Geben Sie mir Arrest«, fordert er sie auf.

Ich lege meinen Kopf schräg und sage zu unserer Direktorin: »Mir auch.«

Vic zieht mich sanft an sich und stützt dabei meinen Rücken mit seinen starken Armen. »Wie geht es dir?«, will er wissen.

»Jetzt gerade habe ich keine Schmerzen.«

»Gut. Aber falls, sag es mir. Wir sind jetzt zusammen, weißt du. Keine Geheimniskrämerei mehr.«

»Okay«, sage ich und schmiege mich an seine Brust. »Ich muss dir nur noch ein letztes Geheimnis anvertrauen.«

»Was denn?«

»Ich habe aus Versehen bei deinem Auto Getriebeöl in die Öffnung für das Scheibenwaschmittel geschüttet.«

»Ach ja?«

»Ja.«

Er lächelt. »Dann muss ich dir zeigen, wie man das in Ordnung bringt. Aber heute schaffe ich das nicht.«

»Warum nicht?«, frage ich.

»Weil du und ich eine Verabredung in der Arrestzelle haben für das hier …«, entgegnet er, dann hebt er mich hoch und küsst mich. Ich fühle mich lebendiger und glücklicher als je zuvor. Ich werde den Rest meines Lebens damit zubringen, ihm zu zeigen, wie besonders und wertvoll er ist. Er ist mein Held, der Junge, der mich vor mir selbst gerettet hat.

Ich lehne mich nach hinten und nehme sein schönes, markantes Kinn in meine Hände. »Ich habe etwas von dir gelernt, Vic. Manchmal lohnt es sich, sich in Schwierigkeiten zu bringen.«

»Das ist mein Mädchen«, antwortet er und grinst von einem Ohr zum anderen.

Simone Elkeles
Du oder das ganze Leben

400 Seiten, ISBN 978-3-570-30718-2

Jeden anderen hätte Brittany Ellis, wohlbehütete Beauty Queen und unangefochtene Nr. 1 an der Schule, lieber als Chemiepartner gehabt als Alex Fuentes, den zugegebenermaßen attraktiven Leader einer Gang. Und auch Alex weiß: eine explosivere Mischung als ihn und die reiche »Miss Perfecta« kann es kaum geben. Dennoch wettet er mit seinen Freunden: Binnen 14 Tagen wird es ihm gelingen, die schöne Brittany zu verführen. Womit keiner gerechnet hat: Dass aus dem gefährlichen Spiel alsbald gefährlicher Ernst wird, denn Brittany und Alex verlieben sich mit Haut und Haaren ineinander. Das aber kann die Gang, der Alex angehört, nicht zulassen ...

www.cbt-buecher.de